UNITALL

Aldebaran

Band 3:

Kampf um die Ischtar-Festungen

Heinrich von Stahl

1. Auflage
Mai 2010

Unitall Verlag GmbH
Salenstein, Schweiz
www.unitall.ch

Vertrieb:
HJB Verlag & Shop KG
Schützenstr. 24
78315 Radolfzell
Deutschland

Bestellungen und Abonnements:
Tel.: 0 77 32 – 94 55 30
Fax: 0 77 32 – 94 55 315
www.hjb-shop.de
hjb@bernt.de

Redaktion: Sahid El Farrak
Bildelemente: Chance Last
Printed in EU

Kapitel 1: Das galaktische Zentrum

Bericht Elnan

Am Morgen dieses denkwürdigen Tages war ich früh erwacht und fühlte mich wie neugeboren. Diese Floskel traf nach meiner Empfindung tatsächlich zu, denn gestern war ich noch sterbenskrank gewesen. Meine Ärzte hatten mir das soeben erst entwickelte Mittel gegen die Hundegrippe gespritzt, und eine weitere Nacht im tiefen Schlaf der Erschöpfung hatte mich zu einem neuen Menschen werden lassen. Es war wie ein Wunder.

Neben mir lag meine Frau Maria. Bei ihr war die Krankheit noch nicht ausgebrochen, doch sehr wahrscheinlich hatte auch sie sich angesteckt. Deshalb hatte man ihr prophylaktisch ebenfalls das Gegenmittel verabreicht. Ich hörte ihre gleichmäßigen Atemzüge und spürte ihren warmen Körper, den sie eng an mich drückte. Keine Spur von den fiebrigen wirren Gedanken und Empfindungen der letzten zwei Wochen trübte meine Wahrnehmung. Mein Verstand war klar und ein übermächtiger Tatendrang durchströmte mich nach dieser langen Phase unfreiwilliger Passivität.

Thule-General Kusternik, schoss es mir durch den Kopf, *ich muss unbedingt wissen, was sich in den vergangenen zwei Wochen getan hat.* Ich kramte in meinem Schädel nach den bruchstückhaften Erinnerungen von meinen Gesprächen mit Maria, die ich im Fieberwahn mit ihr geführt hatte.

Die Mohak konzentrieren Flotten an mehreren Punkten zur Grenze des Imperiums? Der Prokonsul will die Echsen durch Angriffe auf irgendwelche Systeme ihres Reichs zwingen, die Flotten wieder abzuziehen? Hatte ich das geträumt oder hatte mir Maria das tatsächlich erzählt?

Ich schaute meine Frau liebevoll an. Sie lag auf der Seite mit dem Gesicht zu mir. Ihre hüftlangen Haare waren zwar zum größten Teil unter der Bettdecke verschwunden, fielen jedoch verführerisch über ihr ebenmäßiges Gesicht, das sie zusammen mit ihrer atemberaubenden Figur zu einer echten Schönheit machte.

Verführerisch? Deine damit verbundenen Gedanken sind der Beweis, dass du wieder der Alte bist, reflektierte ich meine eigene Verfassung belustigt.

Vorsichtig erhob ich mich aus dem Bett, um Maria nicht zu wecken. Ich öffnete die Terrassentüre, trat geschickt durch die Vorhänge hindurch, um meine Frau nicht durch Lichteinfall zu wecken, und betrat den prächtigen Garten, der von Blüten in allen Farben geschmückt wurde. Tief sog ich die würzige Luft ein und blickte auf Hunderttausende von Wohnhäusern im barocken und neoklassischen Stil, die, umgeben von bunten Gärten, auf dem Boden und an den Hängen der gigantischen Höhle errichtet worden waren. Unter der Decke hingen in regelmäßigen Abständen Sonnen, die durch den Vril-Prozess kontinuierlich Materie in Energie umwandelten. Die künstlichen Gestirne ›brannten‹ mit einer Temperatur von rund fünftausend Grad, sodass sie das gleiche Lichtspektrum abstrahlten wie die heimische Sonne Sol. Ihre Energieabgabe war so bemessen, dass innerhalb der Höhle eine konstante Temperatur von fünfundzwanzig Grad Celsius herrschte.

Unser Haus war an einem Hang erbaut worden, was uns einen wunderbaren Blick über den Höhlenboden erlaubte. In zehn Kilometern Entfernung erhob sich der zwei Kilometer durchmessende Kuppelbau, in dem das Regierungszentrum der Dritten Macht untergebracht war und daher häufig auch »Palast des Prokonsuls« genannt wurde.

War ich nicht gestern noch da gewesen? Ich erinnerte mich, dass man dort ein Quarantänezentrum eingerichtet hatte, in dem alle Menschen, die auf dem – oder besser: im – Mars lebten und an der Hundegrippe litten, hermetisch von der Außenwelt abgeschottet wurden. Nach der Entwicklung des Gegenmittels hatte man offensichtlich die Quarantäne aufgehoben und ich war nach Hause verlegt worden.

Ach ja, General Kusternik!, fiel es mir wieder bei der Ordnung meiner Gedanken ein. Per Gedankenbefehl gab ich meinem persönlichen Agenten, der sich in meinem rechten Ohr befand, den Auftrag, mich mit dem General zu verbinden. Es dauerte lediglich fünf Sekunden, bis ich aus den Mikrolautsprechern in meinem Gehörgang vernahm:

»General Kusternik hier! Was kann ich für Sie tun, Thulepräsident?«

»Ich würde gern über die aktuelle Lage informiert werden. Könnten Sie in einer halben Stunde in der Thule-Sektion des Palastes sein?« Der General war mein Stellvertreter und hatte mich während meiner Abwesenheit bei allen regierungsinternen und militärischen Besprechungen vertreten. Thule war nach aldebaranischem Vorbild der Geheimdienst der Dritten Macht, zu dessen Präsidenten mich Prokonsul Unaldor nach dem Roswell-Zwischenfall im Jahre 1947 ernannt hatte. Doch das ist eine andere Geschichte ...

»Ich bin bereits dort und kämpfe mich durch den Papierkram«, gab Kusternik zurück. Seine Stimme klang trotz der unangenehmen Arbeit fröhlich. Wir waren persönlich befreundet, also freute er sich wahrscheinlich, dass ich wieder auf dem Damm war.

»Ich bin in einer halben Stunde da. Also Schnaps und Zigaretten vom Tisch und schicken Sie die Partymädels nach Hause.«

Der General lachte trocken auf.

So geräuschlos wie möglich schob ich mich wieder durch die Vorhänge und begab mich ins Bad. Nach meiner Morgentoilette ging ich ins Ankleidezimmer und holte die graue Uniform des Thulepräsidenten hervor. Auf der linken Seite des Kragens befand sich das aldebaranische Hoheitssymbol, auf der rechten Seite das ›V‹, an dessen linkem Ende ein weiteres, nach innen ge- kehrtes ›V‹ angehängt war. Es handelte sich um den aldebara-nischen Buchstaben ›T‹ für ›Thule‹. Zum Schluss schlüpfte ich in die zur Uniform gehörenden schwarzen, wadenhohen Stiefel, setzte meine graue Schirmmütze auf und legte meinen schwarzen Ledermantel über die Schultern.

Ein prüfender Blick ins Schlafzimmer zeigte mir, dass Maria immer noch schlief. Es war bekannt, dass das Gegenmittel zur Hundegrippe schläfrig machte, also wollte ich sie auf keinen Fall wecken.

Ich begab mich kurz in den ›Kinderbereich‹ des Anwesens. Unsere älteste noch bei uns lebende Tochter Julia war bereits wach. Eindringlich wies ich die Achtzehnjährige darauf hin, ihre Mutter schlafen zu lassen und ihre jüngeren Geschwister entsprechend ruhig zu halten.

Leise verließ ich unser Haus und lief über einen Kiesweg aus typisch rötlichen Marssteinchen zu meinem Dienstgleiter. Straßen gab es hier im mehrere Kilometer unter der Marsoberfläche gelegenen Wohnbereich Neu Babylons nicht. Die Bewohner des subplanetaren Reiches legten größere Entfernungen ausschließlich mit ihren Gleitern zurück.

Ich stieg in meinen grauen Dienstgleiter mit dem doppelten ›V‹ auf beiden Seiten und ließ ihn durch einen Gedankenbefehl abheben. Dann fädelte ich mich in den Luftkorridor ein, der am Palast des Konsuls vorbeiführte. Es herrschte dichter Verkehr. Tausende Gleiter waren unterwegs. Wir würden wohl schon bald weitere der mit Neu Babylon verbundenen, noch unbewohnten Hohlräume, die wir mit Reflektorfeldern abgetrennt hatten, erschließen müssen. Die Dritte Macht erfreute sich für traditionell terranische Verhältnisse eines ungeheuren Bevölkerungswachstums. Die Ursachen dafür waren erstens unsere gentechnologischen Mittel zur Verhinderung des Alterns. Wer nicht einem Unfall zum Opfer fiel oder durch eine bislang unbekannte Krankheit wie der Hundegrippe dahingerafft wurde, konnte sich einer praktisch unbegrenzten Lebensspanne erfreuen. Der zweite Grund für unser Bevölkerungswachstum lag darin, dass wir die befruchteten Eizellen in künstlichen Gebärmüttern heranwachsen ließen. Auf diese Weise wurden unseren Frauen die unangenehmen Seiten einer Schwangerschaft erspart. Deshalb entschlossen sich Paare im Durchschnitt alle zwei Jahre zu einem weiteren Kind.

Maria und ich lagen ziemlich genau in diesem Durchschnitt. In unserer nun fast neunzigjährigen Partnerschaft hatten wir zweiundvierzig Kinder gezeugt, von denen noch neun auf unserem Anwesen lebten. Die älteren unserer Nachkommen hatten längst selbst Familien gegründet. Nur so war es möglich gewesen, dass die Dritte Macht nach nur einhundertvierundvierzigjähriger Geschichte bereits drei Milliarden Einwohner hatte.

Am Regierungszentrum angekommen ließ ich das Fluggerät aus dem Korridor ausscheren und auf dem großen Vorplatz vor dem gigantischen Kuppelbau landen.

*

Das Gerät zur Gehirnstrommessung war in die Wand integriert und daher für jeden Besucher des Thule-Trakts unsichtbar. Es identifizierte meine Gedankenmuster, die für jeden Menschen noch erheblich individueller waren als seine Gene. Neben der Glastüre zum Geheimdienstbereich wechselte ein Lämpchen seine Farbe von Rot nach Grün – und die beiden Flügel der Türe schoben sich auf.

Im Innern des Thule-Bereiches herrschte reges Treiben. Die neuesten Informationen über die Aktionen der Mohak und die Machenschaften der irdischen Regierungen liefen hier zusammen. Keiner meiner zahlreichen Mitarbeiter, die mir entgegenkamen, während ich über den grauen Teppichboden mit dem in regelmäßigen Abständen angebrachten gelben Thule-Zeichen zu meinem Büro ging, salutierte vor mir. Derartige Förmlichkeiten hätten nur Zeit gekostet und wurden deshalb durch ein freundliches Nicken ersetzt.

Durch eine weitere Schiebetüre aus milchigem, undurchsichtigem Glas betrat ich das Vorzimmer zu meinem Büro.

»Schön, dass sie wieder da sind, General Kusternik wartet schon«, trällerte mir meine Sekretärin Gerlinde mit ihrem hohen Stimmchen entgegen. Sie war intelligent, herzensgut und eine hervorragende Bürokraft, auch wenn ihre Stimmlage manchmal ein wenig nervte. Rein äußerlich sah sie so aus, wie sich jemand mit Vorurteilen eine ›Gerlinde‹ vorstellte: glatte schulterlange hellblonde Haare, einsfünfundsiebzig groß, athletische Figur.

Ich nickte ihr freundlich zu und betrat mein Büro. Am großen Besprechungstisch aus Pinienholz, mit schützender Glasplatte auf der Oberfläche, saß etwas verloren mein Stellvertreter. Als ich eintrat, erhob er sich und salutierte zackig. In den braunen Augen des meiner Meinung nach fähigsten meiner Mitarbeiter funkelte es. Der dunkle Teint seiner Haut und seine fast schwarzen Haare legten die Vermutung nahe, dass der General südländische Vorfahren besaß – erstaunlich, denn seine Familie stammte aus einer kleinen Stadt in Polen. Sie lebte dort seit vier Jahrhunderten, wie alte Dokumente des Stadtarchivs belegten.

Nachdem ich den Gruß zurückgegeben hatte, kam ich sofort zur Sache: »Und? Was hat sich in meiner Abwesenheit ereignet?«

»Die irdische Hochfinanz hat sich in den vergangenen zwei Wochen ruhig verhalten«, begann Adrian Kusternik mit seinen Ausführungen. Beim Wort »Hochfinanz« verzog er indigniert das Gesicht. »Die warten wahrscheinlich unsere Reaktion darauf ab, dass sie uns die Hundegrippe beschert haben.«

»Was machen die Mohak?«, wechselte ich das Thema, denn die raffgierige Hochfinanz interessierte mich nur sekundär. Meinem zwei Wochen zurückliegenden Wissen zufolge zogen die Echsen gewaltige Flotten an mehreren Stellen an der Grenze des Imperiums zusammen. Der Prokonsul hatte die Absicht geäußert, die Feinde in deren Hinterland mit der solaren Flotte anzugreifen, um sie zu zwingen, die Truppenkonzentrationen an der imperialen Grenze aufzulösen. Unser Eingreifen würde eine Kontaktaufnahme mit dem Imperator unumgänglich machen. Nur Sargon konnte entscheiden, ob wir in die inneren Angelegenheiten Terras eingreifen durften. Ich ging von einem positiven Entscheid aus, weshalb sich das Problem mit unseren irdischen Widersachern höchstwahrscheinlich in wenigen Wochen in Luft auflösen würde.

»Die Echsen haben ihre Truppen weiter konzentriert und alles in einem einzigen Sternensystem, das sie Dornack nennen, zusammengezogen«, erklärte der auf einen Aldebaraner etwas exotisch wirkende General. »Es handelt sich um die größte Flotte seit dem Beginn der Geschichtsschreibung.«

»Dann werden wir also in Kürze unsere Angriffe auf diverse Systeme der Mohak starten«, schloss ich aus den Ausführungen meines Stellvertreters.

»Nein. So groß die Flotte der Grünhäutigen auch ist, unsere Schlachtensimulationen haben ergeben, dass die Lurche beim Passieren einer Ischtar-Festung derart hohe Verluste erleiden würden, dass die imperiale Flotte mit dem Rest fertig werden würde. Das wissen die Mohak mit Sicherheit auch. Folglich haben sie irgendein Ass im Ärmel, von dem wir nichts wissen. Bevor die solare Flotte etwas unternimmt, ist zunächst Aufklärungsarbeit durch Thule oder durch die Leibgarde nötig, um herauszubekommen, was genau die Echsen aushecken. Meiner Meinung nach sollten wir in diesem Fall der Leibgarde den Vortritt lassen, denn Major Sondtheim hat mit seiner Elitetruppe in der Vergangenheit hervorragende Ergebnisse erzielt, sobald Aufklärungsmissionen in Kampfeinsätze ausarteten.«

Das war wieder einer der Charakterzüge Kusterniks, die ich an ihm schätzte. Für ihn zählte lediglich der Erfolg im Sinne der Dritten Macht beziehungsweise des Imperiums. Persönliche Eitelkeiten auf diesem Weg waren ihm fremd, weshalb er der für diese Mission nach seiner Meinung geeigneteren Leibgarde den Vorzug gab.

»Was steht ansonsten auf dem Programm?«, wollte ich wissen.

»Professor Bendalur hat um einen persönlichen Termin gebeten, sobald Sie genesen sind.« Der General lauschte kurz in sich hinein. Offensichtlich befragte er seinen persönlichen Agenten. »Er wird in dreiundzwanzig Minuten hier sein. Ich nahm an, der Termin sei in Ihrem Interesse.«

Natürlich war ich mit dem Termin einverstanden. Ich hatte bei dem Professor in galaktischer Geschichte promoviert und zusammen mit ihm hatten wir das Erbe des Ersten Imperiums auf Tangalon gefunden, was schließlich zur Entdeckung Terras geführt hatte.

In den kommenden Minuten berichtete mir Kusternik über kleinere Scharmützel zwischen der imperialen Flotte und den Mohak, die außerhalb der Grenzen des Imperiums stattgefunden hatten und im Wesentlichen dazu dienten, die Echsen an der Besiedlung neuer Systeme zu hindern. Schließlich schob sich die Doppeltüre zu meinem Büro auseinander, Gerlindes durchtrainierter Körper wurde sichtbar und wir hörten ihr Piepsstimmchen verkünden: »Der Professor ist soeben eingetroffen. Soll ich ihn hineinbitten?«

»Ja, tun Sie das. Wir sind hier so weit fertig«, entgegnete ich. Der General wollte sich erheben, doch ich legte ihm die Hand auf den Unterarm. »Bleiben Sie doch. Was der Professor zu sagen hat, dürfte wie immer interessant sein.« Der gebürtige Pole ließ sich wieder in den bequemen Sessel mit dem blauen Stoffüberzug fallen.

Der letzte Satz war kaum ausgesprochen, als Bendalur mit dem Elan eines Zwanzigjährigen mein Büro betrat. Er trug wie immer seine hellbraunen Cordhosen und ein braunrot kariertes Hemd. Doch an die Stelle seines schütteren, blonden Haarkranzes war eine Mähne gerückt, die ihm bis auf die Schultern reichte. Kein Fältchen verunzierte das Gesicht des Gelehrten.

»Na, kleine Verjüngungskur gehabt?«, begrüßte ich meinen ehemaligen Lehrer.

»Ja – wurde auch Zeit. Ich bekam Rückenprobleme und meine Knie taten weh.«

Das war wieder einmal typisch für den Professor. Was sein Äußeres betraf, war er kein bisschen eitel. Die meisten Angehörigen der Dritten Macht ließen sich die Gene, die zum Alterungsprozess führten, spätestens alle zwanzig Jahre erneut deaktivieren. Nicht so der Professor. Er unterzog sich dieser Prozedur nur dann, wenn die durch das Alter hervorgerufenen Gebrechen anfingen, seine Lebensqualität einzuschränken und seine Arbeit zu behindern.

»Haben Sie die Hundegrippe gut überstanden?«, erkundigte sich der Historiker bei mir.

»Das Gegenmittel wirkt perfekt. Ich fühle mich vollkommen gesund. Was führt Sie zu Ihrem ehemaligen Schüler?« Ich forderte ihn höflich auf, in einem der freien Sessel Platz zu nehmen.

Ein Lächeln ging bei dem Wort »Schüler« über das Gesicht Bendalurs, während er sich in eines der bequemen Möbelstücke fallen ließ. »Sie erinnern sich doch sicher daran, dass wir auf Tangalon den Roboter ›Fran‹ entdeckten, der über die Koordinaten der Systeme des Ersten Imperiums verfügte, was zur Entdeckung Terras führte.«

»Sicher erinnere ich mich daran.« Ich blickte hinüber zum General, der nichts sagte, sondern nur interessiert lauschte.

»Dann dürfte Ihnen auch noch bekannt sein, dass der Roboter die Koordinaten der ersten Siedlungswelten der Capellaner und Regulaner kannte, die sich in die Nähe des galaktischen Zentrums zurückgezogen hatten.«

»Auch daran erinnere ich mich.«

»Falls diese Nachkommen des Ersten Imperiums heute noch existieren, dürfte ihre Zivilisation der aldebaranischen um mehr als zehntausend Jahre voraus sein.« Der Professor machte eine kurze Pause und blickte mit ernster Mine in die kleine Runde. Dann erhob er seine Stimme. Der einsfünfundsiebzig kleine, hagere Mann entwickelte von einer Sekunde auf die andere eine Leidenschaft, die man ihm so ohne Weiteres nicht zugetraut hätte.

»Ich halte es für ein Unding, dass dieser Sachverhalt mit einer geradezu unglaublichen Borniertheit von der Regierung der Dritten Macht ignoriert wird. Wie Sie vielleicht wissen, stellte ich in den vergangenen Jahrzehnten mehrere Male die Forderung, eine Expedition zu den Capellanern oder Regulanern zu starten. Jedes Mal wurde mein Gesuch mit der blödsinnigen Begründung abgelehnt, die Dritte Macht müsse sich auf die Rüstung und auf sichere Wohnstätten für ihre schnell wachsende Bevölkerung konzentrieren. Deshalb wolle man sich nicht verzetteln. Was für ein Schwachsinn! Ich fordere keine Flotte, um die Nachfahren der Ahnen, sofern vorhanden, zu besuchen, sondern lediglich ein einzelnes Schiff. Hier offenbart sich die ganze Kurzsichtigkeit der Regierung. Es werden gigantische Ressourcen in unser Flottenprogramm gesteckt, während wir die durchaus vorhandene Chance haben, im galaktischen Zentrum die Unterstützung einer weit überlegenen Zivilisation zu finden.«

»Nun mal langsam, Professor«, unterbrach ich den Redeschwall des Gelehrten. »Die solare Regierung hat in den vergangenen Jahrzehnten Großartiges geleistet, indem sie praktisch aus dem Nichts eine galaktische Großmacht aufgebaut hat.«

»Galaktische Großmacht? Dass ich nicht lache! Mit einer um zehntausend Jahre fortgeschrittenen Technologie ließe sich wahrscheinlich ein einzelnes Raumschiff bauen, das unsere Flotte zu den Ahnen pusten könnte.«

»Ist das nicht ein bisschen viel Spekulation für einen seriösen Wissenschaftler?« Ich setzte ein unverschämtes Grinsen auf, während der Professor rot anlief. Im Gegensatz zu seinem Äußeren war er, was seine Berufsehre anbelangte, mehr als eitel. Er holte tief Luft, die Farbe wich langsam wieder aus seinem Gesicht, und dann entgegnete der Historiker in einem gekünstelt freundlichen Tonfall:

»Ach wissen Sie, mein lieber Elnan, anständige Wissenschaft berücksichtigt die Wahrscheinlichkeiten, mit denen gewisse Dinge eintreten und den Nutzen, den diese Dinge hätten. Falls also«, seine Stimme nahm den Ton an, in dem Väter ihren Kindern die Sache mit den Bienchen und den Blümchen erklären, »eine von Null verschiedene Wahrscheinlichkeit dafür existiert, dass wir in der Nähe des Zentrums eine weit überlegene Zivilisation antreffen und der Aufwand, dies herauszufinden, lediglich darin besteht, mit einem Schiffchen hinzufliegen …« Nun lief der Gelehrte wieder rot an und brüllte: »Dann muss man vom

Wahnsinn gepudert worden sein, wenn man eine solche Chance nicht ergreift!«

»Aber Sie erinnern sich schon daran, dass die Capellaner und Regulaner einen kurzen Krieg gegen das Erste Imperium führten, den sie allerdings verloren«, hakte ich nach. »Also warum sollten sie, falls sie überhaupt noch existieren, uns freundlich gesinnt sein und uns gegen die Mohak unterstützen?«

»Herrgott! Die Animositäten zwischen den Nachfahren sind mehr als zehn Jahrtausende her. Wer soll denn so nachtragend sein, den Angehörigen der gleichen Spezies nicht gegen einen grausamen fremden Feind zu helfen? Wie dem auch sei: Sie müssen zugeben, dass das Ganze einen Versuch wert ist.«

Das musste ich allerdings zugeben. Falls es in den ersten Siedlungssystemen der Capellaner und Regulaner nichts Lohnenswertes zu finden gab, hatten wir höchstens ein paar Tage verschwendet.

»Na gut! Wir nehmen die Orion…«

»Wir?«, fragten der Professor und der General gleichzeitig.

»Ich komme mit«, war meine knappe Antwort, die keinen Widerspruch zuließ. »Zusätzlich nehmen wir noch ein paar Leibgardisten mit an Bord, sollte es zu Kampfhandlungen kommen. Man weiß ja nie.«

»… und was ist die Orion?«, wollte der Historiker wissen, nachdem er mich hatte aussprechen lassen.

Ich grinste, denn die Existenz des Spezialraumschiffs war nur wenigen Menschen bekannt. »Die Orion ist das modernste Raumschiff, über das Thule verfügt. So ziemlich alle technischen Neuerungen der letzten Jahre wurden darin verbaut, weshalb die Baukosten trotz der geringen Größe der Orion immens waren.

Das dreieckförmige Schiff ist einhundertzwanzig Meter lang und am Heck vierzig Meter breit. Seine Außenhaut ist mit einer neuartigen Schicht von Metamaterialien bedeckt, die eine visuelle Entdeckung oder eine Ortung mittels Radar unmöglich machen. Diese Metamaterialien sind ein Prototyp, der sich möglicherweise im Gegensatz zu den bisher verwendeten Materialien sogar für die Serienfertigung eignet. Bewaffnet ist die ORION mit zwei starr eingebauten Zwanzigzentimetergeschützen und je zwei Flakgeschützen des Kalibers zwei Zentimeter an der Ober- und Unterseite. Das wesentliche Kennzeichen der ORION ist jedoch ihre Schnelligkeit. Die vier überdimensionierten Vril-Triebwerke neuester Fertigung im Heck ermöglichen eine Beschleunigung von zwölftausend g. Das Spezialraumschiff kann also durchaus mit Einmannjägern mithalten.«

»Da ist aber jemand stolz auf sein neuestes Spielzeug«, kommentierte der Professor meine Ausführungen und grinste ähnlich unverschämt wie ich, als ich seine Seriosität als Wissenschaftler nicht ganz ernst gemeint in Frage gestellt hatte.

»Ja, das bin ich«, gab ich unumwunden zu. »Einen Ausflug zu unseren potenziell weit überlegenen Brüdern und Schwestern mache ich lieber mit dem Modernsten, was wir haben. Wann kann unsere Expedition eigentlich losgehen?«

»Von mir aus sofort«, sprudelte es aus dem Gelehrten heraus. »Ich bin nämlich davon ausgegangen, dass Sie sich auf dieses kleine Abenteuer einlassen würden, weshalb ich meine Kollegen bereits informiert und alle Vorbereitungen getroffen habe.«

»Tja, mein lieber Kusternik«, wandte ich mich an den General, »dann werden Sie mich wohl noch etwas länger vertreten müssen.«

*

Die kleine Gruppe hatte sich in den Hangars des Monte Ricardo eingefunden, die über einen Gravitationslift von Neu Babylon aus erreichbar waren. Meine Hoffnungen hatten sich erfüllt: Der Professor hatte meine alten Studienfreunde Alibor und Nalia hinzugezogen, zu denen ich auch privat immer noch regelmäßigen Kontakt pflegte, und die mittlerweile ebenfalls Professoren für galaktische Geschichte waren.

Trotz des offiziellen Charakters unserer Mission umarmte ich die beiden herzlich und bestellte ihr die Grüße meiner Frau, von der ich mich kurz vor unserer Abreise verabschiedet hatte. Die Mannschaft der ORION wurde komplettiert durch vier grau uniformierte Thule-Mitarbeiter, von denen einer, Professor Silberheim, zu den besten Physikern der Dritten Macht gehörte, sowie zwölf Mann der Leibgrade in ihren typischen schwarzen Uniformen. Wir verließen den Bereich mit den Aufzügen und richteten uns nach den Schildern, die den Weg zu Hangar 4-93 wiesen.

Die Stahltüre, die wir nach mehreren Abzweigungen erreichten, öffnete sich summend, nachdem mein persönlicher Agent einen entsprechenden Code auf meinen Gedankenbefehl hin ausgesandt hatte.

Eine riesige Halle kam dahinter zum Vorschein, die durch den schlanken, chromglänzenden Körper der ORION dominiert wurde. Die wie ein Spiegel das Licht reflektierende Oberfläche des Raumschiffes war eine Folge der neuartigen Metamaterialien, die erst nach dem Anlegen eines elektrischen Feldes elektromagnetische Wellen durch Totalreflektion um das Schiff herumleiteten und damit unsichtbar für Licht und Radar machten. Der linsenförmige Querschnitt der ORION mit den spitz zulaufenden beiden Enden machte aus dem Schiff eine elegante, ästhetisch sehr ansprechende Schönheit.

Ein weiterer Gedankenbefehl ließ eine Rampe aus dem Bauch des Spezialraumers herabsinken, die zuvor fugenlos in die spiegelglatte Oberfläche integriert gewesen war.

»Dann wollen wir mal, meine Dame und meine Herren«, forderte ich die ausgesuchten Mitglieder der Expedition auf und beschritt als Erster die Rampe ins Innere des Raumschiffs. Über den Hauptgang der ORION, vorbei an den Mannschaftsquartieren, gelangte ich ins fensterlose Cockpit, dessen Wände wie bei einer Vril mit einem Rundumbildschirm versehen worden waren. Neben mir, im Sitz des Copiloten, nahm Thule-Hauptmann Rolf Jenkins Platz. Der zwei Meter große gebürtige Amerikaner hatte eine blank polierte Glatze, unter der ein Paar stahlblaue Augen neugierig auf die Welt außerhalb seines Kopfes schauten. Der manchmal ein wenig verträumt wirkende Agent galt als einer der besten Piloten Thules. Zwei weitere der zum Geheimdienst gehörenden Männer hatten unser Gepäck mit in das Schiff genommen und sicherlich die Koffer bereits in unseren Unterkünften deponiert.

Ich nickte Jenkins kurz zu, dann aktivierte ich die Stabilisationstriebwerke, deren gerichtete Neutrinostrahlung durch die Schiffshülle, ohne mit ihr in Wechselwirkung zu treten, in den Hangarboden schoss. Der resultierende Rückstoß ließ die ORION schwerelos werden, weshalb ich die drei Stützen, auf denen das Schiff ruhte, einfahren konnte. Sie verschwanden nahtlos in der Oberfläche.

»ORION klar zum Start«, gab ich an das Hangarkontrollzentrum des Monte Ricardo durch.

»Abpumpvorgang läuft!«, war die knappe Antwort. Erst als sich die beiden Flügel des Tores an der Stirnfläche der Halle zu öffnen begannen, schob man ein »Viel Glück!« hinterher.

Langsam ließ ich die ORION dreitausend Meter oberhalb des vor dem Monte Ricardo gelegenen Tals aus dem Hangar gleiten. Die rotbraune Landschaft des Mars mit den auf diesem Teil des Planeten nicht enden wollenden Raumhäfen und Werften zog unter uns vorbei. Ich beschleunigte zunächst moderat mit einhundert g und ließ den Wert, mit dem das Schiff die Geschwindigkeit veränderte, in den oberen Luftschichten auf eintausend g steigen.

Die ORION folgte der Krümmung des Mars bis zu dessen Südpol und tauchte schließlich in das PÜRaZeT[1] ein. Sofort wurde der kosmische String als goldene Linie auf dem Rundumschirm sichtbar, der in Richtung des galaktischen Zentrums an Aldebaran vorbeiführen würde. In der anderen Richtung verschwand die kosmische Reiseroute im namenlosen Nichts zwischen den Galaxien.

---

[1] Polar-Über-Raum-Zeit-Tor, künstliches Wurmloch.

In einer flachen Bahn ließ ich die ORION in den Raumzeitbereich des Strings eintauchen. Auch ohne zusätzliche Beschleunigung vergrößerte sich unsere Geschwindigkeit relativ zu Sol auf das Milliardenfache. Als ich dann die Beschleunigung auf ihren Maximalwert von zwölftausend g einstellte, begannen sich die Sternenkonstellationen bereits nach kurzer Zeit merklich zu bewegen. Knapp vierzig Sekunden später hatten wir eins Komma fünf Prozent der lokalen Lichtgeschwindigkeit erreicht, was dem Fünfzehnmillionenfachen der Geschwindigkeit des Lichts im flachen Raum entspricht. Die zurückgelegte Strecke betrug zehn Lichtjahre. Da wir nicht in den aldebaranischen Hoheitsraum einfliegen wollten, was den unweigerlichen Kontakt mit den vielfältigen Waffen einer Ischtar-Festung bedeutet hätte, wendete ich die ORION und bremste erneut mit zwölftausend g gegen die Flugrichtung ab. Dieses Manöver reduzierte unsere Geschwindigkeit beim letzten Stringknoten vor dem imperialen Bereich auf Null. Ich steuerte die ORION auf den kreuzenden String, um das Imperium zu umgehen. Eine weitere Abzweigung brachte uns auf eine kosmische Hochgeschwindigkeitsstrecke, die an unseren aldebaranischen Freunden und danach am Mohak-Reich vorbei zum galaktischen Zentrum führte.

Die volle Beschleunigung brachte uns gut vier Minuten später auf zehn Prozent der lokalen Lichtgeschwindigkeit und vierhundertvier Lichtjahre näher an das galaktische Zentrum heran. Danach stellte ich aus Sicherheitsgründen die mächtigen Vril-Triebwerke ab. Schließlich wollten wir nicht riskieren, dass ein zufällig unseren Weg kreuzender Gesteinsbrocken die Reflektoren durchschlug. Etwas mehr als zwei Stunden ließ ich die ORION entlang des kosmischen Strings rasen, wodurch wir mehr als vierundzwanzigtausend Lichtjahre zurücklegten.

»An wie vielen galaktischen Reichen mögen wir, ohne es zu wissen, vorbeigeflogen sein?« Die Augen Jenkins' nahmen bei seiner Frage den für ihn typischen verträumten Ausdruck an.

»Sowohl der Durchmesser des Imperiums als auch der des

Mohak-Reiches liegen in der Größenordnung von einhundert Lichtjahren«, versuchte ich seine Frage zu beantworten. »Folglich gibt es viele hundert Reiche in unmittelbarer Nähe zum String, auf dem wir uns bewegen – eventuell noch weitaus mehr, da die Sternendichte zum Zentrum der Galaxis hin zunimmt.«

»Warum versuchen wir dann nicht mit einer dieser Zivilisationen Kontakt aufzunehmen, um einen verlässlichen Bündnispartner gegen die Mohak zu finden?«, stellte der Hauptmann eine durchaus naheliegende Frage.

Nachdenklich schaute ich in die stahlblauen Augen meines Kopiloten. »Diese hypothetischen mehrere hundert Reiche, die möglicherweise in der Nähe des Strings liegen, verteilen sich auf Milliarden von Sternen. Nehmen wir an, diese Imperien sind von der gleichen Größe wie das aldebaranische oder das der Mohak, indem sie jeweils ein paar Hundert Sonnensysteme kolonialisiert haben. Dann müssten wir zigtausende Systeme untersuchen, bis wir auf das Erste dieser Reiche träfen. Ob die dann von uns gefundenen Intelligenzen eine Mentalität aufweisen, die sie eignet, zu unseren Bündnispartnern zu werden, ist mehr als unsicher. Abgesehen davon wäre eine uns technisch unterlegene Zivilisation für unseren Krieg gegen die Mohak ohne großen Wert. Vor diesen Hintergründen macht es durchaus Sinn, stattdessen die Nachfahren gemeinsamer Ahnen aufzusuchen, die uns sicherlich näherstehen als den Mohak und die über eine mehr als zehntausend Jahre weiterentwickelte Technologie als wir verfügen, falls sie noch existieren.«

Rolf Jenkins nickte nachdenklich. Offenbar hatten ihn meine Argumente überzeugt. Immerhin waren es genau jene Gedankengänge, die ich beim Vorstoß Bendalurs in meinem Büro abgewogen hatte und die mich so schnell diesem Unternehmen zustimmen ließen.

Zum Abbremsen drehte ich die ORION um einhundertundachtzig Grad und zündete die Vril-Triebwerke. Vier Minuten später war unsere Geschwindigkeit relativ zu den Sternen aufgehoben.

Wir hatten einen weiteren Kreuzungspunkt erreicht, über den wir jenes System anfliegen konnten, das nach den Koordinaten, die wir vor einhundertvierundvierzig Jahren auf Tangalon erbeutet hatten, als Erstes von den Capellanern besiedelt worden war.

»Entfernung neunzehn Lichtjahre, Flugdauer achtzig Sekunden«, meldete Jenkins über die Bordkommunikation, während ich die ORION auf den kreuzenden String ausrichtete und die Triebwerke auf Volllast schaltete.

Hinter den Pilotensitzen im großzügigen Cockpit der ORION befanden sich vier Sechserreihen bequemer Sessel, die durch den Mittelgang in Dreiergruppen geteilt wurden – mehr als genug Platz für die achtzehn weiteren Besatzungsmitglieder, die nach der Meldung des Hauptmanns nun nach und nach eintrafen. Sie hatten den bisherigen Flug auf den Monitoren ihrer Kabinen verfolgt. Nun war jedoch das Zielsystem erreicht, sodass es sinnvoll war, die militärischen und wissenschaftlichen Kompetenzen in einem Raum zu versammeln.

In unmittelbarer Nähe des unbekannten Systems steuerte ich die ORION mit einem Prozent der Lichtgeschwindigkeit aus dem Raumzeitbereich des kosmischen Strings. In sieben Lichtstunden Entfernung leuchtete ein blauer Riese.

»Das gibt es doch nicht! Vierundsechzig Planeten!«, fasste Jenkins die Messergebnisse der Optiken unseres Spezialraumschiffs zusammen.

Meine Abenteuerlust, die mich bei dieser Mission von Anfang an ergriffen hatte, wurde durch die Angaben des Hauptmanns noch einmal gesteigert. *Vierundsechzig Planeten! Was mag es hier alles zu entdecken geben?*

»In der Lebenszone der Sonne gibt es acht Gasriesen mit einer Vielzahl von Monden. Dreiunddreißig davon liegen zwischen der Größe des Mars und dem eineinhalbfachen Durchmesser Terras. Davon haben wiederum fünfundzwanzig eine Sauerstoff-Stickstoff-Atmosphäre mit Spuren von Methan, was auf Leben hinweist«, meldete mein Copilot weiter. »Zwischen den Umlaufbahnen der acht Gasriesen gibt es sieben weitere Planeten, jeder von ihnen drei- bis viermal so groß wie Terra. Aber irgendwas stimmt nicht mit ihnen. Sie bestehen aus festem Gestein, aber ihre Dichte beträgt nur etwa ein Fünftel der Dichte Terras.«

»Jetzt kann ich verstehen, warum die Capellaner dieses System zuerst besiedelten«, kommentierte Professor Bendalur. »Ein derartiger Reichtum an bewohnbaren Himmelskörpern wurde bisher in keinem System vorgefunden. Und was es mit den sieben leichten Planeten auf sich hat, werden wir noch herausfinden.« Die Gesichtszüge des galaktischen Historikers dokumentierten absolute Zuversicht.

»Ob sich die Monde der Gasriesen oder die seltsamen Planeten dazwischen für eine Besiedlung wirklich eignen, möchte ich bezweifeln«, entgegnete Jenkins. »Die Messgeräte zeigen eine extrem starke Gamma-Strahlung an, und zwar von der harten Sorte.«

»Das ist Hawking-Strahlung«, erklärte Professor Silberheim das Phänomen prompt. »Wir sind noch nicht einmal eintausend Lichtjahre von dem gigantischen Schwarzen Loch im Zentrum der Milchstraße entfernt. Virtuelle Paarerzeugung[2] findet spontan überall im Vakuum statt. Die Paare vernichten sich sofort wieder, was die Energie, die zu ihrer Erzeugung notwendig war, freisetzt. Unter dem Strich also ein Nullsummenspiel. Entsteht ein virtuelles Teilchenpaar jedoch in unmittelbarer Nähe des Ereignishorizonts des Schwarzen Loches, so verschwindet häufig ein Teilchen dahinter, es fällt also ins Schwarze Loch, während das andere ihm entkommt. Damit ist aus einem virtuellen Teilchen ein reales Teilchen geworden, das sich mit auf ähnlichem Wege entstandenen Antiteilchen vernichten und damit Gammastrahlung erzeugen kann. Aus diesem Grunde …«

»Ist ja schon gut«, unterbrach ich den Physiker, »die Gamma-Strahlung kommt also von dem relativ nahen Schwarzen Loch. Das genügt uns Nicht-Physikern zunächst.«

---

[2] Elektron-Positron Paare

22

»Wegen der hoch dosierten Hawking-Strahlung ist in diesem Raumsektor mit einer sehr hohen Mutationsrate zu rechnen«, mischte sich Professor Blombeck ein. Er war einer der führenden Biologen in den Diensten Thules.

»Sie meinen, dass trotz der Strahlung auf den Monden Leben entstanden sein könnte?«, hakte ich nach. »Und wenn ja, würde die hohe Mutationsrate dann zu einer großen Artenvielfalt führen?«

Der Biologe räusperte sich kurz, bevor er erklärte: »Sie vergessen die Spuren von Methan, die wir bei den Sauerstoff-Monden angemessen haben. Diese beantworten Ihre erste Frage. Offensichtlich gibt es dort Leben. Zur Artenvielfalt kann ich jedoch nichts sagen, da wir das Wirken der Evolution unter solchen Bedingungen noch nicht beobachten durften.«

»Haben Sie irgendwo in der Nähe des Strings ein oder mehrere PÜRaZeT anmessen können?«, wandte ich mich wieder an den Hauptmann. Falls tatsächlich eine fortschrittliche Zivilisation das System bewohnte, war das Vorhandensein der künstlichen Wurmlöcher keineswegs unwahrscheinlich.

»Nicht direkt«, antwortete Jenkins ausweichend. »In drei Lichtminuten Entfernung kann ich eine Verformung der Raumzeit anmessen, die in der Tat an ein Wurmloch erinnert. Ich habe den Bereich allerdings optisch abgesucht und keine Gravitationsprojektoren entdeckt, die das oder die Wurmlöcher erzeugen könnten. Die starke Krümmung der Raumzeit entsteht dort scheinbar aus dem Nichts.«

»Geben Sie die Koordinaten dieses Phänomens in den Bordrechner. Wir nehmen Kurs darauf«, befahl ich.

Fünfunddreißig Minuten später hatten wir die Quelle der seltsamen Erscheinung erreicht. Auf dem Rundumbildschirm war zunächst nichts zu erkennen. Wir flogen weiter auf die eindeutig von uns angemessene Stelle im Raum zu. Dann erkannten wir plötzlich zwischen der sinnverwirrenden Sternenpracht einen dunklen Punkt auf dem auf starke Vergrößerung geschalteten Schirm. Langsam wurde der Punkt zu einer graubraunen Sichel.

»Sieht aus wie der Blick durch ein PÜRaZeT«, bemerkte Major Friedrichs, der Kommandant der zwölf Elitesoldaten der Leibgarde.

»Es sind allerdings keine Projektoren für die Gravitationsfelder und zum Injizieren der exotischen Materie zur Stabilisierung des Wurmlochs sichtbar«, bestätigte Silberheim die Beobachtungen Jenkins'.

Langsam drehte ich mich um und blickte den Professor nachdenklich an. »Ist es nicht denkbar, dass die Capellaner, falls es sich bei ihnen um die Urheber des Phänomens handelt, über eine Technologie verfügen, die ohne Projektoren am Anfang und Ende des Wurmlochs auskommt?«

Der Ansatz seiner schneeweißen Bürstenfrisur schob sich leicht nach vorne, als der Physiker die Stirn kräuselte. Er machte ein Gesicht, als ob ich etwas unglaublich Dummes gesagt hätte. Nach einigen Sekunden entspannten sich seine Gesichtszüge wieder. »Nein, das ist unmöglich. Irgendwoher müssen die Gravitationsfelder zum Aufbau der Raumzeitverzerrung schließlich kommen. Der Kollege Einstein hat vor ein paar Jahren mal eine Arbeit darüber verfasst, dass Wurmlöcher an ihren Enden auch durch kosmische Strings erzeugt werden könnten, die zu Schleifen aufgewickelt sind, anstatt sich Millionen von Lichtjahren in den Raum zu erstrecken. Diese Arbeit Einsteins war jedoch von rein akademischem Interesse, da niemand eine Ahnung hatte, wie man in der Praxis geschlossene, räumlich stark begrenzte kosmische Strings erzeugen sollte. Wenn nun aber die Capellaner eine Möglichkeit gefunden hätten …« Der Professor ließ seine Schlussfolgerung offen, weil ohnehin jedermann ahnte, worauf er hinauswollte.

»Tarnvorrichtung aktiviert!«, informierte ich die Besatzung. »Wir fliegen in das Wurmloch. Offensichtlich führt es uns in die direkte Nähe eines der Monde oder eines der zwischen den Gasriesen kreisenden seltsamen Planeten.«

»Wir wissen aber nicht, worum es sich bei dem Phänomen

genau handelt«, wandte Silberheim ein. »Wir *glauben* lediglich, dass es ein Wurmloch ist.«

»Ich bin Ihrer Meinung, dass Glauben keine Tugend ist.« Es machte mir Spaß, dem Professor die Worte im Mund umzudrehen. »Doch wenn wir warten, bis wir genau *wissen,* was hier los ist, könnte unsere Mission hier wegen des primitiven Kenntnisstandes unserer Physiker schon mal leicht ein paar Jahrhunderte dauern.« Meine Stimme triefte vor Ironie. Obwohl der Naturwissenschaftler wusste, wie sehr ich seine Arbeit und die seiner Kollegen in Wirklichkeit schätzte und dass ich ihn nur ein wenig aufziehen wollte, schnappte er nach Luft. Die zwölf schwarz uniformierten Elitesoldaten lachten unverschämt.

Bei der Annäherung an das potenzielle Wurmloch bremste ich die ORION weiter ab. Falls etwas Unvorhergesehenes passieren sollte, wollte ich in der Lage sein, den Anflug rechtzeitig abzubrechen. Doch es geschah nichts Außergewöhnliches. Der kreisrunde Ausschnitt im Raum, der einfach ohne erkennbare Ursache da war, wurde immer größer. In dem darin enthaltenen Ausschnitt des graubraunen Planeten oder Mondes wurden unregelmäßige dunkle Flecken sichtbar, die wie tiefe Löcher in der Planetenoberfläche wirkten. Doch kurz bevor wir das Loch im Raum durchflogen, ging ein brutaler Ruck durch das Schiff. Ich verlor auf der Stelle das Bewusstsein.

Ende Bericht Elnan

*

Grogu-Tan zitterte am ganzen Köper. Die Knie seiner dünnen Beinchen schlugen unkontrolliert gegeneinander. Die Energieversorgung der Prallfelder von Tor Zunta-Gel-Bar hatte eine Leistungsspitze gemeldet, die durch die Abwehr eines materiellen Körpers verursacht worden war. Grogu-Tan wurde übel bei dem Gedanken. Er hoffte inständig, dass es sich um einen Meteoriten gehandelt hatte, der von den Prallfeldern abgewehrt worden war. Nicht auszudenken, wenn es ein Raumschiff gewesen war – das Raumschiff einer fremden Spezies, die seinem Volk vielleicht gefährlich werden konnte! Welch grauenvoller Gedanke! Seit Jahrtausenden hatten es keine Fremden mehr gewagt, nach Neocapella vorzudringen. Die panische Angst, die den Capellaner durchströmte, drohte ihm das Bewusstsein zu rauben.

Mit dem letzten Funken Willenskraft, der ihm geblieben war, wehrte er die drohende Ohnmacht ab. *Vielleicht war es ja doch ein Meteorit,* versuchte er sich mit aller Macht zu beruhigen.

Er hob seine beiden zierlichen Händchen und beobachtete, wie sie heftig zitterten. *Es hilft nichts. Du musst dir Gewissheit verschaffen.*

Nach ein paar Sekunden, die Grogu-Tan benötigte, um den Gefühlssturm in seinem Kopf, der an ein auf das dünne Ende gestelltes Ei erinnerte, abebben zu lassen, gab er den Gedankenbefehl: *Optische Aufzeichnungen auf den Bildschirm.*

Die schwarzen ovalen, tennisballgroßen Augen des grauen haarlosen Wesens stierten ohne erkennbare Pupillen auf die optische Darstellung der Umgebung des Tors Zunta-Gel-Bar zum Zeitpunkt des Vorfalls. Zu sehen war – nichts. Die Prallfelder hatten Energie abgerufen, um etwas abzuwehren, das anscheinend unsichtbar gewesen war.

Ein unsichtbares Raumschiff!, schoss es Grogu-Tan durch den Kopf, der für seinen kleinen, zierlichen Körper vollkommen überdimensioniert wirkte. *Natürlich ist es keine Kunst, ein Raumschiff vor der Entdeckung durch elektromagnetische Strahlung zu verbergen. Schließlich braucht man dafür nur primitive Metamaterialien. Doch das heißt noch lange nicht, dass die Fremden nicht doch über eine hoch entwickelte Technologie verfügen, die uns gefährlich werden kann.*

Diese Erkenntnis raubte dem General der neocapellanischen Raumüberwachung endgültig das Bewusstsein.

*

Wie lange war ich ohnmächtig? Warum überhaupt? Die Fremden! Erneut wurde Grogu-Tan schwarz vor Augen. *Zusammenreißen!*

Seit dreihundertfünfundachtzig Jahren[3] war er nun General der Heimatverteidigung. Aber so etwas Schockierendes war in dieser Zeit nur einmal passiert und hatte sich glücklicherweise als Segen herausgestellt. Der Capellaner drehte sich kurz um und entdeckte drei Artgenossen, die ohne Bewusstsein am Boden lagen. Offensichtlich hatten sie die Ohnmacht ihres Vorgesetzten bemerkt und dabei ebenfalls den Versuch des Eindringens von Fremden in das System mitbekommen. Natürlich waren sie vor Angst ebenfalls ohnmächtig geworden.

Der Medoroboter, der den General mit einer Injektion kreislaufstabilisierender Mittel wieder erweckt hatte, wandte sich nun den am Boden liegenden, zwischen einszwanzig und einsvierzig großen Soldaten zu. *Unerschrocken haben sie die Ursache meiner Bewusstlosigkeit zu ergründen versucht,* dachte Grogu-Tan stolz. Auch ihnen verabreichte der wie ein Neocapellaner aussehende Roboter das Kreislaufmittel und eine angstunterdrückende Droge.

Oh, die Droge habe ich wohl auch bekommen, sonst würde ich nicht so einfach mit den Dingen umgehen können. Der Leiter der Raumüberwachung wusste, dass spätestens zwei Stunden nach der Verabreichung dieser Drogen der unweigerliche Zusammenbruch erfolgen würde. Schließlich waren neocapellanische Gehirne zu komplex, um sich auf Dauer mit chemischen Mittelchen austricksen zu lassen.

Doch Grogu-Tan gedachte, die wenigen Stunden der angstfreien Euphorie zu nutzen. Momentan war er ruhig genug, um an etwas zu denken, das sein Hochgefühl zusätzlich steigerte: an den

---

[3] Übersetzt in terranische Jahre.

Großen Retter. Er war gekommen, um das Volk der Neocapellaner auf ewig zu schützen. Dazu hatte er die uralten Schöpfungen
des capellanischen Geistes wieder zum Leben erweckt. Nichts
konnte den Großen Retter aufhalten. Er würde die Fremden für
ihren Frevel bestrafen, unaufgefordert in das heilige System vordringen zu wollen.

Feuchtigkeit glänzte in den selbst für den großen Kopf riesigen
Augen des Generals. Hass auf die Fremden stieg in ihm auf, die
ihm die Bewusstlosigkeit beschert hatten und für den bald folgenden Zusammenbruch nach dem Drogenrausch verantwortlich
sein würden.

Obwohl er sie genoss, bekämpfte Grogu-Tan die Gefühle, die
er ohne die Droge niemals hätte empfinden können. Er gab dem
Großrechner den Befehl, aus der räumlichen Verteilung der zur
Abwehr der Fremden aufgewandten Energie die Form des feindlichen Raumschiffes zu berechnen. Dass es sich um Feinde handelte, stand für den General außer Frage. Kein Freund hätte sich
derart abscheulich benommen.

Eine Millisekunde später zeigte der Bildschirm ein Raumschiff.
Es hatte die Form eines spitz zulaufenden Dreiecks mit linsen-
förmigem Querschnitt. Mehr ließ sich vorerst nicht herausfinden.

Es war nun an der Zeit, mit dem Großen Retter persönlich Kontakt aufzunehmen. Immerhin handelte es sich beim versuchten
Eindringen von Feinden um ein Ereignis, wie es in den vergangenen Jahrhunderten nur ein einziges Mal – nämlich beim Erscheinen des Großen Retters – vorgekommen war.

Trotz der Droge verspürte Grogu-Tan Angst und Unsicherheit,
als er dem Rechner befahl, eine Verbindung zum Großen Retter
herzustellen. Natürlich war der Gottähnliche mit den Edlen, die
er mitgebracht hatte, der Beschützer des Volkes, doch wer wollte
schon bei einem solchen Wesen durch unbedachte Meldungen in
Ungnade fallen?

*

Tiefe Zufriedenheit durchströmte den Großen Retter. Die Onstrakar hatten sich tatsächlich zu einer offenen Raumschlacht gestellt. Diese Methan atmenden Wesen hatten in diesem Raumsektor in der Nähe des Zentrums ein riesiges Reich aufgebaut und lediglich die neocapellanischen Systeme ausgespart. Zu tief saß die mehr als zehntausend Jahre alte Furcht vor den überlegenen Streitkräften Capellas, die damals aus dem stolzen Volk der Onstrakar ein Volk von Sklaven gemacht hatten.

Doch die alte Macht Capellas würde neu und gewaltiger als jemals zuvor erstrahlen. Der Große Retter würde alle Völker der Galaxis unter seiner Herrschaft vereinen und hier und jetzt an den mächtigen Onstrakar ein Exempel statuieren.

Die aufrecht gehenden Methanatmer, mit den acht Armen und ihren auf dünnen Hälsen ruhenden faustgroßen Köpfen, hatten eine riesige Flotte aufgeboten, um den Ansturm der zwölf Cassadaren aufzuhalten. Doch selbst viertausend Schiffe konnten mit dem Dutzend mittelgroßer Yx nicht fertig werden. Dessen war sich der Große Retter sicher. Er ging sogar davon aus, keinerlei Verluste in dieser Schlacht hinnehmen zu müssen.

Über seine Funkschnittstelle, die seine Gedanken in Nervenimpulse des Cassadaren, in dem er sich befand, übersetzte – und umgekehrt –, sah er durch dessen Augen. Die Formationen der jetzigen Gegner und baldigen Sklaven sammelten sich vor dem gigantischen bunten Gasball des neunzehnten Planeten des Heimatsystems der Onstrakar. Nur wenig mehr Masse hätte aus dem Gasriesen eine Sonne gemacht.

Die viertausend ›Zigarren‹ hatten sechzehn halbkugelförmige Angriffsformationen gebildet. Verständlich, denn ihre einzige Möglichkeit bestand darin, durch das gleichzeitige Feuer aus möglichst vielen Schiffen einen Cassadaren zu vernichten.

Die Formationen bewegten sich mit einem Zehntel der Lichtgeschwindigkeit auf die zwölf Yx zu, um die Aufprallwucht ihrer Granaten zusätzlich zu steigern.

Noch drei Lichtminuten. Es würde also noch eine halbe Stunde dauern, bis die Onstrakar feuern konnten. Das erschien dem Großen Retter viel zu lange. Bequem saß er in dem breiten schwarzen Sessel in der Wirtsfalte des Cassadaren und beobachtete den Flottenaufmarsch durch die riesigen Frontaugen der gentechnologischen Meisterleistung der alten Capellaner. Kurz blickte er über seine elektronisch-neuronale Schnittstelle durch die seitlichen Augen eines der mächtigsten Wesen der Galaxis – zumindest bis die Assandaren, eine größere Sorte Yx, noch nicht geschlüpft waren.

Die schwarzbraun glänzenden, dreihundert Meter langen Körper der anderen elf Cassadaren wurden sichtbar. Als der Große Retter den Beschleunigungsbefehl gab, klappten aus den Enden der tropfenförmigen, mit unzähligen Wülsten übersäten Yx trichterförmige Ausstülpungen heraus. Gerichtete Neutrinostrahlung wurde in einem organischen Vril-Prozess erzeugt, der die zwölf Giganten mit einer für ihre Größe irrsinnigen Beschleunigung von sechstausend g dem Gegner entgegeneilen ließ.

Als die Riesenflotte nur noch drei Lichtsekunden von der Handvoll Cassadaren entfernt war, ließ der Große Retter das Feuer eröffnen. Neutrinostrahlung eines exakt abgestimmten energetischen Spektrums eilte den gentechnologischen Schöpfungen mit Lichtgeschwindigkeit voraus. Innerhalb von zwölf der länglichen Feindschiffe superponierten sich die Neutrinowellen auf eine Weise, die die Sphaleron-Baryogenese auslöste, wodurch feste, zylinderförmige Körper entstanden. Es handelte sich um Vril-Bomben mit einer Sprengkraft von je einer Gigatonne herkömmlichen TNTs. Noch in der gleichen Nanosekunde wurde die entsprechende Energie durch den umgekehrten Vorgang, die Baryonenvernichtung, freigesetzt. Zwölf Sonnen entstanden in den Formationen der Onstrakar.

Dann ging es Schlag auf Schlag: Jeder der Cassadaren erzielte pro Sekunde mindestens zehn Abschüsse. Überall in den Formationen des Feindes blitzte es in schneller Folge auf. Fünfzehn apokalyptische Sekunden später hatte sich fast die Hälfte der Methanatmer-Schiffe in sich mit gespenstischer Lautlosigkeit ausdehnende Glutwolken verwandelt, die sich vereinigten und die unbeschädigten Schiffe gefährdeten. Die Formationen der Achtarmigen lösten sich auf. Nach allen Seiten stoben die zigarrenförmigen, silbern glänzenden Schiffe auseinander. Der Große Retter ließ das Feuer einstellen. Zehn Jahrtausende waren die Onstrakar die unangefochtenen Herrscher dieses Raumsektors gewesen. Und nun waren sie von einem Dutzend Yx vernichtend geschlagen worden. Ihre einzige Chance bestand in der Flucht.

Ein unbeschreibliches Glücksgefühl wallte im Großen Retter auf. Er schaltete das einzige technische Gerät ein, von seiner elektro-neuronalen Schnittstelle einmal abgesehen, das er mit in die Wirtsfalte des Cassadaren genommen hatte: einen Translator. Dieser übersetzte die Worte des in den Augen der Neocapellaner Göttlichen in die im Infraschallbereich liegende Sprache der Onstrakar und leitete sie über die Schnittstelle und dann über die Nervenbahnen des gentechnologischen Meisterwerks an dessen organischen Sender weiter.

»Ich, der Große Retter der Völker der Milchstraße, fordere die Regierung Onstraks auf, das System ohne weiteren Widerstand an meine Streitkräfte zu übergeben. Ich beabsichtige die ehrenvolle Integration des onstrakischen Reiches in das pan-galaktische Imperium.« *Und eine noch ehrenvollere Nutzung eurer Ressourcen für den weiteren Aufbau der Yx-Flotte,* fügte er gedanklich hinzu und setzte ein spöttisches Grinsen auf. *Nichts wird mich noch aufhalten. Schon bald beten alle Völker dieser Sterneninsel zu ihrem Großen Retter.* »Es wird eine Bedenkzeit von einer Stunde gewährt.«

Die gesprochenen Worte wurden von dem Sendeorgan des Cassadaren in einer Endlosschleife wiederholt. Unvermittelt traf eine Sendung ein. Der Große Retter war davon überzeugt, dass es sich um die bedingungslose Kapitulation der Onstrakar handelte. Doch entgegen seinen Erwartungen rief ihn ein neocapellanischer General der Raumüberwachung an.

Was will dieses degenerierte Geschöpf?

»General Grogu-Tan hier!«, hörte der Herrscher die mit der hellen Stimme eines Kindes gesprochenen Worte. »Ein Raumschiff unbekannter Bauart hat versucht, über das Tor Zunta-Gel-Bar in unser System einzudringen. Ich sende die Rekonstruktion seiner Form aus der räumlichen Verteilung des Energiebedarfs der Prallfelder.«

Vor dem geistigen Auge des Großen Retters entstand das Bild eines spitz zulaufenden, dreiecksförmigen Raumschiffs, das anders aussah als alle Raumschiffstypen, die er kannte. Insbesondere war es grundverschieden von der üblichen Bauweise derjenigen, deren Besuch er seit Jahrzehnten zunächst befürchtet, aber nach der Fertigstellung der ersten Cassadaren eher freudig erwartet hatte.

»Vielen Dank, General, ausgezeichnete Arbeit«, gab der Herrscher zurück, weil er wusste, dass er mit seinen freundlichen Worten den sofortigen psychischen Zusammenbruch des Generals vermeiden würde. Er beauftragte fünf Cassadaren im Neocapella-System, die Fremden aufzuspüren und gefangen zu nehmen oder bei Gegenwehr zu vernichten. Ein wenig Vorsicht konnte auch dem Mächtigsten nicht schaden. Mit sich und der Welt rundum zufrieden lächelte der Mann in dem schwarzen Sessel still in sich hinein. Er war vom Präsidenten des aldebaranischen Geheimdienstes Thule zum Herrscher über die Neocapellaner mit ihren unglaublichen technologischen Schätzen aufgestiegen. Der nächste Schritt auf seiner Karriereleiter war ihm, Pentar, so klar wie nichts anderes zuvor in seinem Leben …

Kapitel 2: Das Geheimnis von Dornack

Fast geräuschlos senkte sich die kleine Vril auf den gigantischen Raumhafen von Neu Babylon, wie die Hauptstadt des Mars wegen einiger deutlicher Bezüge des alten Babylon zum ersten aldebaranischen Imperium genannt worden war. Sanft setzte das Raumschiff neben fünf wartenden Gestalten in schwarzen Raumanzügen auf, nachdem es drei Stützbeine ausgefahren hatte.

Die Schleusenwand der Flugscheibe, die als Kurierschiff zwischen der ROMMEL und dem Mars gedient hatte, öffnete sich langsam, bis sie schließlich den Boden erreichte. Ein einzelner, auffallend großer und ebenfalls mit einem schwarzen Raumanzug bekleideter Mann schritt die zur Rampe gewordene Schleusenwand hinunter.

Die fünf Wartenden salutierten zackig, indem sie die Hacken zusammenknallten und sich die rechte Faust auf die Brust schlugen, als der Hüne vor ihnen stand. Plötzlich fegte ein trotz der dünnen Marsluft ohrenbetäubendes Donnern über den Raumhafen. Im Hintergrund erhob sich ein Superschlachtschiff majestätisch langsam von den U-förmigen Stützen. Doch die geringe Geschwindigkeit war eine optische Täuschung, hervorgerufen durch die Größe des schwarzen Riesenschiffs. Der fünf Komma zwei Kilometer lange und eins Komma acht Kilometer hohe Gigant entfernte sich bereits mit mehr als dreihundertvierzig Metern pro Sekunde vom hoch verdichteten Belag des Raumhafens, womit er die Schallmauer durchbrochen hatte.

»Willkommen in Neu Babylon, Prokonsul!«, schrie einer der fünf in das abebbende Donnern.

Unaldor erwiderte den Gruß der Raummarschälle. »Wie geht es Elnan?«, wollte er als Erstes wissen.

Während die sechs Männer auf einen bunkerähnlichen Bau mit tief in den Beton eingelassener Stahltüre zugingen, vor der zwei Wachsoldaten standen, beantwortete Raummarschall Prien die

Frage des Regierungschefs der Dritten Macht: »Die Hundegrippe hatte ihn böse erwischt, doch nachdem er das vor zwei Wochen entwickelte Serum gespritzt bekommen hatte, wurde er vor zwei Tagen wieder vollkommen gesund. Gestern ist er sogleich mit seinem alten Gefährten, Professor Bendalur, und seinen Freunden Alibor und Nalia zu einer Vergnügungsreise zum galaktischen Zentrum aufgebrochen. Er hat sich wohl vom Professor breitschlagen lassen, etwas über die Capellaner und Regulaner herauszufinden, die sich vor elftausend Jahren vom Ersten Imperium abspalteten.«

Das Lächeln, das die Bezeichnung »Vergnügungsreise« kurz auf das Gesicht Unaldors gezaubert hatte, verschwand sofort wieder, als er an die mysteriösen Yx dachte, die das Imperium vor rund zehntausendsiebenhundert Jahren fast vollständig vernichtet hatten. Vielleicht konnte Elnan bei den Capellanern und Regulanern, sofern noch etwas von ihnen übrig war, etwas über die Yx erfahren und vielleicht fand man bei den ehemaligen Aldebaranern sogar eine Waffe, die den Krieg gegen die Mohak maßgeblich entscheiden könnte. *Alles Spekulation,* überlegte der Prokonsul, *aber hinfliegen und nachschauen kann zumindest nichts schaden.*

Keine Spekulation war hingegen der tückische Erreger der »Hundegrippe« genannten gefährlichen grippalen Infektion. Das Virus war von feindlich gesonnenen Menschen entwickelt und darauf abgestimmt worden, insbesondere Menschen mit aldebaranischen Genen intensiv zu befallen.

»Wir müssen unbedingt etwas gegen diese Teufel unternehmen, die uns nun seit mehr als fünfzig Jahren in die Suppe spucken«, meinte Raummarschall Edwards, während einer der Wachsoldaten mittels seines persönlichen Agenten die schwere Stahltür öffnete. Persönliche Agenten waren hochwertige Produkte solarer Nanotechnologie. Die winzigen Geräte befanden sich im Gehörgang ihres jeweiligen Besitzers und ermöglichten diesem die drahtlose Kommunikation mit anderen Trägern dieser Geräte.

Zusätzlich führten sie Gedankenbefehle aus, wie das Suchen von bestimmten Informationen im Universalnetz oder – wie in diesem Fall – das Abstrahlen eines Codes zum Entriegeln der Stahltür.

Nachdem die ranghohen Soldaten den Innenraum des Bunkers betreten und die schwere Tür hinter sich verschlossen hatten, strömte zischend Luft hinein.

»Wir müssen in der Tat gegen diese uneinsichtigen Finanzhaie vorgehen, die mit allen Mitteln an ihrer Macht über die Industrienationen festhalten wollen«, entgegnete Unaldor und drückte auf einen Knopf, der die zweiteilige Aufzugstür aufgleiten ließ. »Doch unser Eingreifen in die irdische Politik wäre eine Einmischung in die Belange eines nicht zum Imperium gehörenden Planeten. So etwas kann nur vom Imperator entschieden werden; unsere Kontaktaufnahme mit ihm wird wohl nach den neuesten Entwicklungen an der Mohak-Front nicht mehr weit in der Zukunft liegen.« Die vor mehr als einhundertvierzig Jahren auf Terra gestrandeten Aldebaraner hatten sich dazu entschlossen, eine militärische Großmacht im Sol-System zu errichten, ohne das Imperium von dessen Existenz zu unterrichten. Nur so konnte das Risiko minimiert werden, dass die Mohak durch Verhöre gefangen genommener Aldebaraner von dem nicht durch Ischtar-Festungen geschützten solaren System erfuhren und mit ihren Flotten auftauchten.

Ohne jeden Ruck setzte sich der Aufzug in Bewegung. Ein künstliches Gravitationsfeld sorgte dafür, dass die Männer nichts davon mitbekamen. Erst als der Aufzug nach einer Strecke von zwei Kilometern das Gestein der Decke durchstieß, wurde es plötzlich hell im Fahrstuhl. Wer zum ersten Mal mit einem solchen Aufzug fuhr, konnte erst jetzt wirklich erkennen, dass dessen Wände durchsichtig waren und dass man durch eine ebenfalls durchsichtige Röhre raste. Die Männer hatten nun eine fantastische Aussicht auf Neu Babylon. Die Stadt war in einer der unzähligen natürlichen Höhlen errichtet worden, die die Planetenkruste des Mars durchsetzten. Entstanden waren sie vor Jahrmilliarden, als sich das Magma des noch jungen Planeten zu dem weniger Volumen beanspruchenden Gestein abkühlte.

Selbst aus der immensen Höhe – der Aufzug befand sich mehr als fünf Kilometer über dem Boden, seit er die Gesteinsschicht der Decke verlassen hatte – konnten die Männer die Größe des Hohlraums nicht abschätzen. Er war völlig zerklüftet und wand sich in alle Richtungen. Ob es hinter einer der kilometerweit entfernten Biegungen weiterging oder ob eine Wand die Höhle begrenzte, war nicht auszumachen.

Die zerklüftete Landschaft mit ihrer farbenfrohen Pflanzenpracht und den kunstvollen Gebäuden faszinierte die Männer immer wieder, unabhängig davon, wie oft sie diesen Anblick bereits genossen hatten. Auch an den Wänden des gigantischen Hohlraums ragten Hunderttausende kleinerer Plattformen ins Innere, auf denen Gärten angelegt und Gebäude errichtet worden waren. Tausende Gleiter schwebten in allen Farben über der prachtvollen Welt im Inneren des Mars.

Als die sechs Männer den Aufzug verließen, wartete schon ein schwarz uniformierter Soldat auf sie, mit einem relativ großen Gleiter, der zehn Personen Platz geboten hätte. Der Feldwebel salutierte zunächst vorschriftsmäßig und öffnete dann die Seitentüre des komfortablen Fluggeräts.

Der Flug führte nach einigen Kilometern um eine Biegung herum und dann direkt auf das einzige große Gebäude der Stadt zu: eine Kuppel von zwei Kilometern Durchmesser, die auf einer Vielzahl kunstvoll verzierter Säulen ruhte, jede davon zweihundert Meter hoch.

Vor dem Haupteingang, gekennzeichnet durch einen antik wirkenden Rundbogen, setzte der Feldwebel den Gleiter sanft auf den rotbraunen Kunststoffbelag des Vorplatzes. Die sechs Militärs begaben sich durch eine große Eingangshalle, deren Wände weiß gestrichen und mit Ornamenten verziert waren, zu einer der Aufzuggruppen, um den Konferenzraum in der obersten Etage zu erreichen. Dieser bestand aus einer zehn Meter durchmessenden Glaskuppel, die auf der Hauptkuppel errichtet worden war, und beherbergte lediglich einen runden Tisch aus hellem Holz, mit gemütlich wirkenden Sesseln für zwanzig Personen.

»Wie ist die Lage an den Fronten?«, begann der Prokonsul in seiner knappen, zielführenden Art das Gespräch, nachdem seine fünf Marschälle ebenfalls Platz genommen hatten.

In der Mitte des runden Tisches öffnete sich eine kleine Klappe, dann entstand das Hologramm eines darunter verborgenen Projektors über dem Tisch. Es zeigte die Sterne des aldebaranischen Imperiums in grüner Farbe, die zum Mohak-Reich gehörenden Sonnen in Rot und schließlich, etwas abgelegen, das heimische solare System in Blau.

Marschall Edwards beugte sich nach vorn. Die hellblonden Haare seines Wangenbartes zitterten leicht, was auf seine innere Erregung hinwies. »Die Mohak konzentrieren eine riesige Flotte im Dornack-System. Einen derartigen Aufmarsch hat es in den letzten hundertundvierzig Jahren nicht mehr gegeben.« Auf den Gedankenbefehl Edwards', übertragen von seinem persönlichen Assistenten, wurde eins der roten Systeme in der Projektion gelb umrandet. Es befand sich in unmittelbarer Nähe zu einigen grün dargestellten Systemen, die zum Imperium gehörten. »Wir verfügen über einige Aufnahmen aus jenem System, die von einer Vril mit Tarneigenschaften gemacht wurden.«

Die über dem Tisch schwebenden Sternenkonstellationen verschwanden und machten einem blauen Planeten Platz, der von einer gewaltigen Flotte umkreist wurde. Die dreieckförmigen Schiffe mit den typischen, ebenfalls dreieckförmigen Aussparungen am Heck bildeten unterschiedliche Formationen, die zusammengenommen aus Tausenden von Raumern bestehen mussten.

»Rund achttausend! Darunter neunhundert Schlachtschiffe«, beantwortete der ehemals britische Soldat die unausgesprochene Frage Unaldors, dessen strahlend blaue Augen auffordernd geschaut hatten.

»Was könnte der Grund für diesen Aufmarsch sein?«, überlegte der Prokonsul laut. »Die Mohak wissen um die Feuerkraft der Ischtar-Festungen, die jeden strategisch bedeutsamen Stringknoten rund um das Imperium schützen. Deshalb haben sie bis heute keinen Versuch gestartet, erneut ins Imperium vorzustoßen. Ihr vorletzter, gescheiterter Versuch war die Invasion Bangalons – und das zu einer Zeit, als es noch keine Ischtar-Festungen gab. Wenige Jahre später versuchten sie mit einer mittelgroßen Flotte ins Imperium einzudringen und machten zum ersten und bisher letzten Mal Bekanntschaft mit der Feuerkraft der Festungen. Den Echsen muss doch klar sein, dass selbst von dieser Riesenflotte nicht genügend Schiffe in den imperialen Hoheitsraum vordringen werden, um Aldebaran ernsthaft zu gefährden.«

»Also haben die Lurche irgendein Ass im Ärmel, von dem wir nichts wissen«, kommentierte Raummarschall Prien die Überlegungen seines einzigen Vorgesetzten. Neben dem mehr als einen Kopf größeren Unaldor wirkte der ehemalige deutsche U-Boot-Kommandant, obwohl beide saßen, ein wenig verloren. Ein Blick in seine vor Tatkraft sprühenden graublauen Augen warnte jedoch jeden davor, den Soldaten zu unterschätzen.

»Folglich bleibt uns nichts anderes übrig, als hinzufliegen, um herauszubekommen, was die Echsen aushecken«, mischte sich Raummarschall Tomoyuki in die Diskussion ein. Neben Europäern und Amerikanern bevölkerten rund zwanzig Millionen Japaner die Stützpunkte der Dritten Macht. Auf Angehörige dieses fleißigen, tapferen und intelligenten Volkes hatte man nicht verzichten wollen.

»Völlig richtig!«, pflichtete Unaldor dem Asiaten bei, der zusammen mit zweihundert Kameraden von einer Flugscheibe aus dem Pazifik geborgen worden war, nachdem ein amerikanisches U-Boot im Jahre 1945 den Kreuzer der kaiserlich-japanischen Marine versenkt hatte. »Stellen wir ein Kommandounternehmen zusammen. Hat jemand Vorschläge, wer sich dafür am besten eignet?«

Wie aus einem Mund antworteten Prien und Edwards gleich-zeitig: »Major Sondtheim.«

*

Gespannt beobachtete der dunkelblonde Mann mit der auffälligen Hakennase den blauen Planeten, der sich aus der Schwärze des Alls schälte. Auf dem Rundumbildschirm der Spezial-Vril wurden die Schiffe der Mohak vom Bordrechner als kleine Punkte dargestellt, denn sie wären aus dieser Entfernung mit bloßem Auge noch nicht sichtbar gewesen.

»Ich messe auftreffende Radarwellen an«, meldete Feldwebel Lars Jörgensen, ein über zwei Meter großer Hüne mit schwedischen Wurzeln. Dabei blickte er den Major von der Seite an, dessen Nase aus diesem Blickwinkel noch gewaltiger wirkte.

»Gut!«, entgegnete Wolfgang Sondtheim lakonisch, ohne den Blick von dem näher kommenden blauen Planeten mit den ihn umhüllenden Punkten zu wenden. Er wusste, dass die Metabeschichtung ihres Spezialraumschiffs elektromagnetische Wellen um die kleine Flugscheibe herumlenkte, die somit weder optisch wahrgenommen noch mittels Radar geortet werden konnte.

Die Punkte wurden zu kleinen Dreiecken. Der Bordrechner hatte auf optische Erkennung umgeschaltet, da die Vril nun nahe genug heran war. Das vielseitige kleine Raumschiff bewegte sich nur noch mit zehntausend Kilometern pro Stunde auf den Planeten zu und bremste weiter ab. Der Major wollte schließlich nicht, dass die Mohak durch ein Aufglühen der Atmosphäre auf das Kommandounternehmen aufmerksam wurden. Zwischen zwei der riesigen Schlachtschiffe der Echsen glitt der unsichtbare Flugkörper hindurch, um wenige Minuten später in die Sauerstoff-Stickstoff-Atmosphäre von Dornack I einzutauchen. Der Planet bot sowohl für Menschen als auch für Mohak hervorragende Lebensbedingungen. Langsam senkte sich die Flugscheibe am Äquator bis auf einen Kilometer Höhe über den grünen Dschungel des größten Kontinentes herab. Das satte Grün der Baumwipfel reichte in allen Richtungen bis zum Horizont.

Unter sich sahen die fünf Männer an Bord der Vril auf dem Fußbodenschirm die eintönige Landschaft vorbeiziehen.

»Dort! Hinter dem Bergkamm auf zwei Uhr! Spitzen von Pyramiden! Brutstöcke der Mohak!« Feldwebel Frank Green deutete auf die soeben von ihm entdeckten Bauwerke. Mit zwanzig Jahren war er der Jüngste des Kommandos. Er war als Sohn irischstämmiger Eltern auf dem Saturnmond Titan geboren worden. Sein Name und seine roten Haare bildeten einen Kontrast, über den von seinen Kameraden des Öfteren gescherzt wurde.

»Daneben muss sich der Raumhafen befinden!«, ergänzte Wolfgang die Entdeckung.

Als sie den dicht bewachsenen Gebirgskamm überflogen, erblickten sie die pyramidenförmigen Brutstöcke, in denen die Echsen wohnten, oftmals arbeiteten und ihre Jungen aufzogen. Hunderte der bis zu zwei Kilometer hohen Bauten reihten sich auf einer Breite von rund dreißig Kilometern bis zum zwanzig Kilometer entfernten Meer. Links daneben lag der Raumhafen. Er reichte ebenfalls vom Gebirge bis zum Meer und verlief an der Küste entlang bis zum Horizont. Die typischen dreieckförmigen Raumschiffe der Mohak waren nur spärlich auf der riesigen Fläche vorhanden – offensichtlich befanden sich die meisten im Orbit um den Planeten.

»Hat jemand einen guten Landeplatz entdeckt?«, fragte der Major seine Männer. Auf dem Raumhafen oder in der Stadt wollte er nicht landen, weil dann das Risiko einer zufälligen Entdeckung durch die Echsen bestanden hätte.

»In den Bergen ist mir eine tiefe Schlucht aufgefallen – breit genug, um hineinfliegen zu können.« Leutnant Wilhelm Schulz deutete mit dem Daumen in Richtung des parallel zum Meer verlaufenden Höhenzugs. Der etwas untersetzte Soldat mit den schütteren hellblonden Haaren wurde von Freunden meistens »Willi« genannt. Er galt als äußerst gutmütig, solange man nicht eine gewisse Grenze bei ihm überschritt. Sein unscheinbares Äußeres hatte bereits bei einigen, die diese Grenze ausgelotet hatten, zu bösen Fehleinschätzungen geführt. Willi war, wie die anderen Männer an Bord auch, Mitglied der Leibgarde des Prokonsuls. Wie bei ihrem aldebaranischen Vorbild waren alle Gardisten hervorragend ausgebildete Spezialisten in Kampfsport und Waffenkunde.

Der Major steuerte die Vril über seinen VR-Helm zurück zum Gebirge. Für die Insassen sah es so aus, als ob das runde Pult mit den davor sitzenden Männern und die Wendeltreppe in der Mitte des Raumes über der Landschaft wegkippten, denn die Wände des kuppelförmigen Raumes und auch der Boden waren Bildschirme. Dieser Eindruck, frei im Raum zu schweben, machte es für Menschen mit Höhenangst nicht unbedingt leicht, eine Vril zu benutzen. Doch solche Ängste kannten die fünf Elitesoldaten natürlich nicht.

Mit dem Zeigefinger deutete Willi dorthin, wo er die Schlucht entdeckt hatte.

»Alles klar! Habe sie gefunden!«, ließ Wolfgang nach wenigen Sekunden verlauten, sodass der Leutnant seinen ausgestreckten Arm wieder senken konnte. Die dicht bewachsene Gipfelregion hatte in einem etwa drei Kilometer großen Bereich eine Hochebene ausgebildet, durch deren Mitte sich ein einhundert Meter breiter Riss zog. Sondtheim dirigierte die Flugscheibe genau über die Spalte. Die Männer konnten nun unter ihren Füßen den Boden der Schlucht erkennen, die rund fünfhundert Meter tief war. Selbst dort unten wuchsen Bäume. Es musste sich um Sorten handeln, die mit wenig Licht auskamen. Außer um die Mittagszeit, wenn die Sonne senkrecht am Himmel stand, lag der Boden im Schatten.

»Dort! Eine Lichtung!« Wieder war es Schulz, der die Entdeckung gemacht hatte.

»Hervorragend«, kommentierte der Major und steuerte die Vril vorsichtig in die Schlucht hinein und auf die von Willi bezeichnete Stelle zu. Er fuhr die drei Stützbeine aus, die ebenfalls mit Metamaterialien beschichtet waren, und landete das Fluggerät weich auf dem moosigen Untergrund der Lichtung.

Der Dschungel um die Flugscheibe herum machte auf den ersten Blick einen harmlosen Eindruck. Geduldig beobachteten die Elitesoldaten die Flora, bis der Bordrechner die Analyse der Luftprobe bekannt gab, die er unmittelbar nach der Landung gemacht hatte.

»Achtzehn Prozent Sauerstoff, einundachtzig Prozent Stickstoff, Rest Edelgase und Kohlendioxyd. Keine gefährlichen Keime. Betreten der Oberfläche ohne geschlossene Raumanzüge möglich«, plärrte eine metallisch klingende Stimme. Die genaue Analyse war erst in unmittelbarer Bodennähe erfolgt, denn hier konnten Krankheitserreger vorhanden sein, die es in höheren Atmosphärenschichten nicht gab.

Sondtheim schaltete alle Aggregate ab, bis auf das elektrische Feld, das die Metamaterialien auf der Oberfläche der Vril so ausrichtete, dass sie das Licht durch Totalreflexion um das Schiff herumlenkten. »Wir steigen aus! Flugaggregate mitnehmen!«, befahl er mit ruhiger Stimme.

Eine Minute später standen fünf Schwarzuniformierte auf dem weichen Boden der Lichtung. Fremdartige Geräusche drangen aus dem dunklen Wald. Ein seltsames Krächzen mischte sich mit einem hohen Pfeifen und einem Ton, den man am besten mit einer Mischung aus Rasseln und Fauchen beschreiben konnte.

Plötzlich flog ein Pfeil durch die Luft und traf Feldwebel Holger Schmidt am Kragen seines Kampfanzuges. Der einsneunzig große Elitesoldat mit den außergewöhnlich breiten Schultern taumelte unter der Wucht des Aufschlags zur Seite. Doch die durch Nanoröhren verstärkten Fasern des Anzugs hatten standgehalten – der Feldwebel war unverletzt.

»Tarnung ein!«, rief der Major.

Aus den Seitenteilen der typischen, im Nackenbereich verbreiterten schwarzen Helme fuhren die Gesichtsteile heraus und riegelten die Soldaten hermetisch von der Außenwelt ab. Dann richteten sich die Metamaterialien der Spezialanzüge aus. Innerhalb der gleichen Zehntelsekunde wurden die Leibgardisten unsichtbar. Wer auch immer sich mit ihnen angelegt hatte, die Männer waren fest entschlossen, denjenigen in den zweifelhaften Genuss einer Vorführung der Kampfkünste von fünf der besten Soldaten Terras kommen zu lassen.

Hätten sie geahnt, mit wem sie es zu tun hatten, wären sie allerdings etwas sanfter vorgegangen.

*

Oglitsch hatte seinen Körper bis auf den Boden gesenkt, sodass ihm seine acht bogenförmigen Beine um ihn herum sicheren Halt boten. Er war mit siebzehn weiteren Ech'n'Yall auf der Jagd. Die Jagdgruppe beobachtete aus sicherer Deckung einen vom Baumbewuchs verschonten Bereich, weil sie auf ein Sund'a'track warteten, für das der moosige Boden der Lichtung eine Delikatesse war. Unvermittelt traten fünf seltsame, hässliche Wesen auf die Lichtung.

Kraftvoll spannte Oglitsch den Bogen mit seinen zwei Armen. Sein Oberkörper stand senkrecht hoch; mit einem der vier Augen seines Kopfes, der wie eine auf die Spitze gestellte Pyramide wirkte, visierte er einen der schwarzen Fremden an. Fremde waren böse, wie sein Volk an den Organtunulu[4] schmerzlich erfahren hatte. Vor zweihundert Jahren waren die Grünhäutigen auf dem Planeten der Tolk'f'Tarrn gelandet, wie sich Oglitschs Volk nannte. Sie hatten große Flächen des Dschungels planiert und teilweise mit riesigen umgekehrten Köpfen bebaut. Dann hatten sie Jagd auf die Tolk'f'Tarrn und die Tiere des Planeten gemacht, sie zu großen Gruppen zusammengetrieben, eingepfercht und Gerüchten zufolge gefressen. Oglitsch glaubte an diese Gerüchte,

---

[4] Übersetzt: Die, die umgestülpte Köpfe bauen

denn nie war ein Gefangener der Organtunulu zu seinen Re, Le, Ke und Se[5] zurückgekehrt. Warum sollten die schwarzen Fremden besser sein? Also schoss Oglitsch.

Die anderen Jagdgefährten hielten sich zurück, denn es widersprach der Ethik der Tolk'f'Tarrn zutiefst, dass mehr als einer innerhalb eines gewissen Zeitintervalls auf einen Gegner oder eine potenzielle Beute schoss. Oglitsch war stolz auf die Werte seines Volkes. Die Organtunulu kannten diese hohe Ethik nicht. Sie griffen einen Feind oder eine Beute alle gleichzeitig an, was sie in Oglitschs Augen zu einem niederen Volk degradierte.

Doch dann geschah etwas Merkwürdiges, das den Tolk'f'Tarrn an seinem Verstand zweifeln ließ. Der mit voller Wucht geschossene Pfeil traf den hässlichen Fremden unterhalb dessen, was wohl seinen Kopf darstellen sollte. Doch statt das Scheusal zu durchbohren, prallte der Pfeil einfach ab und fiel kraftlos zu Boden. Das Ungeheuer taumelte lediglich zur Seite – und dann passierte das Unvorstellbare: Die fünf Monstren verschwanden einfach.

Panik stieg in Oglitsch hoch. Konnten sich die Unverwundbaren einfach selbst verschwinden lassen? Er sah, wie sich der Boden der Lichtung an vielen Stellen eindrückte, so als ob etwas Unsichtbares darüber hinweglaufen würde. Eine der Spuren kam direkt auf ihn zu! Oglitsch wollte die Flucht ergreifen, als er sah, wie ein anderer seines Volkes drei Meter neben ihm ohne ersichtlichen Grund zu Boden geschleudert wurde. Dann traf ihn etwas Hartes am Kopf. Er verlor auf der Stelle das Bewusstsein.

*

»Ich glaube, er kommt zu sich.« Holger Schmidt deutete auf die acht Beine des seltsamen Wesens, die unregelmäßig zuckten. Sie

---

[5] Die Tolk'f'Tarrn haben vier Geschlechter. Re, Le, Ke und Se bezeichnen die Geschwister.

hatten den Einheimischen mit an Bord der Vril genommen und auf den Boden der Zentrale gelegt.

»Wenn er wieder voll da ist, kann von mir aus unsere kleine Vorführung beginnen«, kommentierte Sondtheim. Er hatte seinen VR-Helm aufgesetzt. Über diesen stand er in Verbindung mit dem Bordrechner und hatte Letzterem aufgetragen, erstens einige Szenen, die sich der Major ausmalte, grafisch auf dem Rundumbildschirm darzustellen, und zweitens die Sprache der Fremden zu analysieren.

Die acht braunschwarzen Beine des Dornackaners wirkten wie die Wurzeln eines umgestürzten Baumes, der hellbraune Rumpf wie ein Stamm und die beiden grünen Arme wie zwei Äste. Lediglich der ebenfalls grüne Kopf passte nicht in das Bild des Baumes. Er glich einer Pyramide, die mit der Spitze auf den Rumpf aufgesetzt war. In der Mitte jeder der vier Flächen des Kopfes befand sich je ein Auge, das wie beim Menschen durch zwei Lider verschlossen war. Aus der flachen Schädeldecke ragten zwei zwanzig Zentimeter lange Antennen hervor, ohne die das Wesen einen Meter und dreißig groß war, wenn es sich aufgerichtet hatte.

Plötzlich öffneten sich die Augen, die fast menschlich wirkten.

»Er ist wach«, meldete Willi. Im gleichen Moment hob der Tolk'f'Tarrn mit zwei Beinen seinen Rumpf an, schob zwei weitere Beine darunter, womit er seinen Oberkörper in eine senkrechte Position wuchtete. Dann stand er regungslos da und beobachtete die fünf Schwarzuniformierten, die um ihn herumstanden und so eine Flucht unmöglich machten.

»Willi, geh mal einen Schritt zur Seite. Der Bordrechner soll meine Gedankenbilder auf die Bildschirmfläche hinter dir projizieren.«

Ein Ausschnitt des Rundumbildschirms wurde hell. Der Eingeborene zuckte zusammen und stieß einen spitzen Schrei aus. Der Laut kam ungefähr aus der Mitte des Rumpfes. Wolfgang redete beruhigend auf ihn ein, ohne natürlich zu wissen, ob sein »Ist-ja-gut« tatsächlich die gewünschte Wirkung hatte.

»Die Biester scheinen sich tatsächlich mit Lauten zu verständigen«, bemerkte Holger, der dem Fremden den Schuss mit dem Pfeil noch nicht verziehen hatte.

Das Verhalten der Mohak auf eroberten Planeten war den Menschen natürlich bekannt. Folglich bestand eine überwältigende Wahrscheinlichkeit dafür, dass die Einheimischen mit den Echsen verfeindet waren. Also ließ der Major den Rechner das Bild eines Schwarzuniformierten projizieren, auf den ein Mohak zustürmte. Der Soldat hob sein Magnetfeldgewehr, die Atmosphäre glühte wegen der hohen Geschossgeschwindigkeit auf, der optisch als Strahl wahrgenommene Schuss tötete den Mohak. Während dieser primitiven, aber umso eindeutigeren Szene, brachte der Tolk'f'Tarrn einen Schwall fremdartig klingender Laute hervor.

Dann zeigte der Bildschirm eine ähnliche Szene, doch dieses Mal stürmte ein Eingeborener auf den Schwarzuniformierten los. Das Gewehr des Soldaten blieb unten. Als der Dornackaner vor dem Mann stehen blieb, beugte sich dieser zu ihm hinunter. Die beiden so unterschiedlichen Wesen tauschten Laute aus, was Kommunikation andeuten sollte. Wieder brach ein Schwall unverständlicher Töne aus dem Gefangenen der Terraner heraus. '

Schließlich zeigte Sondtheim eine Gruppe von fünf Terranern und zwanzig Tolk'f'Tarrn auf der Lichtung. Die fünfundzwanzig Wesen bildeten einen Kreis; die Menschen saßen.

Die metallische Stimme des Bordrechners erklang. »Ich habe mit einer Wahrscheinlichkeit von achtundneunzig Komma drei Prozent das Wort für ›Freund‹ entschlüsselt. Es lautet ›Wordrax‹.«

Der Major deutete auf den Fremden, dann auf sich, wiederholte den Vorgang mehrmals, wobei er ständig »Wordrax« sagte.

Nach wenigen Sekunden wiederholte der Tolk'f'Tarrn die Gesten des terranischen Kommandanten und unterstrich sie mit dem gleichen Wort. Der Bann war gebrochen.

Mehr als zwei Stunden zeigte Wolfgang dem Eingeborenen

Bilder von allen möglichen Gegenständen und Szenerien, die von den fremdartigen Lauten des neuen Freundes kommentiert wurden. Schließlich meldete der Bordrechner: »Sprache hinreichend entschlüsselt. Soll ich mit der Gehirnstrominduktion beginnen?«

»Ja!«, entgegnete Sondtheim knapp. Über die fünf VR-Helme projizierte der Bordrechner nun die Gehirnstrommuster, die Semantik und Syntax der fremden Sprache repräsentierten. Der Vorgang dauerte zehn Minuten, dann sprach Wolfgang den Einheimischen in dessen eigener Sprache an:

»Wir sind eure Freunde, denn wir haben gemeinsame Feinde – die Mohak. Unser Volk nennen wir Aldebaraner.« Natürlich vermied es der Major, den Tolk'f'Tarrn zu verwirren, indem er ihn über die Dritte Macht im Sol-System unterrichtete. Außerdem hätte die Möglichkeit bestanden, dass der Eingeborene später von den Mohak gefangen und verhört wurde.

»Wir befinden uns seit langer Zeit mit den Echsen im Krieg. Hier auf eurem Planeten konzentrieren sie eine gewaltige Flotte von Schiffen«, fuhr der Kommandant fort und fügte erklärend hinzu: »So wie die neben der Stadt auf der eingeebneten Fläche. Wir sind hierhergekommen, um herauszufinden, was genau die Mohak vorhaben. Weißt du etwas darüber?«

Natürlich war sich der Major darüber im Klaren, dass die Wahrscheinlichkeit äußerst gering war, dass die doch recht primitiven Eingeborenen etwas über die Pläne der Mohak wussten.

Zögernd begann der Tolk'f'Tarrn zu sprechen: »Mein Name ist Oglitsch. Die Schrecklichen kamen vor siebzehn Jahren[6] vom Himmel herab. Sie überfielen uns, töteten unsere Re, Le, Ke und Se, ohne dass wir etwas dagegen tun konnten. Sie haben ähnliche Feuerstäbe wie den, den du mir gezeigt hast. Deshalb zog sich mein Volk ins Gebirge zurück. Besonders hier in der Schlucht Tutotix fühlen wir uns einigermaßen sicher. Wir gehen den Furcht-

---

[6] Umgerechnet in terranische Jahre, entspricht zweihundert Umläufen von Dornack I um seine Sonne

baren aus dem Weg, wo immer wir können, deshalb wissen wir nicht viel über sie. Aber«, der Eingeborene machte eine kurze Pause, »es gibt auch noch andere Tolk'f'Tarrn, weit oben im Norden. Die sind anders als wir. Vielleicht wissen die etwas. Sie haben eine ockerfarbene Haut und besitzen ebenfalls Feuerstäbe. Wir haben gehört, dass die Nogr, so nennen sich die Tolk'f'Tarrn dort, bereits Mohak getötet haben. Doch Genaues weiß ich nicht. Mein Volk lebt hier so isoliert wie möglich – nach allen Seiten.«

Wolfgang zog die Stirn in Falten und griff sich an seine Hakennase; ein sicheres Zeichen dafür, dass er unterschiedliche Optionen gegeneinander abwog.

»Wir können mithilfe unserer Spezialanzüge versuchen, unbemerkt in die Mohak-Stadt einzudringen, wie es ursprünglich unser Plan war – oder wir statten diesen Nogr zuvor einen Besuch ab. Vielleicht kommt etwas Brauchbares dabei heraus. Was meint ihr?« Fragend schaute der Kommandant in die Runde.

Der Schwede Lars Jörgensen nannte seine Meinung dazu als Erster: »Das Risiko, das wir eingehen, wenn wir uns im Norden ein wenig umschauen, ist wegen der Tarneigenschaften unserer Vril sehr gering. Es besteht jedoch die Chance, dass wir dort wertvolle Informationen erhalten. Unser Unternehmen steht nicht unter Zeitdruck, sodass es auf ein, zwei Tage mehr oder weniger nicht ankommt. Also sollten wir zuerst Kontakt mit den Nogr aufnehmen.«

Zustimmendes Gemurmel war zu hören.

»Also abgemacht! Fliegen wir nach Norden«, entschied Wolfgang, und an Oglitsch gewandt fügte er hinzu: »Möchtest du uns begleiten?«

»Ich habe das Gefühl, ich bin bei euch sicherer als hier so nahe bei den Mohak. Daher komme ich gerne mit.«

*

Mit fünftausend Kilometern pro Stunde raste die Vril über den

Dschungel. Die Männer hatten Oglitsch mehrfach beruhigen müssen, da dieser zunächst Todesängste ausgestanden hatte, als die Vril mit dem als Bildschirm fungierenden Boden an Höhe gewann. Doch nachdem die Elitesoldaten dem Tolk'f'Tarrn mehrfach versichert hatten, dass er nicht nach unten fallen würde, hatte sich der Eingeborene beruhigt.

Übergangslos wich der Dschungel einer Wüste. Hier wuchs absolut nichts. Die Sanddünen reichten bis zum Horizont. Fast eine halbe Stunde später, also nach rund zweitausend Kilometern, setzte spärlicher Pflanzenbewuchs ein. Dann erschienen erste Wälder, deren Blätter ein deutlich dunkleres Grün als die Bäume des Dschungels aufwiesen. Zwischen den Baumgruppen befanden sich rechtwinklige gerodete Flächen, die auf eine Zivilisation hinwiesen.

Der Major drosselte die Geschwindigkeit der Flugscheibe, damit er und seine Männer Gelegenheit hatten, Einzelheiten zu erkennen. In der Nähe der Flächen, die man wegen ihrer Verwilderung nicht als Felder bezeichnen konnte, standen gelegentlich dosenförmige Gebäude. Tiere oder Nogr waren nirgendwo zu sehen. Hinter einem weiteren Waldstück kam eine kleine Stadt in Sicht – oder besser: das, was von ihr übrig geblieben war. In der Mitte des Örtchens klaffte ein einhundert Meter durchmessender und fünfzig Meter tiefer Krater. Hier war offensichtlich eine Granate der Mohak eingeschlagen. Die Druckwelle hatte die Gebäude ringsherum einstürzen lassen, wobei der Zerstörungsgrad naturgemäß mit der Entfernung zum Krater abnahm.

»Schaut euch das an«, presste Frank Green zwischen den Zähnen hindurch und strich sich eine Strähne seiner roten Haare aus dem mit Sommersprossen übersäten Gesicht. »Mir kommt die Galle hoch. Die Mohak akzeptieren nichts neben sich. Sie kennen nur Zerstörung für alles Fremdartige.«

Die anderen Männer schwiegen bedrückt.

»Nirgends ein Nogr zu sehen«, bemerkte Feldwebel Holger Schmidt. Er hatte sich hingestellt, die Fäuste in die Hüften gestemmt, was seine breiten Schultern noch mehr zur Geltung brachte, und betrachtete die unter seinen Füßen vorbeiziehende Trümmerstadt.

»Ausgerottet!«, kommentierte Leutnant Wilhelm ›Willi‹ Schulz mit verbitterter Stimme.

Szenen wie diese kannten die terranischen Elitesoldaten nur aus Nachrichtensendungen, in denen gelegentlich die Spuren der Vernichtung gezeigt wurden, welche die Amerikaner bei ihren sinnlosen Kriegen gegen die Völker des mittleren Ostens hinterließen.

»Nach dem Kartenmaterial, das auf Basis der Daten unserer Aufklärer erstellt wurde, müssten wir nach weiteren tausend Kilometern die Küste erreichen. Dort soll die Bevölkerungsdichte der Nogr höher gewesen sein. Vielleicht treffen wir da welche an«, erläuterte Sondtheim seine Gedankengänge.

Unter sich sahen die Terraner und der Tolk'f'Tarrn weiterhin eine ländliche, teilweise verwilderte Landschaft mit verlassenen Gebäuden. Hin und wieder rückte ein Trümmerstädtchen in ihr Blickfeld. Doch, wie vom Major vermutet, häuften sich die zerstörten Siedlungen, je näher sie dem Meer kamen.

Schließlich kam der Ozean in Sicht. Davor befand sich ein mehrere Kilometer breiter grauer Streifen, der sich beim Näherkommen als die Trümmer einer Großstadt entpuppte.

Erneut drosselte Sondtheim die Geschwindigkeit und verringerte die Flughöhe. Schließlich schwebte die unsichtbare Flugscheibe in nur einhundert Metern Höhe über der Trümmerwüste.

»Erinnert mich an das zerbombte Dresden von 1945«, meinte Green, »ein Cousin meines Urgroßvaters hat mir als Kind einmal Farbfotos davon gezeigt.«

»Da vorne! Da hat sich was bewegt!« Es war Lars Jörgensen, der Hüne mit den schwedischen Wurzeln, der etwas gesehen zu haben glaubte.

»Wo?«, hakte Wolfgang nach.

»Hinter den Ruinen da.« Lars deutete auf die teilweise noch

stehenden Wände eines Gebäudes. »Wende bitte die Vril. Da war etwas.«

Der Major kam der Aufforderung nach und Sekunden später schwebte das Fluggerät über einer mit Trümmern übersäten breiten Allee. Dort standen mehrere ausgebrannte Wracks, die stark an irdische PKW erinnerten. Dann sahen es auch die anderen: Blaue Gestalten, etwa fünfzig, bewegten sich zwischen den Wracks durch die Trümmer, als suchten sie etwas. Natürlich hatten sie das unsichtbare, lautlos fliegende Raumschiff noch nicht entdeckt. Sondtheim schaltete per Gedankenbefehl auf Vergrößerung. Deutlich waren Wesen mit der Körperform von Oglitsch zu erkennen. Sie hatten jedoch eine ockerfarbene Haut und waren nicht nackt; ihre Oberkörper waren mit blauen Uniformen bekleidet. Auf den Köpfen trugen sie blaue Metallhelme.

»Nogr!«, rief Oglitsch überflüssigerweise.

»Sprechen die Nogr deine Sprache?«, wollte der Major von dem Eingeborenen wissen.

»Bevor die Mohak kamen, waren auch Nogr dort, wo ich herkomme. Sie holten Öl aus dem Boden und beherrschten das Land meines Volkes viele Generationen. Deshalb wandelte sich unsere Sprache langsam zu der der Nogr.«

»Also werden sie mich verstehen?«, vergewisserte sich Wolfgang.

»Ja, auch wenn es nicht genau die Sprache der Nogr ist, sondern nur eine ähnliche«, bestätigte Oglitsch.

»Nun denn«, sagte Sondtheim mit fester Stimme, während er per Gedankenbefehl den Außenlautsprecher der Vril einschaltete und das Mikrofon seines VR-Helms aktivierte.

»Hier spricht Major Sondtheim, Botschafter des aldebaranischen Imperiums«, schallten die Worte in der erlernten Sprache der Tolk'f'Tarrn aus dem Lautsprecher über die Trümmerallee. Die Nogr warfen sich sofort flach auf den Boden. Für sie kam die Stimme völlig unerwartet aus dem Nichts. »Wir kommen in Frieden. Sie haben nichts zu befürchten. Wir sind hier, um unsere schlimmsten Feinde, die Mohak, zu bekämpfen. Wir werden uns jetzt zu erkennen geben. Bitte lassen Sie sich durch unser Äußeres nicht abschrecken und verhalten Sie sich friedlich.«

Die Vril war mittlerweile auf den Trümmern in unmittelbarer Nähe der immer noch flach auf dem Boden liegenden Nogr gelandet. Als der Major das elektrische Feld zur Ausrichtung der Metamaterialien abschaltete, wurde die Vril unvermittelt sichtbar. Die Oberkörper der Nogr ruckten hoch.

»Komm!«, deutete Wolfgang dem Eingeborenen. »Wenn sie dich an meiner Seite sehen, wird ihnen das sicherlich Vertrauen geben.«

Sondtheim begab sich, gefolgt von Oglitsch, über die Wendeltreppe in den kleinen Schleusenraum der Vril, verschloss die Panzertür hinter sich und öffnete die äußere Schleusentür, die sich als Rampe auf die Trümmer herabsenkte. Die beiden so unterschiedlichen Wesen schritten nebeneinander hinab und betraten den Ort der Vernichtung.

Einige der Blauuniformierten erhoben sich nun vollends und krabbelten geschickt auf ihren acht Beinen näher heran.

»Ich bin Major Sondtheim«, eröffnete Wolfgang das Gespräch, nachdem die ersten Nogr vor ihm standen.

»Warum benutzen Sie den Dialekt der Primitiven?«, fragte eines der Wesen, wobei die Verben und Substantive kompliziertere Endungen aufwiesen. Der Nogr hatte drei weiße Striche vorn auf seinem Helm. Bei den anderen entdeckte der Major nur zwei oder einen. Es handelte sich demnach wahrscheinlich um den Anführer.

»Primitiven?«, hakte Wolfgang wortkarg nach.

Der ›Dreistricher‹ deutete kurz auf Oglitsch und erklärte dann: »Ich bin der Anführer dieser Widerstandsgruppe. Mein Name ist Trantrax Tamun. Die Reste unseres Militärs sind unter General Volduras Enstitoplax vereint. Wir suchen hier nach Metallen für unsere Waffenproduktion. Wir führen einen Partisanenkrieg gegen die Mohak. Doch was tun Sie hier genau? Wenn Sie die Mohak bekämpfen wollen, werden wir Sie bestimmt nicht daran hindern. Also, was erwarten Sie von uns?«

Der Major erzählte Tamun von dem jetzt fast einhundertfünfzig Jahre währenden Krieg zwischen dem aldebaranischen Imperium und dem Reich der Mohak. Er erwähnte auch die praktische Unangreifbarkeit des Imperiums durch die Existenz der Ischtar-Festungen, und er endete mit den Worten:

»Niemals zuvor hat die Galaxis in ihrer uns bekannten Geschichte eine Flotte gesehen, wie sie die Mohak-Echsen zurzeit um ihren Planeten Dornack zusammenziehen. Trotzdem ist auch eine solche Flotte nicht in der Lage, ohne ungeheure Verluste eine Ischtar-Festung zu passieren. Folglich planen die Mohak irgendeine Teufelei, von der wir nichts wissen. Wir sind hier, um genau das herauszufinden.«

»Nun – da können wir Ihnen wahrscheinlich behilflich sein. Die Mohak kommen manchmal hierher, um ihre barbarischen Jagden auf unsere verbliebenen Truppen auszurichten. Sie scheinen das als eine Art Sport anzusehen. Doch vor ein paar Tagen konnten wir eine Gruppe der Echsen überwältigen. Ein paar von ihnen haben unseren Hinterhalt überlebt und wurden von uns gefangen genommen. Über die Ergebnisse unserer Verhöre wird Ihnen General Enstitoplax sicher gern berichten, wenn Sie uns etwas bieten, was unser Bündnis weniger einseitig gestalten würde.«

Wolfgang grinste offen, denn der Außerirdische würde diese Geste ohnehin nicht verstehen. Sondtheim amüsierte die eloquente Art, mit welcher der Nogr einen Preis für sein Entgegenkommen forderte. Tamun war ihm sympathisch, deshalb antwortete der Major:

»Waffen und Reflektorschirme.«

»Was sind Reflektorschirme?«

»Gehen Sie einfach mit ausgestreckten Armen auf unser Raumschiff zu«, forderte der Terraner den Nogr auf.

»Warum?«

»Weil Sie dann erfahren, was ein Reflektorschirm ist. Na los, Ihnen passiert schon nichts.«

Der Blauuniformierte machte sich auf den Weg. Doch schon nach wenigen Metern stießen seine ausgestreckten Arme auf ein Hindernis.

Er zuckte zurück und rief:

»Ist das die Technologie, die auch die Mohak haben? Unsere Kanonen konnten ihre Schiffe nicht erreichen. Die Granaten explodierten alle vorher und selbst die Druckwellen vermochten die Schiffe nicht zu beschädigen.«

»Exakt!«, klärte Wolfgang seinen neuen Bündnispartner auf. »Reflektoren sind überlagerte elektromagnetische Wellen, die sich überall gegenseitig aufheben, außer auf der Fläche, die Sie gerade berühren. Dort überlagern sich die Wellen zu einer gigantischen elektrischen Feldstärke. Dadurch werden die Elektronenhüllen der Atome in Ihren Fingerspitzen abgestoßen, sodass dieser Bereich für sie härter ist als das härteste Material.«

»Das bedeutet, dass Materie einen Reflektorschirm generell nicht durchdringen kann?«, hakte der offenbar hochintelligente Nogr nach.

»Materie, die auf einen Reflektorschirm trifft, überträgt natürlich einen Impuls. Dieser wirkt auf den das Reflektorfeld ausstrahlenden Generator. Wenn man genug Impuls auf das Feld überträgt, kann der Generator diesen nicht mehr aufnehmen – es reißt ihn auseinander. Einen solchen Impuls erreicht man jedoch nicht mit herkömmlichen Granaten. Dazu bedarf es Geschosse, die mit extremen Geschwindigkeiten auftreffen.«

»Und Sie liefern uns Waffen, die diese Geschossgeschwindigkeiten erzeugen?«

»Ja. Und dazu noch Reflektorfeld-Generatoren, damit Sie sich schützen können.«

»Wir sind im Geschäft!«, entgegnete Tamun, und trotz der gewaltigen Unterschiede zwischen Mensch und Nogr glaubte Wolfgang, Begeisterung aus der Stimme seines neuen Verbündeten heraushören zu können. »Ich bringe Sie zum General. Folgen Sie mir. Es ist nicht weit.«

Der Anführer der Gruppe der achtbeinigen Soldaten führte den Elitesoldaten zu einer fünfhundert Meter entfernten Ruine. Wolfgang berichtete seinen Kameraden in der Vril über Funk von den Ereignissen. Er befahl ihnen, dort zurückzubleiben, falls wider Erwarten ihr Eingreifen notwendig sein sollte.

Im Inneren der Ruine, von der nur noch zerklüftete Wände standen, gähnte zwischen den Trümmern ein dunkles Loch. Über loses Gestein dirigierte Tamun den Terraner hinein. Als sich die Augen des Menschen an die Dunkelheit gewöhnt hatten, erkannte er, dass sich die Höhle mehr und mehr horizontal erstreckte, bis sie schließlich vor einer stählernen Tür standen.

Der Nogr holte eine Waffe aus seiner Uniformjacke, die stark an eine terranische halbautomatische Pistole erinnerte. Mit dem Kolben schlug er in einem bestimmten Rhythmus gegen den Stahl. Die Tür gab ein knirschendes Geräusch von sich, als sie sich zur Seite schob. Die helmbedeckten Köpfe dreier Nogr lugten durch den entstehenden Spalt.

»Keine Sorge, Soldaten, das ist ein Verbündeter, auch wenn er ziemlich hässlich ist«, trompetete Tamun seinen Artgenossen entgegen. Wolfgang war über das ästhetische Empfinden seines neuen Freundes nicht unbedingt begeistert.

Die Köpfe verschwanden und die Tür wurde geöffnet. Der Raum dahinter wurde nur von einem dürftigen rötlichen Leuchten erhellt. Der Major sah eine Rampe, die in einem Winkel von zwanzig Grad nach unten führte. An den Wänden waren in regelmäßigen Abständen Glühbirnen angebracht, die offensichtlich ungenügend mit Strom versorgt wurden, ansonsten hätten sie heller strahlen müssen.

Tamun geleitete den Schwarzuniformierten die Rampe hinunter. Wolfgang schätzte, dass sie rund fünfzig Höhenmeter zurückgelegt hatten, bis sie vor einer weiteren Stahltür standen. Wieder hämmerte der Nogr das Klopfzeichen gegen die Türfüllung. Erneut wurde von innen geöffnet und der eingeborene Soldat beruhigte seine Kameraden mit den für Wolfgang wenig schmeichelhaften Worten.

Vor ihnen erstreckte sich eine Halle, die mit Maschinen vollgestopft war. Große Behälter mit flüssigem Metall standen in der Mitte der Halle. Hunderte uniformierte Nogr wuselten zwischen den Maschinen und Behältern hindurch. Sondtheim sah mehrere Kanonenrohre, die nebeneinander auf Holzpaletten lagen.

»Hier stellen wir unsere Waffen her«, erklärte der Außerirdische. Auf den Major machten die Maschinen den Eindruck, als seien sie auf dem technologischen Stand des terranischen Zweiten Weltkrieges.

»Kommen Sie mit!« Tamun zerrte mit seiner sechsfingrigen Hand an Wolfgangs Uniform. Der hagere Mann mit der Hakennase und den graublauen Augen folgte dem fremdartigen Wesen bereitwillig durch das Labyrinth aus Maschinen, Fließbändern und Hochöfen. Schließlich gelangten sie zu einer verglasten Tür in der Hallenwand. Tamun klopfte an. Der Major sah durch das Glas eine Gestalt herbeieilen, die sogleich die Türe öffnete. Sie hatte nur einen weißen Strich auf dem blauen Helm und hatte das vordere Auge weit aufgerissen, als sie Wolfgang erblickte.

Tamun verzichtete auf seine beruhigenden Worte und befahl stattdessen: »Diener, bringe mich zum General! Es haben sich Dinge von weitreichender Bedeutung ereignet.« Der Nogr deutete auf Sondtheim. »Enstitoplax muss sofort informiert werden.« Erst jetzt wurde dem Terraner wirklich bewusst, dass die Sprache der Nogr im Gegensatz zu der von Oglitsch einen Unterschied zwischen »Sie« und »Du« kannte, mit den dazugehörigen verschiedenen Endungen der Verben. Der Elitesoldat nahm sich vor, beim General weiterhin das »Sie« zu verwenden.

Durch eine weitere Glastür führte der Diener seinen Artgenossen und den für ihn exotischen Fremden in einen langen Gang, der ebenfalls von den schwach leuchtenden Glühlampen mäßig erhellt wurde. Vor einer der unzähligen Türen hielt er schließlich

56

an. Fremdartige Schriftzeichen waren an der Wand links daneben angebracht. Der Diener klopfte an. Wenige Sekunden später öffnete sich die Tür. Wolfgangs Erwartung erfüllte sich – er erblickte einen Nogr mit vier weißen Strichen auf dem Helm.

»Der da«, Tamun deutete auf den Terraner, »ist ein Aldebaraner. Sie befinden sich mit den Mohak im Krieg. Sie wollen uns Waffen liefern.« Mit seinen Worten unterdrückte der Nogr die Überraschung seines Vorgesetzten, denn einem ›Außerdornacker‹ stand sein Volk erst zum zweiten Mal gegenüber und die erste Begegnung war mehr als unerfreulich gewesen.

Der General trat von der Türe zurück und ließ seine beiden Untergebenen und seinen fremdartigen Gast eintreten. Der Raum war etwa fünfzig Quadratmeter groß. An den Wänden befanden sich Regale voller Bücher.

So fremdartig zwei Spezies auch sein mögen, gewisse Erfindungen, wie die des Buchdrucks, scheinen universell zu sein, stellte der Major gedanklich fest.

Um einen runden Tisch in der Mitte des Raumes standen Möbelstücke, die Wolfgang an eine Schrägbank aus einem Sportstudio erinnerten.

»Die Mohak haben unermessliches Leid über mein Volk gebracht«, begann der General die Unterredung. »Wir werden die Bestien bekämpfen, solange wir leben!« Bei diesem Satz stampfte der ranghohe Nogr mit vier seiner acht Beine demonstrativ auf den Boden.

Der Major unterrichtete seinen potenziellen Bündnispartner über den galaktischen Krieg, über die Ischtar-Festungen und über die Flottenkonzentration rund um Dornack, die man sich nicht erklären konnte. Seinen fünfminütigen Vortrag beendete er mit den Worten: »Wir sind hier, um herauszufinden, wozu dieser Aufmarsch der Echsen gut sein soll. Sie müssen irgendetwas in der Hinterhand haben, womit sie glauben, eine Ischtar-Festung überwinden oder umgehen zu können.«

»Zunächst einmal stelle ich bedauerlicherweise fest, dass Ihr

Imperium militärisch nicht in der Lage ist, unseren Planeten von dieser Pest, die sich Mohak nennt, zu befreien«, bemerkte der General deprimiert. »Was genau bieten Sie uns also an, wenn wir Ihnen bei der Beschaffung der Informationen über die Pläne der Schrecklichen helfen?«

Die Antwort Wolfgangs beruhte auf den extrem Kosten für die unsichtbar machenden Metamaterialien. Eine mit solch teuren Substanzen überzogene Vril kostete etwa fünfzig Mal so viel wie eine herkömmliche Flugscheibe gleichen Typs. Deshalb war die Herstellung größerer Raumschiffe mit Tarneigenschaften wirtschaftlich nicht tragbar. Im Klartext: Terra konnte Dornack lediglich mit den kleineren Vrils anfliegen, ohne von den Mohak geortet zu werden – folglich konnte Sondtheim dem General nur Dinge anbieten, die sich mit Flugscheiben transportieren ließen. Nachdem er diesen Umstand erklärt hatte, endete Wolfgang: »Wir liefern Ihnen kleinere Magnetfeldgeschütze, entsprechende Gewehre und tragbare Reflektorschirm-Generatoren.«

»Mit solchen Dingern haben die Mohak verhindert, dass ihre Schiffe von unseren Granaten getroffen wurden«, fügte Tamun hinzu, offensichtlich stolz auf seinen Wissensvorsprung.

»Ich vertraue Ihnen, dass Sie auch wirklich liefern, wenn wir Ihnen helfen«, besiegelte Enstitoplax den Pakt. »Sie wollen also wissen, was die Mohak planen.«

»Um ihn zu einem Geschäft zu bewegen, habe ich ihm schon gesagt, dass wir Mohak gefangen genommen und verhört haben«, unterbrach Tamun seinen Vorgesetzten.

»Wie haben Sie es eigentlich geschafft, der Echsen habhaft zu werden?«, wollte der terranische Elitesoldat wissen.

»Hin und wieder ist es uns gelungen, einzelne Mohak bei ihren Jagdausflügen zu erschießen und die Leichen zu bergen. Unsere Wissenschaftler haben die Körper untersucht und ein Betäubungsmittel entwickelt. Vor ein paar Tagen haben wir fünf dieser Bestien in einen Hinterhalt gelockt. Wir haben sie mit Betäubungspfeilen beschossen und anschließend hierher gebracht«, klärte ihn der General auf. Wolfgang empfand tiefen Respekt vor diesen kleinen, körperlich schwächlichen Wesen, die ihrem Gegner eigentlich technologisch hoffnungslos unterlegen waren. Ihre beiden wichtigsten Verbündeten waren offenbar die Arroganz der Echsen in Verbindung mit ihrem starken Jagdtrieb.

»Sind die fünf Mohak noch hier?«

»Ja – aber natürlich hat keines dieser Ungeheuer unser Verhör überlebt. Die, die keine Gnade kennen, dürfen von uns auch keine erwarten.«

»Und wie wollen Sie mir dann helfen, an die gewünschten Informationen zu kommen?«, fragte der Terraner mit tiefer Enttäuschung in der Stimme. Schließlich hatte er gehofft, die Echsen selber befragen zu können.

»Weil ich denke, dass die Schrecklichen uns genau das verraten haben, wonach Sie suchen. Es war sogar so ziemlich das Erste, was sie uns sagten, weil sie wohl dachten, wir könnten mit diesen Informationen ohnehin nichts anfangen. Damit hatten die Bestien zunächst sogar recht, denn was sie sagten, machte für uns keinen Sinn. Doch Ihr Bericht über Ihre Ischtar-Festungen lässt das alles in einem völlig neuen Licht erscheinen.«

In einer Kunstpause des Generals stieß Wolfgang, der vor Neugierde zu platzen drohte, hinein: »Und? Was haben die Mohak Ihnen verraten?«

»Nehmen Sie erst einmal Platz.« Enstitoplax deutete auf die Schrägbänke. Er selbst legte sich auf eine, sodass sein Kopf über die Lehne hinaus bis über die Tischplatte ragte. Tamun tat es ihm gleich, lediglich der Diener blieb stehen.

Wolfgang legte sich bäuchlings auf eine Bank, die der des Generals gegenüberstand. Sein Kinn legte er auf die obere Kante, sodass er den General im Blick hatte.

»Es ist bei uns üblich, vertrauliche Dinge in ruhender Position zu besprechen. Ich weiß nicht, ob das bei Ihnen auch so ist und hoffe, Sie haben kein Problem damit.«

»Nein, nein, das ist schon in Ordnung«, entgegnete Sondtheim, der hoffte, dass sein Gegenüber nun endlich zur Sache kam. Die Mentalität der Nogr und ihre Eigenheiten waren ihm im Moment herzlich egal.

»Die gefangenen Mohak berichteten uns, dass ihre Artgenossen in einem fernen unbewohnten Sonnensystem an einer Waffe arbeiten, die sie ›Kontrubana‹ nennen.«

Der Major, der wie seine in der Vril verbliebenen Kameraden fließend die Sprache der Echsen beherrschte, wusste, dass dieser Begriff so viel wie »Endsiegwaffe« bedeutete.

»Mit dieser Waffe«, fuhr Enstitoplax fort, »sei das Volk der Mohak in der Lage, seinen Erzfeind zu vernichten. Mit ›Erzfeind‹ war höchstwahrscheinlich das aldebaranische Imperium gemeint. Es handele sich um eine gigantische Kanone, hieß es, die ihre Munition mit einer solchen Wucht verschießt, dass sie die Festungen ihrer Feinde zum Zerbersten bringen würde. – Nun ist mir klar, dass damit Ihre Ischtar-Festungen gemeint sind.«

»Wissen sie Genaueres über die Kontrubana? Kaliber? Geschossgeschwindigkeit?«, hakte der Terraner nach.

»Nein. Für uns waren all diese Informationen nicht von Bedeutung, also haben wir dazu keine Einzelheiten aus den Bestien herausgequetscht.«

Schweiß bildete sich auf der Stirn des Elitesoldaten, den ansonsten nichts so schnell erschüttern konnte. Die mysteriöse Kontrubana schien kurz vor der Fertigstellung zu stehen oder sogar schon fertig zu sein. Deshalb sammelten die Mohak bei Dornack, ganz in der Nähe zur Grenze zum Imperium, ihre Flotte. Sie würden über die aldebaranischen Systeme herfallen, sobald die Kontrubana die Ischtar-Festung aus dem Weg geräumt hatte, die denjenigen Stringknoten bewachte, den die Echsen zu passieren gedachten.

»Wir müssen unbedingt herausfinden, wo die Kontrubana gebaut wird. Vielleicht kann so das Schlimmste im letzten Moment verhindert werden«, sagte der Major und erhob sich von der für einen Menschen ziemlich unbequemen Schrägbank.

»Die Antwort auf diese Frage kann nur in der Stadt der Bestien im Süden gefunden werden«, entgegnete der General, der sich nun auch erhob. »Doch ich sehe keine Möglichkeit, wie ich Ihnen dabei helfen kann, unbemerkt in die Stadt einzudringen. Werden Sie sich trotzdem an unsere Abmachung halten und die Waffen liefern?«

»Wir werden Ihnen in den nächsten Wochen liefern, was ich versprochen habe. Erstens stehen Aldebaraner zu ihrem Wort und zweitens ist es in unserem Interesse, wenn Sie den Mohak auf Dornack ordentlich einheizen. Doch nun darf ich keine Zeit mehr verlieren. Das Schicksal des Imperiums steht auf dem Spiel.«

*

Tamun hatte Wolfgang bis zur Vril zurückbegleitet. Dort luden die Nogr mittlerweile die Wracks, die an terranische Autos erinnerten, auf ein Kettenfahrzeug.

»Aldebaraner geben sich zur Begrüßung und zum Abschied die Hand«, eröffnete der Major seinem Begleiter und hielt ihm die Rechte hin.

Der Angesprochene griff zögerlich zu und meinte: »Falls ihr diesen Krieg jemals gewinnen solltet, dann befreit bitte dieses System als Erstes.«

»Wir werden die Mohak von hier vertreiben«, machte Sondtheim dem Nogr Mut. Falls es den Mohak tatsächlich gelang, die Ischtar-Festungen zu überwinden, sah er die Chance, seine Ankündigung wahr zu machen, jedoch als sehr gering an. »In ein paar Wochen kommen wir mit den versprochenen Waffen zurück.«

Der Schwarzuniformierte drehte sich um und stieg über die Rampe in die Vril. Dort wurde er erst einmal von allen Anwesenden mit Fragen überhäuft. Mit einer Handbewegung verschaffte sich der Kommandant Ruhe und berichtete von seinem Treffen mit dem General und natürlich von der Kontrubana, was auch immer das genau sein mochte. Abschließend wies er auf seine naheliegende Vermutung hin, dass die Mohak hier bei Dornack ihre Flotte sammelten, da die Endsiegwaffe offensichtlich bald einsatzbereit sein würde.

»Immerhin wissen wir nun, wonach wir suchen müssen«, erklärte Holger Schmidt und strich sich mit der Linken die glatten, hellblonden Haare zurück, während er seinen VR-Helm in der Rechten hielt.

»Wir müssen den Namen des Systems herausfinden, in dem die Kontrubana gebaut wird, und dann dessen Koordinaten ermitteln. Hat jemand eine Idee, wie wir das am klügsten anstellen?« Der hagere Major schaute in die Gesichter seiner Männer.

»Ganz einfach!«, meldete sich Willi Schulz. »Die bringen ihr Oberkommando immer in der Spitze ihrer höchsten Pyramide unter. Also fliegen wir zur Mohak-Stadt, suchen die entsprechende Pyramide und dringen im Schutze unserer beschichteten Spezialanzüge ein. Der Rest ergibt sich dann schon, wenn wir drinnen sind.«

»Das nennst du einfach?«, spottete Green.

»Willi hat recht«, ergriff der hünenhafte Schwede Partei für Schulz. »Wenn wir unbemerkt reinkommen, können wir unseren speziell für solche Zwecke entworfenen Quantenrechner an das Mohak-Netzwerk anschließen. Der knackt deren Codes innerhalb von Sekunden. Mit ein wenig Glück finden wir alles über die Kontrubana heraus, was wir wissen wollen.«

»So machen wir's! Zuerst bringen wir Oglitsch wieder zurück und parken auf der Lichtung unsere Vril. Dann begeben wir uns mit den Flugaggregaten in die Höhle des Löwen.«

Der Major gab per Gedankenbefehl dem Bordrechner die Anweisung, die Baryonenvernichtung in den Triebwerken zu starten. Ein konzentrierter, gerichteter Neutrinofluss wurde erzeugt; der durchdrang, ohne mit ihr zu wechselwirken, die Unterseite der Flugscheibe. Der erzeugte Rückstoß ließ das kleine Raumschiff abheben und mit irrsinniger Beschleunigung im Himmel von Dornack I verschwinden. Das bekamen die am Boden den

Abflug beobachtenden Nogr allerdings nur zum Teil mit, denn Sondtheim hatte das Feld für die Ausrichtung der Metamaterialien kurz nach dem Start eingeschaltet und damit die Vril den Blicken der Beobachter entzogen.

Bereits eine Stunde später landeten die Terraner auf der Lichtung, auf der das Kleinstraumschiff einige Stunden zuvor bereits gestanden hatte. Wolfgang gab dem Bordrechner alle Informationen über die Nogr, über seine Vereinbarung mit ihnen und natürlich über die Kontrubana. Er befahl dem Rechner, das Schiff in zwölf Stunden zu starten und die Informationen dem solaren Oberkommando zu übergeben – falls seine Männer und er bis dahin nicht zurückkehren würden …

Als die fünf bis an die Zähne bewaffneten Schwarzuniformierten und der Tolk'f'Tarrn die Rampe der – unmittelbar nach der Landung wieder sichtbar gemachten – Vril hinuntergingen, schrie Letzterer plötzlich aus Leibeskräften: »Nicht schießen! Die Schwarzen sind unsere Freunde! Sie bekämpfen die Mohak!«

Wenige Sekunden später schälten sich zwei Dutzend der braungrünen Dschungelbewohner aus dem Dickicht. Vorsichtig kamen sie näher. Ihre Bögen, die sie mit Pfeilen geladen hatten, trugen sie mit der Pfeilspitze nach unten gesenkt.

»Wir verschwinden gleich aus eurem Blick und erheben uns dann in die Luft, um die Schrecklichen zu bekämpfen«, bereitete Wolfgang die Tolk'f'Tarrn auf das Kommende vor, das sie für Magie halten mussten.

Per Gedankenbefehl wurde zunächst die Flugscheibe unsichtbar, was für großes Erstaunen sorgte.

»Abflug!«, befahl Wolfgang dem Einsatzkommando knapp.

Die beiden Gesichtshälften fuhren aus jedem VR-Helm der Elitesoldaten und schotteten damit die Träger der Kampfanzüge hermetisch von der Außenwelt ab. Dann wurden die Metamaterialien auf den Anzügen ausgerichtet; die Männer wurden nun ebenfalls unsichtbar. Schließlich erzeugten die nur zwanzig Zentimeter dicken Rückentornister einen Neutrinostrahl, der die terranischen

Krieger nach deren gedanklichen Wünschen ihrem grausamen Feind entgegenfliegen ließ.

Wolfgang genoss die Reise mit den Flugaggregaten. Sie reagierten auf jeden Gedanken und änderten die Richtung und die Geschwindigkeit entsprechend. Der Fahrtwind zerrte an seinem Spezialanzug. *Gibt es etwas Schöneres, als besser fliegen zu können als der geschickteste Vogel?,* dachte der Major, während die Gipfel der Bergkette unter ihm zurückblieben. Die Positionen seiner vier Männer wurden auf dem halbtransparenten Bildschirm der ausgefahrenen Gesichtshälften seines VR-Helms als rote Punkte dargestellt. Der Mikrorechner seines Helms berechnete diese Positionen aus dem extrem kurzreichweitigen Funkfeuer, das die Kameraden aussendeten. Bereits nach hundert Metern war es von einem potenziellen Feind nicht mehr messbar.

Vor den Elitesoldaten lag die Mohak-Stadt mit ihren Hunderten von Pyramiden. Deutlich war zu erkennen, dass eines der Bauwerke die anderen bei Weitem überragte. Es war zwei Kilometer hoch und hatte im Gegensatz zu den übrigen eine knallrote Farbe.

Als die Terraner die Stadtgrenze überflogen, befahl der Major: »Funkfeuer aus! An den Händen fassen!«

Sofort verschwanden die vier roten Punkte vom halbtransparenten Bildschirm des Helms – man kam dem Gegner nun so nahe, dass er das Funkfeuer hätte anmessen können. Die Soldaten flogen in exakt der gleichen Höhe in einem Meter fünfzig Abstand. Die Hand des jeweiligen Nachbarn trotz der Unsichtbarkeit zu finden, war unter diesen Bedingungen ein wenig schwierig, aber glücklicherweise Hunderte Male geübt worden.

»Wir fliegen zum Eingangsportal des roten Brutstocks!«, fügte Wolfgang hinzu.

Sanft landeten die Männer auf dem Vorplatz der riesigen Pyramide, etwas abseits, denn überall liefen Mohak herum, mit denen ein Zusammenstoß natürlich zu vermeiden war. Damit stellte sich dem Quartett ein ernsthaftes Problem: Als sich an den

Händen haltende Kette würden sie niemals durch dieses Durcheinander umhereilender Echsen gelangen, ohne früher oder später mit einer zusammenzuprallen. Sie mussten sich irgendwie einzeln nach vorn durchkämpfen, durften aber den Kontakt zueinander nicht verlieren.

»Funkfeuer wieder an!«, befahl der Kommandant. »Die können vielleicht die Signale anmessen, aber sie kennen nicht die Intensität, mit der unsere Sender abstrahlen. Somit können sie unsere Positionen nicht bestimmen, solange sie keine Dreiecksmessungen vornehmen.«

Sofort wurden die vier Punkte wieder auf den Helmschirmen sichtbar.

»Jeder sucht sich einen Weg durch das Portal«, lautete des Majors nächster Befehl.

Die vier Punkte in seinem Helm bewegten sich geschickt auf das nur drei Meter hohe Eingangsportal der Pyramide zu. Wäre es höher gewesen, hätte man mittels Fliegen möglichen Kollisionen mit Echsen aus dem Weg gehen können.

Bald darauf standen die terranischen Elitesoldaten in der weiten Eingangshalle und positionierten sich wieder ein wenig abseits, wo die Dichte umhereilender Mohak ungefährlich niedrig war.

In etwa die Hälfte der Echsen trugen beige Uniformen mit halbkugelförmigen Helmen gleicher Farbe. Die andere Hälfte war in seidene Stoffe unterschiedlicher Farbe gehüllt. Diese Exemplare waren auch etwas kleiner als die Uniformierten.

»Die Kleineren ohne Uniform sind Weibchen«, stellte Willi fest. »In den unteren Stockwerken der Brutstöcke ziehen die Echsen ihre Jungen auf. Wahrscheinlich handelt es sich hier um Betreuerinnen oder Ähnliches.«

Der Major nickte. »Ganz unten befinden sich die frisch aus den Eiern Geschlüpften, in der nächsten Etage die etwas Älteren, darüber wieder etwas Ältere und so weiter. Dass die Mohak bereits weit vor ihrem raumfahrenden Zeitalter die Pyramide als Grundform ihrer Brutstöcke wählten, erklären sich unsere Wissenschaftler so: Die Lurche sind bei der Aufzucht ihrer Jungen nicht gerade zimperlich, weshalb nicht dramatisch viele, aber immerhin doch einige die nächste Etage nicht erreichen. Folglich braucht man oben weniger Platz. In den Grünhäutigen scheint seit ihrer Kindheit der Wille tief verankert zu sein, die nächste Etage zu erreichen und Respekt vor denen zu empfinden, die dies geschafft haben. Deshalb bewohnen die gesellschaftlich am höchsten stehenden Mohak stets die Spitze der Pyramide. Im Fall dieser roten Hauptpyramide ist es das Oberkommando der auf Dornack stationierten Streitkräfte. Und genau da müssen wir hin.«

»Nicht so schnell«, meldete sich Green. »Wir sollten uns hier erst einmal vorsichtig umsehen. Wir könnten wertvolle Informationen über die Planungen der Echsen gewinnen, die möglicherweise nicht in deren Rechnern enthalten sind.«

»Frank hat recht«, unterstützte Schmidt seinen Kameraden. »Wir sollten nicht wie der Stier auf den Torero losrennen.«

»In Ordnung!«, stimmte Sondtheim zu. Er deutete auf die zehn Meter hohen grün gestrichenen, mit großen Fensterfronten ausgestatteten Hallenwände; als ihm bewusst wurde, dass keiner seiner Männer diese Geste sehen konnte, ergänzte er: »Verteilt euch auf die Fenster und schaut, ob ihr in den dahinter liegenden Räumen etwas von Bedeutung erkennen könnt.«

In der hohen Eingangshalle konnten die Männer ihre Flugaggregate wieder benutzen, sodass sie die umhereilenden Echsen einfach überflogen. Wolfgang suchte sich das Fenster aus, das am weitesten vom Eingangsportal entfernt lag. Er sah eine in rotes Licht getauchte Halle, in der zwanzig Meter lange und einen Meter breite Tische standen. In den Gängen dazwischen befanden sich Hunderte von bunt gekleideten Weibchen und bewachten das, was auf den Tischen stand: mehrere Tausend fein säuberlich in Bechern ruhende Eier, jedes etwa so groß wie ein irdisches Straußen-Ei.

Eine der Buntgekleideten trat einen Schritt vor und nahm ein

Ei aus einem Becher. Sondtheim vergrößerte die Szene auf seinem Helmbildschirm. Das Ei hatte einen Riss. Das Weibchen grub die beiden Daumen ihrer sechsfingrigen Hände in den Riss und brach die Schale ganz auf. Zum Vorschein kam, wie erwartet, eine Miniausgabe der Grüngeschuppten. Die Geburtshelferin brachte das Junge zu einer der Hallenwände, wo etwas eingebaut war, das wie ein kleiner Paternoster wirkte. Sie legte das Neugeborene in ein freies Fach und drückte auf einen Knopf. Kurz darauf verschwand das Fach mitsamt Inhalt in einer Öffnung in der Hallendecke.

Der Major setzte seine Beobachtung noch zwei Minuten fort und wurde in diesem Zeitraum Zeuge zehn weiterer Geburtshilfen. Neunmal wurde das Junge zu einem der vielen Paternoster gebracht, einmal schmiss die Amme das in diesem Fall regungslose Neugeborene in einen Behälter, der unter dem Tisch stand.

»Habt ihr etwas von Bedeutung entdeckt?«, fragte Wolfgang seine Männer über Funk. Er sendete verschlüsselt auf einer Standardfrequenz der Mohak. Durch die Vielzahl von Sendungen war das Risiko, entdeckt zu werden, äußerst gering. Die Kleinstrechner der Helme fischten die entsprechend verschlüsselten Datenpakete aus dem Wust der Sendungen heraus und gaben nur deren Inhalt auf die Helmlautsprecher, weshalb sich die Männer störungsfrei unterhalten konnten.

»Nichts!«, hörte Sondtheim dreimal.

»Ich sah einen großen Raum voller Zellen«, meldete Jörgensen. »Die Weibchen gingen hinein und kamen mit zwei oder drei Eiern wieder heraus. Die legten sie dann auf ein Fließband.«

»Lasst uns die nächste Etage untersuchen«, ordnete der Kommandant an.

In der Mitte der Eingangshalle verbanden Rolltreppen die erste mit der zweiten Etage. Die fünf Elitesoldaten nutzten die Zwischenräume, um nach oben zu fliegen. Dort befanden sich wiederum grüne Wände mit ähnlichen ›Schaufenstern‹ wie in der Etage zuvor. Dahinter wurden die jungen Mohak in Pferchen gehalten. Die ›Ammen‹ schmissen kleine blutige Fleischstückchen hinein, um die sich die Kleinen balgten. Diese Kämpfe gingen meist glimpflich aus, hin und wieder sahen die Männer jedoch, dass eine der Jungechsen einer anderen eine blutige Wunde zufügte. Ob es sich dabei um Unfälle handelte oder ob es Absicht war, vermochten die Terraner natürlich nicht zu sagen.

In der nächsten Etage wurden die Elitesoldaten Zeuge, wie die etwas Älteren – in für Menschen skurrilen ›Spielplätzen‹ – mit lebenden, hühnerähnlichen Geschöpfen gefüttert wurden. Die ›Hühner‹ waren allerdings in der Lage, den jungen Jägern Verletzungen zuzufügen. Die Männer beobachteten, wie mehrere der kleinen Echsen eines der Hühner durch die Gänge trieben, um dann gemeinsam darüber herzufallen. Das war offensichtlich die mohaksche Version des Erlernens kindlichen Sozialverhaltens.

Die folgenden Ebenen waren voller übermütiger jugendlicher Echsen. Sie eilten zwischen Räumen umher, die man durchaus als Klassenzimmer bezeichnen konnte. Durch die überall präsenten ›Schaufenster‹, welche wahrscheinlich dem Lichtausgleich mit dem Rolltreppenhaus der Pyramide dienten, sahen die Schwarzuniformierten weibliche und männliche Lehrkräfte, die den Jungen auf großformatigen berührungsempfindlichen Bildschirmen irgendwelche Dinge zeigten. Je weiter die Männer nach oben vordrangen, umso erwachsener wurden die Schüler.

Doch dann war es plötzlich vorbei mit dem einfachen Hinaufgleiten zwischen den Rolltreppen. Sämtliche Lücken wurden von einem durchsichtigen Material versperrt. An den Enden der hinauf- und hinabführenden Treppen befanden sich zwar Durchlässe, die jedoch von jeweils zwei uniformierten Mohak bewacht wurden.

»Wie sollen wir da unbemerkt vorbeikommen? Wenn wir uns den Weg nach oben freischießen, ist gleich der ganze Brutstock hinter uns her«, überlegte Schmidt laut über Funk.

»Wir nehmen die hinabführende Treppe ganz rechts«, entschied der Major. »Postiert euch schwebend etwas oberhalb neben dem Durchlass. Ich versuche, die beiden Lurche abzulenken. Wenn ich sie dazu bringen kann, ihren Posten zu verlassen, schlüpft ihr ins Innere.«

Wolfgang wartete, bis er auf seinem Helmbildschirm zwei rote Punkte links und zwei rechts von der betreffenden Lücke sah. Er brachte sich in eine waagerechte Position und schwebte, leicht zur Seite versetzt, auf die rechteckige Öffnung zu, bis seine Füße das durchsichtige glasähnliche Material berührten. Dann ging er in die Hocke und ergriff den Uniformgürtel einer der beiden Echsen. Kräftig stieß sich der Elitesoldat mit den Beinen ab, wodurch der Mohak in Richtung Treppe gerissen wurde. Völlig unvorbereitet auf die Aktion des Majors stolperte die Echse und rutschte bäuchlings die sich abwärts bewegende Rolltreppe hinunter. Der erschrockene Mohak versuchte, seine Geschwindigkeit abzubremsen, indem er die Arme nach vorn streckte, um an den Stufen Halt zu finden. Der Effekt war jedoch, dass er anfing, sich zu überschlagen. Arme, Beine und Schwanz wurden zu einem wirbelnden Knäuel, bis der Gepeinigte am Fuß der Treppe endlich zur Ruhe kam.

»Was ist passiert?«, hörten die Elitesoldaten in der Sprache des Feindes, während der verbliebene Wächter die Treppe hinunterlief, um seinem Kameraden zu helfen. Die fünf Terraner schlüpften derweil durch die Lücke.

»Hoffen wir, dass es auch bei den Mohak gelegentlich vorkommt, dass einer in Ohnmacht fällt. Dann wird man dem Lurch sicher nicht glauben, wenn er nach dem Aufwachen behauptet, jemand habe ihn gezogen«, konstatierte Wolfgang.

Die zu Hilfe geeilte Echse hielt den Oberkörper des Gestürzten im rechten Arm und schlug ihm mit der linken Pfote mehrfach ins Gesicht. Aus einem ins Treppenhaus mündenden Gang strömten fünf weitere, durch das Gepoltere aufmerksam gewordene Mohak-Soldaten.

»Wir bewegen uns unter der Decke fort«, sagte Wolfgang. Die

Höhe des Raumes und der rechwinklig abgehenden Gänge betrug fünf Meter, sodass sich auf diese Weise Kollisionen leicht vermeiden ließen.

»Schaut mal! An den Gängen hängen sogar Hinweisschilder!«, bemerkte Willi Schulz.

»Mannschaftsunterkünfte, Speisesaal, Offizierscasino, Waffenlager, Gefängnis …«, übersetzte Holger Schmidt die fremdartigen Schriftzeichen.

»Gefängnis? Das hört sich aber sehr interessant an. Vielleicht halten die Lurche da ein paar Nogr gefangen«, kommentierte Sondtheim die Übersetzungen Schmidts.

Weiterhin unter der Decke schwebend nahmen die Terraner den entsprechenden Gang, der sich auf zwanzig Meter verbreiterte. Hinter einem Pult saß ein Mohak und studierte digitale Papiere. Das Pult stand direkt vor Gitterstäben, die die ganze Breite und Höhe des Gangs ausmachten, ähnlich, wie man es auch von irdischen Gefängnissen gewohnt war.

»Mist! Wie kommen wir da rein?«, hörten die anderen Greens Stimme aus den Helmempfängern.

Der Zufall kam den Soldaten zu Hilfe. Die fünf Echsen, die als Verstärkung ins Treppenhaus geeilt waren, führten den gestürzten, unsicher wankenden Mohak auf das Pult zu. Der Lurch hinter dem Pult blickte auf und erhob sich aus seiner Sitzschale.

»Der hier«, einer der fünf deutete auf seinen aus diversen Schürfwunden blutenden Artgenossen, »behauptet, eine unsichtbare Kraft habe ihn die Rolltreppe hinuntergezogen. Ich dagegen behaupte, er hat Briskalok[7] im Dienst zu sich genommen und ist bei der Ausübung seiner Pflicht eingeschlafen. Sperr ihn ein, bis ein Arzt kommt, um meine Vermutung durch eine Blutprobe zu bestätigen.«

Der Wärter begab sich zu einer Tür im Gitter. Gleich daneben befand sich ein Tastenfeld, er drückte eine sechsstellige Kombination. Ein leises Summen ertönte und die Türe schwang auf.

---

[7] Bei den Mohak beliebtes Rauschmittel.

Die fünf Soldaten schoben sich mit dem Unglücklichen hindurch, gefolgt von dem Wärter. Letzterer öffnete im hinter dem Gitter liegenden Gang eine freie Zelle. Der vermeintliche Briskalok-Konsument wurde unsanft hineingestoßen. Die sechs Echsen kehrten zum Pult zurück, wobei der Wärter die Gittertür wieder verschloss. Doch die fünf terranischen Elitesoldaten waren den Mohak natürlich gefolgt und unmittelbar nach Passieren der Gittertür zur Decke aufgestiegen.

»Ist das nicht ein ziemliches Risiko, uns hier einsperren zu lassen?«, wollte Lars Jörgensen wissen. »Immerhin müssen wir hier auch wieder ausbrechen.«

»Keine Sorge«, entgegnete Wolfgang, »ich habe aus der Nähe zugeschaut, welche Tastenkombination der Wärter gedrückt hat. Ich kann die Tür also öffnen, ohne das Schloss zu zerstören und ohne großes Aufsehen zu erregen.«

Die Männer gingen von Zelle zu Zelle und blickten durch die großen vergitterten Öffnungen der Gefängnistüren. Bis auf den ›im Dienst eingeschlafenen‹ Mohak waren die vorderen Zellen leer.

Als der Major durch die nächste Tür blickte, traf ihn beinahe der Schlag. Drinnen befand sich nicht etwa ein Nogr, sondern ein Aldebaraner oder Terraner mit zerrissener, schwarzer Uniform. Der Soldat lag auf dem Rücken am Boden. Sein Brustkorb hob und senkte sich schwach. Er war nur etwa einssiebzig groß und hatte feuerrote, mit dunklem geronnenen Blut verschmierte Haare. Das Gesicht sah aus, als habe sich der schmächtige Mann einen Boxkampf mit einem der auf Terra als lebende Legende geltenden Klitschko-Brüder geliefert.

»Ich habe hier einen aldebaranischen oder terranischen Soldaten gefunden«, klärte Wolfgang seine Männer über seinen Fund auf.

»Hier ist ein weiterer«, klang Schulz' Stimme aus den Helmempfängern. »Übel zugerichtet«, fügte er hinzu.

Insgesamt fanden die Terraner drei schwarz uniformierte Gefangene, sofern man von den Fetzen, die sie trugen, noch von Uniformen sprechen konnte.

Nach der persönlichen Begutachtung der drei Zellen befand Sondtheim, dass das Häufchen Elend, das er entdeckt hatte, von allen Gefangenen noch den gesündesten Eindruck machte. Er presste seinen Helm gegen die Gitterstäbe der Zellentür und ließ per Gedankenbefehl die beiden Gesichtsteile des Helms aufgleiten. Sein Gesicht war nun von der Zelle aus sichtbar. Aber die zugeschwollenen Augen des Gefangenen schienen ihn gar nicht wahrzunehmen.

»Psst!«, machte der Leiter des Kommandounternehmens auf sich aufmerksam.

Zwischen den blutunterlaufenen Lidern des Rothaarigen entstanden schmale Schlitze. Dann stützte er sich auf die Ellenbogen, wobei sich seine Miene vor Schmerz verzerrte. Der Ausdruck des Schmerzes wich dem grenzenloser Überraschung. Er sah jetzt das scheinbar frei im Raum schwebende Gesicht hinter den Gittern seiner Zellentüre. Wolfgang hätte sich gern einen Zeigefinger senkrecht vor die Lippen gehalten, doch der war nach wie vor unsichtbar.

Der Mann richtete sich ganz auf und kam mit zitternden Schritten auf Sondtheim zu.

»Wer sind Sie?«, fragte er auf aldebaranisch, der Verkehrssprache des Imperiums und der Dritten Macht.

»Major Wolfgang Sondtheim. Und wer sind Sie?«

Was für ein seltsamer Name, dachte der Rothaarige.

»Oberst Arlor.« Bevor Wolfgang noch etwas fragen konnte, fügte der Verletzte hinzu: »Wir sind hier mit unseren Spezialanzügen eingedrungen, um beim Oberkommando der Lurche etwas über den Truppenaufmarsch bei Dornack I in Erfahrung zu bringen. Wir fühlten uns ziemlich sicher, bis wir im Eingangsbereich zu den Räumen des Generalstabs unter seltsamen Rundbögen hindurchgingen. Wir wurden von elektrischen Entladungen getroffen, die uns nach wenigen Sekunden bewusstlos machten, und

– schlimmer noch – der elektrische Strom fuhr durch die Meta-materialien unserer Kampfanzüge und machte sie unbrauchbar. Wir wurden sichtbar. Die verdammten Echsen brauchten nichts weiter zu tun, als uns einzusammeln und hier einzusperren. Mehrere danach folgende Verhöre waren für uns wenig amüsant.«

»Selbstverständlich wissen die Mohak, dass wir über eine Technologie verfügen, die unsichtbar macht«, entgegnete Sondtheim. Seine vier Kameraden waren, optisch natürlich nicht wahrzunehmen, hinter ihn getreten und lauschten dem geflüsterten Gespräch. »Wir haben bisher keine Hinweise darauf, dass die Schuppigen ebenfalls über eine solche Technik verfügen, doch sie scheinen das Prinzip zu kennen und wissen daher, dass man die Metamaterialien durch elektrische Überlastung zerstören kann. Außerdem arbeiten sie an einem Streulichtverstärker, um die Position getarnter Objekte zu bestimmen. Soweit zu den Erkenntnissen Thules.«

»So ist es«, bestätigte Arlor. »Ein solcher Stromschlag ist sicherlich auch für eine Echse kein Zuckerschlecken. Deshalb werden die Mohak die Sperren jedes Mal abschalten, wenn einer ihrer Artgenossen diese passieren will. Das wäre für Sie und Ihre Männer die Chance, unbemerkt hindurchzukommen. Ich nehme an, Sie sind das zweite Kommando, das der Imperator geschickt hat, nachdem wir versagten und er nichts mehr von uns hörte. Es ist von immenser Bedeutung, dass es Ihnen gelingt, herauszufinden, was die Echsen planen. Also nehmen Sie sich vor den Sperren in Acht und besorgen Sie die entsprechenden Informationen, verstanden?«

Arlor fasste seine Worte als Befehl auf, nicht als Vorschlag. Schließlich war er Oberst und der Mann mit dem seltsamen Namen nur Major. Dass Letzterer nicht im Imperium geboren war, konnte Ersterer schließlich nicht wissen.

»Das werden wir tun«, entgegnete Sondtheim, »und dann holen wir Sie hier raus.«

»Unterstehen Sie sich, Soldat! Das Imperium muss schnellstens erfahren, was hier gespielt wird. Die Mission darf nicht durch den Versuch, drei Halbtote zu befreien, gefährdet werden. Ich wäre Ihnen jedoch dankbar, wenn Sie mir eine Pistole dalassen könnten, mit der ich mich weiteren Verhören durch die Mohak entziehen kann.«

»Befehl verweigert«, flüsterte der terranische Elitesoldat unbeeindruckt, »wir lassen keine Kameraden zurück.«

»Aber …«

»Seien Sie still!«, fauchte Wolfgang eine Spur härter, als beabsichtigt. Dann verschloss er die Gesichtshälften seines Helmes und wurde damit für den Oberst wieder unsichtbar.

Über Funk gab er seine Befehle an die vier terranischen Elitesoldaten.

»Lars kommt mit mir. Er kennt sich am besten von uns allen mit Informationsverarbeitung aus und wird die Quantenrechner in das Datennetz der Echsen hängen. Die anderen drei bleiben hier zurück. Auf mein Zeichen schlagt ihr los und sprengt die Zellentüren auf. Jeder schnappt sich einen der Aldebaraner.« Aus dem Namen ›Arlor‹ hatte der Major korrekt geschlossen, dass es sich um einen solchen handeln musste. Abgesehen davon hätte er von einem vorherigen terranischen Kommandounternehmen gewusst. »Danach schießt ihr euch den Weg frei bis zur Außenwand der Pyramide. Sprengt ein Loch hinein und versucht, die Vril zu erreichen. Ich empfehle euch dafür einen Tiefflug, denn man wird auf euch schießen und die Befreiten sind nicht unsichtbar. Wir treffen uns in der Vril. Noch Fragen?«

»Wir sollen also dem ganzen Brutstock den Krieg erklären, verstehe ich das richtig?« Die Stimme Greens triefte vor Ironie.

»Wieso dem Brutstock? Den *Brutstöcken!*«, entgegnete der Major schlagfertig und lachte schelmisch. »Und zwar galaxisweit!«

*

Ein ähnliches Bedienfeld wie an der Außenseite war auch im Gefangenenbereich vor der Gittertüre angebracht. Sondtheim drückte die Symbolkombination, die er dem Wärter abgeschaut hatte. Summend sprang die Türe auf. Der mit dem Rücken zu ihnen auf einer Sitzschale vor seinem Pult ruhende Wärter ruckte hoch. Ein leises Zischen war zu hören, dann holte ein fürchterlicher Schlag den Mohak von den Füßen und schleuderte ihn über das Pult. Ein roter Fleck bildete sich auf seiner Brust. Jörgensen hatte ihn mit seiner Magnetfeldpistole erledigt.

Die beiden Elitesoldaten stürmten vor das Pult. Wolfgang nahm den toten Gefangenenwärter bei den Armen, der schwedische Hüne bei den Beinen. Es war ein gespenstisches Bild, wie der tote Mohak sich mit ausgestreckten Armen und Beinen scheinbar schwerelos in die Luft erhob und auf die immer noch offen stehende Gittertüre des Gefängnistraktes zuschwebte. Die beiden unsichtbaren Terraner verstauten die Echse in einer der leeren Zellen, die sich auch ohne Code öffnen ließen.

Es blieb ruhig. Also hatten die Mohak nichts von dem unerwarteten Ende des Wärters mitbekommen.

Der Major und der Leutnant verließen den Gefangenenbereich wieder und verschlossen die Gittertür hinter sich. Die drei bei den gefolterten aldebaranischen Kameraden verbliebenen Terraner kannten jetzt die Symbolkombination für die Tür.

Ungehindert arbeiteten sich die beiden über das Treppenhaus, das innerhalb des militärischen Bereichs des Brutstocks nicht weiter gesichert war, nach oben bis zur Spitze der Pyramide vor. Am Ende der hinab- und hinaufführenden Rolltreppen waren hier die von Arlor beschriebenen Rundbögen zu sehen. Sie mussten von den Männern mit den Flugaggregaten zwangsläufig durchquert werden, denn sie waren von einem ähnlichen durchsichtigen Material eingefasst, mit dem sie schon weiter unten in Berührung gekommen waren.

»Achtung, Männer!«, nahm Wolfgang mit seinen Kameraden im Gefangenenbereich Kontakt auf. »Der Tanz beginnt!«

Sondtheim hatte keinesfalls vor, auf einen Mohak zu warten, der einen der Rundbögen am oberen Ende der Treppen abschalten und durchschreiten würde. Sein Plan war ein anderer. Der Major wusste, dass einige Etagen tiefer durch seine nun folgenden Aktionen gleich die Hölle losbrechen würde.

Er machte sein mit Metamaterialien beschichtetes Magnetfeldgewehr schussbereit, während er vor einem der Rundbögen schwebte. Per Gedankenbefehl schaltete er das Gewehr auf Dauerfeuer. Dann drückte er ab. Einhundert Neunmillimetergeschosse verließen die Waffe pro Sekunde und schlugen in den Rundbogen, das durchsichtige Material und in die dahinter stehenden Wachen ein. Lars stimmte mit seinem Gewehr in das Vernichtungsfeuer ein. Scherben und Fetzen des Rundbogens flogen durch die Luft.

»Suche nach einer Anschlussmöglichkeit für deinen Quantenrechner«, befahl Wolfgang seinem Soldatenkameraden, »ich heize derweil den Echsen ein. Die sollen keine Zeit haben, sich mit dir zu beschäftigen.«

Die beiden Männer stellten ihre Magnetfeldgewehre auf Feuerstöße ein, um ihren Munitionsvorrat zu schonen. In eine Galerie, die die Rolltreppen verband, mündeten mehrere Gänge, aus denen zig Mohak hervorquollen. Wolfgang nahm eine Handgranate von seinem Gürtel und warf sie weit in die Galerie hinein. Die folgende Explosion war so gewaltig, dass die Decke zur darunter liegenden Etage einstürzte. Die paar Mohak, die das überlebt hatten, rannten idiotischerweise in das Sperrfeuer der beiden Terraner und somit in ihr eigenes Aus.

Lars bog in den nächstgelegenen Gang hinein, während sein Vorgesetzter weiter nach vorn stürmte. Bevor Wolfgang den mittleren der insgesamt drei Gänge passierte, warf er sicherheitshalber eine Granate hinein und presste sich gegen die Wand. Die Explosion fetzte aus dem Gang über die Galerie und schließlich durch die Überreste des durchsichtigen, den Bereich des Generalstabs absichernden Materials ins Treppenhaus.

Der Leiter des Kommandounternehmens rannte in den verwüsteten Gang. Er musste sein Flugaggregat verwenden, denn die Explosion hatte Löcher in Decke und Boden gerissen. Überall lagen tote Mohak. Wahllos trat der Major eine Seitentür auf und gab ein paar Feuerstöße in den Raum ab. Dann flog er durch das Loch in der Decke in die oberste Etage der Pyramide. Hier vermutete er den Oberkommandierenden.

Auch in diesem Bereich hatte die Druckwelle der großen Explosion beträchtlichen Schaden angerichtet. Mehrere Echsen, die von der aus dem Boden geschossenen Detonation von den Füßen geholt worden waren, versuchten verzweifelt, sich zu erheben; darunter ein vom Kopf bis zum Schwanz in blaue Seide gehüllter Gegner.

Ein Pentalz[8] der Mohak, stellte Wolfgang gedanklich fest. Er schaltete sein Magnetfeldgewehr per Gedankenbefehl auf Dauerfeuer um. Eine derartige Schwächung des Oberkommandos der Echsen durfte sich der Krieger nicht entgehen lassen. Rücksichtnahme gegenüber den Gnadenlosen musste zwangsläufig zur Auslöschung der eigenen Spezies führen, die diesen Krieg weder begonnen noch provoziert hatte.

Der Unsichtbare schoss ziellos in den Raum voller Pulte und Kommunikationsgeräte, von denen einige durch die Explosion der Handgranate eine Etage tiefer schon arg in Mitleidenschaft gezogen worden waren. Selbstverständlich hatte Wolfgang die Mündungsgeschwindigkeit seines Magnetfeldgewehrs hinreichend niedrig eingestellt, um seinen Standort nicht durch glühende Geschossbahnen zu verraten. Als weitere Sicherheitsmaßnahme wechselte er seine Position ständig. Seine Dauersalve füllte die Luft mit den Splittern der getroffenen Geräte und Pulte. Ein Mohak nach dem anderen fiel den Projektilen zum Opfer.

Doch die Echsen schossen blindlings zurück …!

Ein kräftiger Schlag gegen die Schulter riss den Major herum,

---

[8] Entsprechung eines Raummarschalls

ohne dass er aufhörte zu feuern. *Verdammt! Warum haben unsere Kampfanzüge keine Reflektorschirme? Wahrscheinlich weil die kleinsten Reflektorgeneratoren, die ich kenne, dreißig Kilo wiegen,* überlegte Sondtheim – der Kampf benötigte seine Instinkte, nicht seine Intelligenz, die er gerade gebrauchte.

Dort, wo sich seine unsichtbare rechte Schulter befand, war nun plötzlich etwas zu sehen: ein ekliger roter Fleck, der sich rasch ausbreitete. Blut lief aus der Schusswunde und benetzte die Metamaterialen. Alles, was sich auf ihnen befand, war natürlich sichtbar. Dies gab den Schuppenhäutigen einen Anhaltspunkt, sie wussten jetzt, wohin sie schießen mussten. Schon spürte der Major einen weiteren Streifschuss am Oberarm …

*

Keine Echsenseele trieb sich in dem Gang herum. Lars Jörgensen las die Beschriftungen der Türen. Er suchte nach irgendetwas, das auf Informationsverarbeitung, Rechnerraum, Datennetze oder Ähnliches hinwies. Zwanzig Meter vor ihm wurde eine Türe aufgestoßen. Ein Mohak betrat den Gang. Lars wartete ruhig ab, ob sich weitere Echsen anschlossen. Doch der Grüne[9] war allein, niemand folgte ihm. Der Leutnant erledigte ihn mit seiner Magnetfeldpistole. Natürlich hätte er den Gegner umgehen können, doch ein Feind im Rücken konnte das ganze Unternehmen gefährden, bei dem es um die Existenz des Imperiums und letztendlich auch Terras ging.

Wenige Sekunden später wurde der Leutnant fündig. In der Sprache und Schrift der Mohak stand ›Rechengehirn‹ auf einem kleinen Kunststoffschild neben einer Tür. Sie war durch einen Code, den man über ein Tastenfeld neben der Türe eingeben konnte, zu öffnen.

Gut, dass ich einen Universalcode dabeihabe, dachte Jörgen-

---

[9] Nicht politisch gemeint

sen grimmig, während er eine Haftladung an der Verbindung von Tür und Rahmen platzierte.

Er ließ sich zur Decke schweben und löste die Sprengung per Gedankenbefehl aus. Krachend flog die Tür ins Innere des Raumes. Lars hatte die Menge des Sprengstoffs so gewählt, dass sich Beschädigungen innerhalb des Rechnerraums in Grenzen hielten. In aller Seelenruhe wartete der Elitesoldat ab, ob Echsen in der Nähe waren, die sich für sein kleines Feuerwerk interessierten. Schon stürmte eine Fünfergruppe der in beige Uniformen gekleideten Feinde in den Gang. Weitere folgten vorerst nicht.

Eine mächtige Explosion erschütterte das Gebäude.

Nun übertreibe es mal nicht, lieber Wolfgang. Wenn du die Räume des Oberkommandos in Pulver verwandelst, kann ich nicht mehr viel von dem Rechner herunterladen.

Die Gruppe feindlicher Soldaten stand nun vor der eingedrückten Türe des Rechnerraums. Da keine weiteren Feinde in den Gang bogen, würde es wohl bei den Fünfen bleiben. Diesmal wählte Lars sein Magnetfeldgewehr, um die Übermacht auszuschalten. Es behagte ihm ganz und gar nicht, auf intelligente Wesen zu schießen, doch der von den Mohak aufgezwungene Krieg ließ ihm keine andere Wahl. Unter der Decke schwebend nahm er die Mohak unter Feuer …

Eine Sekunde später war es vorbei. Der Weg ins Innere des Rechnerraumes war frei.

Als Erstes entfernte Jörgensen die Tür, die schräg gegen einen Schaltschrank gefallen war. Der Raum war nur etwa dreißig Quadratmeter groß. Etwa zwanzig der braunen Metallschränke mit Doppeltüren aus Glas reihten sich entlang der Wände des Raums aneinander. Blaue, gelbe und grüne Lichter blinkten hinter den Glastüren.

Der Spezialist für Informationstechnologie schritt die Schränke ab und betrachtete die jeweils übereinander verbauten Einheiten. Schließlich blieb er stehen.

Das müsste der neuronale Speicher sein, glaubte Lars zu erkennen. Neuronale Speicher enthielten Muster, die alle möglichen Begrifflichkeiten symbolisierten, ganz ähnlich organischen Gehirnen mit ihren die reale Welt repräsentierenden Gedankenmustern. Die Anfrage nach einem bestimmten Begriff erfolgte in der modernen Informationsverarbeitung immer über einen neuronalen Speicher, der den Begriff entsprechend seiner Semantik auswertete. Auf diese Weise erhielt der Suchende stets die gewünschte Information, sofern vorhanden, unabhängig davon, ob er syntaktisch korrekt nach dem entsprechenden Begriff gefragt hatte.

Vorn auf der Einheit waren die Anschlüsse zu den Rechnernetzen, in denen sich die eigentlichen Datenbanken und Hilfsrechner für die grafischen Benutzeroberflächen befanden. Der Leutnant nahm ein kleines schwarzes Kästchen aus einer Tasche seines Kampfanzuges: den Quantenrechner, ein Gerät, dessen Stecker und Kommunikationsprotokolle mit denen der Mohak kompatibel waren. Lars steckte es einfach auf einen der freien Anschlüsse.

Sofort begann das kleine Gerät, mit dem neuronalen Speicher Kontakt aufzunehmen. Eine Kommunikation war nur möglich, wenn der Quantenrechner den Verschlüsselungscode des fremden Rechnernetzes kannte. Doch es lag in der Bauweise eines Quantenrechners begründet, dass er alle möglichen Codes *gleichzeitig* verwenden konnte. Also ›hörte‹ das schwarze Kästchen die Kommunikation zwischen dem neuronalen Speicher, den Datenbanken und Benutzeroberflächen ab, wandte alle denkbaren Codes darauf an und erhielt nur bei einem einzigen davon sinnvolle Ergebnisse.

»Code entschlüsselt!«, meldete das auf Quantenkohärenz, ganz ähnlich der Vril-Technologie, basierende Gerät über eine Funkverbindung an den VR-Helm Jörgensens.

»Suche nach ›Kontrubana‹!«, befahl der Leutnant.

Wenige Sekunden später hörte der Elitesoldat aus seinen Helmlautsprechern: »Kontrubana – sechzig Komma acht-sieben-drei Kilometer lange Magnetfeldkanone mit Eigenantrieb. Kaliber zehn Komma vier-sieben-drei Meter …«

»Sind Informationen dabei, wo die Kontrubana gebaut wird?«, unterbrach Lars die Aufzählung der Daten über die Waffe, mit der die Mohak die Ischtar-Festungen bezwingen wollten.

»Herstellung im Orbit von Solomack II.«

»Suche die galaktischen Koordinaten des Solomack-Systems!«

»Galaktische Koordinaten gefunden.«

»Suche nach dem Fertigstellungstermin für die Kontrubana.«

Der Quantenrechner rechnete das in diesem Zusammenhang gefundene Datum gleich auf den terranischen Kalender um: »23. Mai 2012.«

Oh mein Gott, das ist in weniger als einem Monat!, machte sich Jörgensen bewusst.

»Lade alle Suchergebnisse zu den Begriffen ›Kontrubana‹ und ›Solomack‹ herunter, die einen Relevanzwert von mehr als achtundneunzig Prozent aufweisen.«

»Fertig!«, meldete das Kästchen drei Sekunden später. »Abgespeicherte Datenmenge: dreihundertachtunddreißig Petabyte[10]!«

Lars zog das Gerät von dem Kommunikationsanschluss des neuronalen Speichers und verstaute es behutsam in einer Tasche seines Kampfanzuges, wodurch es wieder unsichtbar wurde.

Der Elitesoldat richtete sich auf und wollte gerade die beiden Glastüren des Schrankes verschließen, als er aus den Augenwinkeln eine Bewegung wahrnahm. Ein Mohak stand mit angeschlagenem Gewehr im Rahmen der herausgesprengten Tür des Rechnerraums. Er schien nicht so recht zu wissen, was er von der Situation zu halten hatte. Hatte er etwas von dem schwarzen Kästchen bemerkt, das sich für ihn gerade in Luft aufgelöst hatte?

Jörgensen schwebte zur Decke und zog seine beschichtete und damit unsichtbare Pistole. Er zögerte, den Gegner zu erschießen, denn auf dem Gang konnte eine unbekannte Anzahl Soldaten warten. Diese würden den Rechnerraum vermutlich rücksichtslos

---

[10] 1 Petabyte = 1.000 Terrabyte = 1.000.000 Gigabyte = 1.000.000.000 Megabyte

mit Geschossen vollpumpen, sobald einer ihrer Artgenossen darin erschossen würde.

Plötzlich erschütterte eine weitere Explosion das Gebäude – weitaus mächtiger als alle vorangegangenen …

Der Mohak drehte sich um und rannte aus dem Rechnerraum. Auf dem Gang zählte der Leutnant ein gutes Dutzend weiterer Soldaten, die ihrem Anführer hinterherrannten. *Gut, dass ich nicht geschossen habe.* Der Terraner folgte den rennenden Soldaten an der Decke des Ganges schwebend. Plötzlich vernahm er eine bekannte Stimme in seinen Helmkopfhörern …

Wieder auf der Galerie angekommen, wandten sich die Echsen nach rechts. Dort herrschte ein unbeschreibliches Chaos. Das Gebäude war über mehrere Etagen zerfetzt worden. Jörgensen hatte freien Blick über die Mohak-Stadt, denn die Außenwand war ebenfalls weggesprengt worden.

Über die Köpfe der Schuppenhäutigen hinweg raste der Skandinavier durch das Loch in die Freiheit. Im Gepäck trug er einen Schatz, der wertvoller war als alles Gold der Menschheit, denn der hatte das Potenzial, Milliarden Leben zu retten. Aufgrund des kurz zuvor geführten Gesprächs wusste er, dass seine Kameraden in Not waren, also beschleunigte er voll.

*

Ein weiterer Schuss traf den linken Oberschenkel des Majors. Der Schmerz war so stark, als sei ihm das Bein abgerissen worden. Noch im Fallen erschoss er drei weitere Mohak. Der Soldat robbte auf der Seite hinter ein umgestürztes Pult. Sofort stanzten zahllose Schüsse in das stabile Möbelstück. Splitter flogen Sondtheim um die Ohren.

Wolfgang kramte eine Handgranate aus seiner Kampfkombination und stellte sie auf geringe Sprengkraft ein, schließlich wollte er sich damit nicht selbst zu den Göttern befördern. Er warf die kleine Kugel über das Pult hinweg, in die Richtung, aus der die

Schüsse kamen. Die Druckwelle der Explosion schob das umgestürzte Pult mitsamt dem terranischen Soldaten vor sich her …

Dann kehrte Ruhe ein. Es war eine gespenstische Ruhe nach diesem mörderischen Kampf, der noch eine Sekunde zuvor getobt hatte.

Vorsichtig erhob sich Wolfgang. Er blickte über den Rand des quer liegenden Pultes. Überall lagen zerborstene Gegenstände herum. Die Wände waren durch Splitter vernarbt. Keiner der mindestens dreißig Mohak hatte den Kampf überlebt. Unter den Gefallenen war auch der – mit gebrochenen Augen über einem zerschossenen Kommunikationsgerät hängende – Pentalz, dessen blaue Seide mehrere rote Flecken aufwies.

Seine eigenen Blutungen an der Schulter und am Oberarm stufte Sondtheim als unkritisch ein. Sorge machte ihm der Treffer im Oberschenkel. Der Blutverlust aus dieser Wunde konnte ihn in wenigen Minuten das Bewusstsein verlieren lassen. Er schwebte über die Trümmer auf den Pentalz zu und zog sein Kampfmesser. Damit schnitt er einen langen Streifen aus der blauen Seide, faltete selbigen zweimal und band sich das Bein ab. Währenddessen gingen höllische Schmerzen von der Schusswunde aus. Erst nachdem der Knoten festgezogen war, ebbten die Signale der rebellierenden Nerven langsam ab.

Der Major flog per Gedankenbefehl durch die leeren Räume bis zur schrägen Außenwand des Brutstocks. Niemand war zu sehen. Die hier arbeitenden Echsen waren in den Kommunikationsraum des Pentalz geeilt, als die Schießerei losgegangen war.

Im spitzen Winkel zwischen dem Fußboden und der Außenwand platzierte der Terraner eine Handgranate. Die Explosionswirkung kam durch den Vril-Prozess zustande, bei dem mittels Baryonenvernichtung Materie vollständig in Energie umgewandelt wurde. Bei den Handgranaten war daher eine stufenlos einstellbare Sprengkraft von bis zu fünf Megatonnen herkömmlichen TNTs möglich, was zur Vernichtung einer Großstadt ausreichte.

Übertreiben wir's mal nicht, überlegte der Leiter des Einsatzkommandos und stellte per Gedankenbefehl die Sprengwirkung auf zehn Tonnen TNT und die Explosionsverzögerung auf zwanzig Sekunden ein.

So schnell es die Räumlichkeiten und die Trümmer erlaubten, entfernte sich der Major von der Außenwand, durchquerte erneut den Kommunikationsraum und drang durch das Loch in der Decke beziehungsweise im Fußboden in die darunter liegende Etage vor. Drei im dortigen Gang stehende Mohak schauten einen Moment verstört auf die Blutflecken und das zu einem Ring verknotete Stück blauer Seide, die durch das Loch geschwebt kamen. Doch einen Moment der Verwirrung konnten sich die Echsen im Kampf gegen terranische Elitesoldaten nicht leisten. Eine Salve aus dem Magnetfeldgewehr Sondtheims beendete ihre Verwirrtheit – für immer.

Der Major flog den Gang zurück bis zur Galerie und bog dort rasch ab, weg von der Außenwand des Brutstocks. Nicht nur, dass er mit dem Flugaggregat sehr schnell vorankam – er war dankbar, sein schwer verwundetes Bein nicht belasten zu müssen. Kurz darauf erreichte er den Gang, in den Jörgensen vor ein paar Minuten verschwunden war. Die Mauern würden ihm ausreichend Schutz vor der Explosion bieten – welche nicht auf sich warten ließ …!

Es bebte und krachte, als würde der Brutstock in seinen Grundfesten erschüttert, was bei einem zwei Kilometer hohen Gebäude natürlich nicht der Fall war. Bruchstücke flogen wie Geschosse durch die Galerie. Nachdem sich der Staub einigermaßen gelegt hatte, verließ der Oberst den schützenden Gang wieder. Durch das mehrere Etagenhöhen durchmessende Loch hatte der Terraner einen hervorragenden Blick über die Stadt der Echsen.

»Lars! Kannst du mich hören? Wie läuft es bei dir?« Per Gedankenbefehl hatte Wolfgang den Sender seines Helmes auf die Kommandofrequenz geschaltet.

»Alles in Ordnung! Ich habe die Daten und bin auf dem Rückweg. Bin gleich in der Galerie.«

»Da bin ich schon. Also dann nichts wie zurück zur Vril! Willi, Frank und Holger! Bei euch alles klar?«

»Wir haben ein Loch in die Außenwand des Brutstocks gesprengt und sind mit den drei Befreiten auf halbem Weg zur Vril«, hörten Lars und Sondtheim die Stimme Willis. »Allerdings werden wir von einem Gleiter verfolgt, der uns unter Beschuss genommen hat. Zwar fliegen wir im Zickzack, aber lange geht das nicht mehr gut. Die Lurche können uns leider sehen, wegen der Aldebaraner, die wir mitschleppen.«

»Haltet aus! Wir kommen!«

Mit Höchstbeschleunigung, die schmerzhaft an seinem verletzten Bein zerrte, schoss der Major durch das riesige Loch in der Außenwand des Brutstocks. Er jagte in einem weiten Bogen über die Spitzen der umliegenden Pyramiden hinweg und flog dann in die Richtung der Gebirgskette mit der dort wartenden rettenden Vril. Kurz vor den Bergen registrierte er drei rote Punkte, die seine Kameraden repräsentierten und vom Mikrorechner seines Helms auf den Gesichtsbildschirm projiziert wurden. Wolfgang drehte sich kurz um und nahm einen weiteren roten Punkt wahr, der ihn verfolgte.

Lars, dachte der Kommandant erleichtert.

Wenige Sekunden später konnte Sondtheim den Gleiter erkennen, der die drei Elitesoldaten mit den an ihnen festgeschnallten Aldebaranern verfolgte. Die Terraner flogen dicht über dem Boden, um jede kleine Erhebung als Deckung nutzen zu können. Aber mit ihren menschlichen Lasten waren sie zu langsam, um den feindlichen Gleiter abschütteln zu können. Immer wieder schlugen die Garben des mohakschen Fluggerätes neben den wild manövrierenden Soldaten ein und wirbelten Sand und Gesteinsbrocken hoch.

Der Mann mit der ausgeprägten Hakennase setzte sich hinter den Gleiter, der die Form des Triebwagens eines irdischen Hochgeschwindigkeitszugs hatte, und schaltete sein Magnetfeldgewehr auf höchste Schussenergie. Blauglühende Geschossbahnen lösten sich aus dem unsichtbaren Lauf der metabeschichteten Waffe. Doch das gegnerische Fluggerät manövrierte ebenso wild wie die, die es verfolgte. Außerdem konnte der Major die Waffe aufgrund seiner Schussverletzungen in der Schulter und am Oberarm nur unzureichend kontrollieren.

Durch die glühenden Geschossbahnen alarmiert, die an ihm vorbeizogen, ließ der grünhäutige Pilot den Gleiter fast senkrecht nach oben schießen. Das Manöver war klar: Der Mohak wollte sich mit einem Looping in den Rücken seines wehrhaften Gegners setzen. Doch hinter dem angeschlagenen Kommandanten entstanden weitere Geschossbahnen und punzten unzählige Löcher in die Oberseite des Fluggerätes.

Lars!, dachte Wolfgang ein zweites Mal innerhalb weniger Sekunden.

Der ›Mohak-Express‹ wurde schwer getroffen, er zog eine kräftige Rauchfahne hinter sich her. Seine Manövrierfähigkeit war stark eingeschränkt. Die nächste Salve Jörgensens stand als auf- und abwandernder blauer Strahl mehr als eine Sekunde auf der Oberfläche des Gleiters. Kleinere Bruchstücke platzten an den Aufschlagstellen ab. Dann explodierte das feindliche Fluggerät in einem Ball aus schmutzig-braunem Qualm, aus dem Rauch hinter sich herziehende Trümmer herabregneten.

Auf dem Raumhafen hoben mehrere Kreuzer der Echsen ab und näherten sich dem Ort des Geschehens.

»An alle! So schnell es geht zur Vril! Hier wird's gleich noch ungemütlicher!«

Die fünf Terraner mit ihren drei aldebaranischen Freunden waren kaum hinter den Gipfeln des Bergkamms verschwunden, als die ersten Granaten hinter ihnen einschlugen. Der zügige Sinkflug der Männer wurde von Gesteinsbrocken begleitet. Als sie die Schlucht mit der geparkten Vril endlich erreichten, schob sich bereits der erste feindliche Kreuzer bedrohlich über die Berggipfel. An den ungezielten Schüssen des Kriegsschiffs erkannte der Major, dass man sie noch nicht entdeckt hatte. Per Gedankenbefehl öffnete er die Schleuse der unsichtbar auf der Lichtung geparkten Vril. Wenige Sekunden später waren die acht Männer darin verschwunden. Sofort schloss sich die Schleusenrampe wieder und die Elitesoldaten deaktivierten die Metamaterialien ihrer Kampfanzüge und ihrer Waffen.

Frank, Willi und Holger trugen ihre aldebaranischen Kameraden die Wendeltreppe hoch in die Zentrale des kleinen Raumschiffs.

»Wir warten hier noch ein wenig ab, bis sich der Staub gelegt hat«, entschied Wolfgang, während seine Kameraden die völlig erschöpften Aldebaraner auf den Boden legten. Lars eilte davon und kehrte mit drei aufblasbaren Liegen zurück, die von den Terranern unter die übel zugerichteten Aldebaraner geschoben wurden. Anschließend aktivierte Willi drei Medoroboter. Die spinnenförmigen mechanischen Krankenschwestern legten zunächst einmal Infusionen und versorgten so die geschundenen Körper der Aldebaraner mit konzentrierten Nähr- und Aufbaustoffen.

»Ähm – ein paar kleinere Kratzer habe ich ebenfalls abbekommen«, machte der Kommandant seinen Kameraden mit den schütteren blonden Haaren dezent auf sich aufmerksam. »Ein wenig Zuneigung deiner Blechkurpfuscher könnte auch ich durchaus vertragen.«

Willi schaute den Major zunächst verblüfft an. Dann entgegnete er mit einer ähnlichen Ironie in der Stimme: »Wie bitte? Ich bin fest davon ausgegangen, dass der legendäre Kommandant des noch legendäreren besten Einsatzkommandos der Leibgarde«, Willi grinste über das ganze Gesicht ob der Selbstbeweihräucherung, »seine leichten Hautabschürfungen selbst vernäht – ohne Betäubung selbstverständlich.«

Während vier Männer laut und drei Aldebaraner vor Schmerzen etwas verhaltener loslachten, machte der Major ein Gesicht, als ob er in eine Zitrone gebissen hätte. Willi beeilte sich, einen weiteren Medoroboter aus dem Lager zu holen.

»Zu welcher Einheit gehören Sie, Soldat?«, flüsterte Arlor an Wolfgang gewandt.

»Zur Leibgarde des terranischen Prokonsuls.«

»Terranisch? Prokonsul?« Die Stimme des aldebaranischen Oberst klang schon etwas fester.

»Das ist eine lange Geschichte«, entgegnete der Major, »genau genommen einhundertvierundvierzig Jahre lang. Alles begann zu der Zeit, als Imperator Sargon II. seine Feldzüge gegen Maulack und Mohak-Dor führte. Zu jener Zeit verschlug es den Prokonsul mit ein paar Dutzend Aldebaranern nach Terra …«

»Das war die Zeit, als die Mohak Bangalon angriffen«, unterbrach Arlor ihn mit düsterem Blick. »Ich war damals ein junger Leutnant mit ziemlich romantischen Vorstellungen vom Krieg und tat Dienst in der Ortungszentrale von Bangalon-Stol[11], als die Echsen kamen. Die folgenden Ereignisse nahmen mir nicht nur meine verklärten Vorstellungen vom Krieg, sondern auch einen Freund, von dem ich bis dahin nicht gewusst hatte, dass es einer war. Wie dem auch sei, diese Zeit damals machte mich zum Mann, ob ich wollte oder nicht.«

Wolfgang berichtete in groben Zügen die Entstehungsgeschichte der Dritten Macht und endete mit den Worten: »Wir starten nach Sol. Dann werden Sie selbst mit dem Prokonsul sprechen können, Arlor. Ich denke, dass er nach den Informationen, die wir hier auf Dornack I gewinnen konnten, unverzüglich nach Aldebaran aufbrechen wird.« An Frank Green gewandt fuhr er fort: »Und? Haben sich die Lurche verzogen?«

»Seit zwei Stunden hat kein Kreuzer die Schlucht überflogen.«

Gelassen setzte sich der Major den VR-Helm auf und gab den Gedankenbefehl zum Start. Während er die Vril in den freien Raum steuerte, schnitt ein Medoroboter den Kampfanzug des Elitesoldaten um die Wunden herum aus, betäubte die entsprechenden Stellen und behandelte die Schussverletzungen.

---

[11] »Stol« bedeutet »der Äußere«, also ist mit Bangalon-Stol der äußere Planet des Bangalon-Systems gemeint.

Kapitel 3: Kontakt mit Aldebaran

»Das ist ja ungeheuerlich!« Mit offenem Mund starrte Arlor auf den Rundumbildschirm der Flugscheibe und betrachtete die zehn Superschlachtschiffe der Galaxisklasse mit den deutlich sichtbaren aldebaranischen Hoheitszeichen, die majestätisch langsam an der kleinen Flugscheibe vorbeizogen. »Und die wurden wirklich im Sol-System hergestellt?«

»Nicht nur die«, bestätigte Wolfgang voller Stolz. »Die Industriekapazität von Terra, Luna, Mars sowie den Jupiter- und Saturnmonden dürfte einen nicht zu unterschätzenden Machtfaktor in der bekannten Galaxis darstellen.«

»Na ja«, Unglauben zeichnete sich auf dem Gesicht Arlors ab, »mit den aldebaranischen Industrieplaneten Mugat und Solt sowie den beiden Sumeran-Monden Laarn und Maarn dürften die solaren Werften wohl kaum konkurrieren können.«

»Urteilen Sie selbst. Wir sind im Anflug auf den Rüstungsplaneten Mars mit den Werften für die Herstellung der Superschlachtschiffe.« Ein Lächeln umspielte die Lippen des Majors. Der Dritten Macht war in nur einhundertvierundvierzig Jahren gelungen, wozu andere Zivilisationen Jahrtausende brauchten. Die Hauptursache für diesen Erfolg war natürlich die aldebaranische Technologie der auf Terra Gestrandeten. Und: Die Dritte Macht hatte – davon war Sondtheim fest überzeugt – nur die Besten der Menschheit rekrutiert. Mittelmaß gab es in ihren Reihen nicht. Während sich die terranischen Regierungen mit ausufernden Finanzkrisen, hervorgerufen durch die Unersättlichkeit einer Finanzelite, und absurden Sozialsystemen für immer mehr ›Benachteiligte‹ auseinandersetzen mussten, hatte die Dritte Macht eine Zivilisation geschaffen, die den irdischen Nationen wissenschaftlich, ethisch und kulturell um Jahrtausende voraus war.

Schnell wurde der rote Planet größer. Die Vril passierte einen Pulk von mindestens dreißig der achthundert Meter langen

Schlachtkreuzer. Wolfgang beobachtete Arlor und die beiden anderen Aldebaraner, die sich als Dunmar und Kordunan vorgestellt hatten, aus den Augenwinkeln.

Das kleine Raumschiff näherte sich der Planetenoberfläche bis auf fünf Kilometer. Mit Absicht flog Sondtheim sein Ziel nicht direkt an. Er wollte den Aldebaranern Gelegenheit geben, sich von der Leistungsfähigkeit der Dritten Macht mit eigenen Augen zu überzeugen.

Werfthalle reihte sich an Werfthalle, immer wieder unterbrochen von den eingeebneten Flächen ausgedehnter Raumhäfen und gigantischer Industriekomplexe. Die Männer beobachteten Hunderte startende und landende Raumschiffe auf ihrem tausend Kilometer langen Flug, bei dem sich die von Menschen beziehungsweise von deren Arbeitsrobotern geformte Landschaft unter ihnen kaum änderte.

Schließlich steuerte die Vril auf einen rund drei Kilometer hohen Berg zu, der trotzig als unberührtes Stück Natur aus den bis zum Horizont reichenden Monumenten solarer Zivilisation aufragte. Doch so unberührt er auf den ersten Blick schien, war der Gesteinsriese nicht. An seiner Flanke verschwanden zwei Schleusenwände im Gestein, die den Blick auf eine zweihundert Meter breite und einhundert Meter hohe, hell beleuchtete Öffnung freigaben.

Der Major ließ die Vril hineinschweben. Die in den Berg getriebene Halle war einen Kilometer lang. Links und rechts befanden sich auf zwei Ebenen einhundert Meter breite und fünfzig Meter hohe Nischen. In der Stirnwand der Halle waren zwei vierzig Meter durchmessende runde Öffnungen zu erkennen.

»Die Nischen dienen als Schleusen für Vrils und sind auch groß genug, um den Haunebus Platz zu bieten. Statt einer Schleusenwand verwenden wir Reflektorschirme, sobald Luft in die Nischen gepumpt wird. Gleiches gilt für die Röhren der beiden Jägerhangars, deren Öffnungen Sie geradeaus sehen können«, kommentierte Sondtheim die Räumlichkeiten, während er die kleine Flugscheibe in eine der Nischen bugsierte.

Noch bevor die Vril aufgesetzt hatte, schloss sich der Reflektorschirm hinter ihr und schirmte die Nische hermetisch ab. Das zischende Geräusch einströmender Atmosphäre war zu hören.

Die drei Aldebaraner mussten von ihren terranischen Kameraden schon nicht mehr gestützt werden, als sich die Männer auf den Weg zum Schleusenraum des kleinen Raumschiffes machten. Die Aufbaupräparate der Medoroboter hatten ganze Arbeit geleistet. Als die Kontrolllampe der Schleuse ihre Farbe von rot auf grün änderte, betätigte Wolfgang den Schalter zum Öffnen der Schleusenwand. An ihrem oberen Ende bildete sich ein Spalt, der schnell größer wurde, als die Wand sich der Horizontalen näherte und schließlich nach unten wegknickte, um als Rampe zu dienen. An ihrem Ende wartete bereits ein schwarz uniformierter Soldat mit den Rangabzeichen eines Feldwebels.

Der Mann schlug die Hacken zusammen, legte die rechte Faust grüßend auf sein Herz und stellte sich als Thomas Ludwig vor. Die acht Soldaten grüßten zurück, nachdem sie die Rampe verlassen hatten.

»Ich habe den Auftrag, Sie gleich zum Prokonsul zu bringen, falls Ihre körperliche Verfassung dies zulässt.«

»Lässt sie«, gab Wolfgang jovial zurück. Er hatte, wie seine Männer auch, seit achtundvierzig Stunden nicht mehr geschlafen. Doch angesichts ihrer auf Dornack I gewonnenen Erkenntnisse duldeten die jüngsten Entwicklungen keinen Aufschub.

Durch eine Panzertür folgten die acht Männer Ludwig durch einen kurzen Gang in eine Halle, die sich wie der Einflugbereich parallel dazu einen Kilometer tief in den Berg erstreckte. Ihr Querschnitt betrug allerdings nur zwanzig mal fünf Meter. Die Schiebetüren auf der anderen Seite der schmalen Halle waren die Eingänge zu den Aufzügen.

Thomas betätigte eine gekennzeichnete, berührungsempfindliche Stelle neben dem Fahrstuhl, der ihnen am nächsten war. Sofort glitten die beiden Schiebetüren auseinander. Es folgte eine Fahrt durch die Gesteinsschichten des Planeten, die schließlich in einer durchsichtigen Röhre fortgesetzt wurde, sodass die Männer einen fantastischen Überblick über das gigantische Höhlenlabyrinth mit den prachtvollen Bauten hatten.

Unten stand ein Gleiter bereit, mit dem Ludwig seine Gäste durch Neu Babylon flog. Die Hohlräume durchmaßen unterschiedlich fünfhundert Meter bis zwanzig Kilometer; es gab zahlreiche Abzweigungen und sogar riesige Löcher im Boden, die zu tiefer gelegenen Höhlen führten. In einer Tiefe zwischen drei und zehn Kilometern war die Planetenkruste des Mars durchlöchert wie ein Schweizer Käse – Lebensraum für eine Spezies, die diese ökologische Nische erst vor wenigen Jahrzehnten zu besiedeln begonnen hatte: der Mensch.

Um eine weitere Biegung herum gelangte der Gleiter in eine der größeren Höhlen. In ihrer Mitte fiel sofort der riesige Kuppelbau auf.

»Das Regierungszentrum der Dritten Macht«, kommentierte Sondtheim.

Durch die Worte Sondtheims fanden auch die drei Aldebaraner ihre Sprache wieder. Stumm hatten sie den Flug durch die unterirdische Welt verfolgt.

»Eine derartige Pracht, angelegt in riesigen unterirdischen Hohlräumen, ist im Imperium einmalig«, stellte Arlor fest.

»Sind die Höhlen natürlichen oder künstlichen Ursprungs?«, wollte Dunmar wissen.

»Auch wenn die Besiedlungsdichte durch die flachen Wohngebäude und die ausgedehnten Gärten gering ist, sollten bei diesen gewaltigen Ausdehnungen Millionen und Abermillionen hier leben«, schätzte Kordunan ab. »Wie viele sind es tatsächlich?«

»Die Höhlen sind bei der Abkühlung des Planeten vor mehr als vier Milliarden Jahren entstanden«, klärte der Major seine Gäste auf. »Wir nutzen die hier sehr häufig vorkommenden Eisen- und Siliziumoxide und diverse Nitrate, um hier eine für uns atembare Sauerstoff-Stickstoff-Atmosphäre zu erzeugen. Mittlerweile leben eins Komma fünf Milliarden Menschen auf dem Mars.«

Arlor zog die Stirn unter seinen feuerroten Haaren kraus. Gemessen an seinen Gesichtszügen sowie Haarfarbe und Statur hätte er durchaus ein Bruder von Frank Green sein können. »Beeindruckend! Wirklich beeindruckend, was Sie in wenigen Jahrzehnten hier auf die Beine gestellt haben.«

»Danke!«, gab Wolfgang zurück, als Ludwig den Gleiter auf dem großen Platz vor dem Regierungsgebäude parkte.

*

Arlor war versucht, den herrlichen Überblick zu genießen, den die zehn Meter durchmessende gläserne Halbkugel auf dem Scheitelpunkt des Regierungsgebäudes bot, aber es gab drängendere Probleme zu lösen.

Neben den fünf Soldaten des Kommandounternehmens waren die drei Aldebaraner, Prokonsul Unaldor sowie die Raummarschälle Prien, Edwards, Tomoyuki, Müller und Berger anwesend.

Als einziger Zivilist nahm der ehemalige amerikanische Physiker Richard P. Feynman an der Unterredung teil. Seit Mitte der Fünfzigerjahre hatte er fähige Wissenschaftler für die Dritte Macht rekrutiert. Nach einer schweren Krebserkrankung im Jahre 1987 hatten die Biologen einen täuschend echten Zellhaufen gezüchtet, der dann mit dem echten Feynman im Februar 1988 durch Agenten der Dritten Macht ausgetauscht worden war. Diese Technik war Hunderte Male angewandt worden, um bedeutende Wissenschaftler kurz vor ihrem Tod in die Reihen der Dritten Macht zu holen. Die anschließende Heilung vom Krebs, verbunden mit einer biologischen Verjüngung, war für die aldebaranische Medizin seit fast zwei Jahrtausenden kein Problem.

Nach einer freundlichen Begrüßung konnte sich Arlor nicht länger beherrschen.

»Warum haben Sie diese Machtfülle hier vor dem Imperium verborgen gehalten?« Dem aldebaranischen Oberst brannte diese Frage mehr als alles andere auf der Seele.

»Bei allem Respekt – lassen Sie uns Ihre Frage kurz zurückstellen«, entschied der Prokonsul. »Viel wichtiger ist zunächst,
was unser Kommandounternehmen herausgefunden hat. Major
Sondtheim, bitte berichten Sie.«

Wolfgang schilderte kurz ihre Begegnung mit den Tolk'f'Tarrn
und den mit hoher Wahrscheinlichkeit zur gleichen Spezies gehörenden Nogr, bei denen er zum ersten Mal von der Kontrubana gehört hatte. Seine Verpflichtung zur Waffenlieferung, die
er für diese Informationen eingegangen war, ließ er ebenfalls
nicht unerwähnt. Dann erwähnte er die Erlebnisse nach dem Eindringen in den roten Brutstock und übergab das Wort an Jörgensen, der den mohakschen Rechnern die Einzelheiten über die
Kontrubana entlockt hatte.

»Nun«, begann Lars, der seine Gedanken kurz ordnen musste,
»die Kontrubana ist im Prinzip nicht mehr und nicht weniger als
eine Magnetfeldkanone mit Raumschiffantrieb, von einer Größe,
wie sie die Galaxis noch nicht gesehen hat. Auf einer Länge von
knapp einundsechzig Kilometern wird ein etwas mehr als zehn
Meter durchmessendes Geschoss auf ein Prozent der Lichtgeschwindigkeit beschleunigt. Das Geschoss ist achtundvierzig
Meter lang und besteht aus massivem Blei, was eine Masse von
knapp fünfzigtausend Tonnen ergibt. Die Aufschlagsenergie der
Granate beträgt zwei Komma eins mal zehn hoch zwanzig[12]
Joule. Der Effekt ist der gleiche, als ob knapp zehntausend der
fünf Tonnen schweren Vierundsechzigzentimetergranaten unserer Superschlachtschiffe exakt zeitgleich auf denselben Punkt
treffen würden.«

»Können die Reflektorschirme einer Ischtar-Festung einen solchen Aufprall verkraften?« Raummarschall Müller stellte die
Frage, wobei er sich aus seinem bequemen Sessel erhob. Er
stützte sich mit beiden Armen auf den Besprechungstisch. Sein
schwarzer Ledermantel, den er auch bei Besprechungen auszu-

---

[12] 2,1 mal einer 10 gefolgt von 20 Nullen.

ziehen sich weigerte, fiel bis auf seine Waden. Unter der Schirmmütze, mit dem aldebaranischen Hoheitszeichen auf der Front, blickten zwei tiefblaue Augen auffordernd in die Richtung Feynmans.

Der Physiker lehnte sich zunächst einmal bequem in seinem Sessel zurück und schlug die Beine übereinander. An den Lachfältchen um die Augen war der Humor dieses Mannes zu erkennen, der oftmals darin bestand, seine Scherze mit anderen zu treiben.

»Ischtar-Festungen wurden dazu gebaut, ganzen Flotten zu widerstehen und ihnen fürchterliche Verluste zuzufügen, sollten sie es wagen, den Stringknoten zu passieren, der von der Festung bewacht wird«, begann der Ausnahmewissenschaftler seine Ausführungen. »Eine Flotte, selbst wenn sie aus Tausenden von Schiffen besteht, kann im Idealfall höchstens wenige hundert Granaten zur gleichen Zeit auf den gleichen Punkt des Reflektorschirms treffen lassen. So etwas stecken die überdimensionierten Generatoren der Festungen weg. Wir reden hier jedoch von der Wirkung von zehntausend Granaten schwersten Kalibers. Deshalb lautet meine klare Antwort: Nein! Schon der Bruchteil der Aufschlagsenergie einer Kontrubana-Granate würde die Generatoren und mit ihnen die gesamte Festung zerfetzen.«

Die Soldaten schauten den Physiker betreten an. Dieser hatte soeben das Todesurteil über das Imperium verhängt, sollte es nicht gelingen, die Mohak am Einsatz dieser ultimativen Waffe zu hindern.

»Ich fahre mit den weiteren Details fort«, meldete sich Jörgensen wieder zu Wort.

»Tun Sie das«, pflichtete ihm der Prokonsul bei.

»Um die eigentliche Kanone herum ist ein acht Kilometer durchmessender Schiffskörper von zwanzig Kilometern Länge verbaut. Er enthält Generatoren für die überstarken Reflektorfelder, die mit denen einer Ischtar-Festung vergleichbar sind. Um den Zylinder wurden vier Triebwerke gleicher Länge einheitlich angeordnet, die das Monstrum mit rund einem g[13] beschleunigen können. – Diese Antwort der Mohak auf die aldebaranischen Ischtar-Festungen wird im Orbit von Solomack II hergestellt. In weniger als einem Monat, am 23. Mai 2012, wird die Kontrubana einsatzbereit sein.«

Lars setzte seinen schwarz glänzenden VR-Helm auf und gab dem Projektor den Befehl, das aldebaranische Imperium, das Mohak-Reich und Sol über dem Tisch als Hologramm darzustellen. Sofort erschienen die Sternenkonstellationen des heimischen Spiralarms der Galaxis. Wie üblich wurde Sol blau, die imperialen Sterne grün und die zum Mohak-Reich gehörenden rot dargestellt. Die Koordinaten von Solomack hatte der Leutnant längst übertragen, sodass der Tischrechner den Stern mit einer auffälligen roten Aura versehen konnte.

»Wie Sie sehen, liegt Solomack von der Grenze zum Imperium aus gesehen auf der anderen Seite des Mohak-Reiches, also in Richtung des Zentrums der Galaxis. Die Entfernung zur Erde beträgt sechshunderteinundzwanzig Lichtjahre.«

Der zwei Meter und zwanzig große Prokonsul mit dem blonden Bürstenschnitt, den auffallend breiten Schultern und den tiefblauen Augen erhob sich. In seiner schwarzen Uniform wirkte der Hüne mehr als beeindruckend.

»Damit ist für mich die weitere Vorgehensweise ziemlich klar«, begann Unaldor und blickte kurz in die Runde. Von den jetzt gefällten Entscheidungen würde der Fortbestand des Imperiums abhängen. »Wir schicken einen Aufklärer nach Solomack. Gleichzeitig brechen wir, damit meine ich das vollzählige solare Oberkommando und unsere drei befreiten aldebaranischen Kameraden, nach Sumeran auf, um den Imperator über die Dritte Macht und über die akute Bedrohung durch die Mohak aufzuklären. Schließlich übergebe ich ihm die Befehlsgewalt über die solaren Streitkräfte, mit der Bitte, in der Sache der unredlichen

---

[13] 1 g = 9,81 Meter pro Sekundenquadrat.

terranischen Finanzelite zu entscheiden. Er allein wird bestimmen, ob wir uns in die Angelegenheiten der Nationalstaaten einmischen und sie vom Joch der gewissenlosen Materialisten befreien oder eben nicht.

Der nach Solomack gesandte Aufklärer wird nicht nach Sol, sondern nach Aldebaran zurückkehren, um dem Oberkommando der vereinten solaren und aldebaranischen Streitkräfte ausführlich zu berichten. Auf dieser Basis möge der Imperator festlegen, wie wir auf den Bau der Kontrubana reagieren werden.«

Der Prokonsul sah ein befreites Lächeln auf den Gesichtern der meisten Männer. Endlich war es so weit! Die Dritte Macht würde sich dem Imperium zu erkennen geben. Der Zeitpunkt war gekommen, in dem die Arbeit von einhundertvierundvierzig Jahren ihrer eigentlichen Bestimmung zugeführt werden würde: einen gewichtigen Beitrag im Kampf der Menschen gegen die gnadenlosen Echsen zu leisten.

»Einwände oder weitere Vorschläge?«, hakte Unaldor nach, als sich keiner der hohen Soldaten anschickte, etwas beizutragen.

»Ich hätte einen Vorschlag«, meldete sich Major Sondtheim. »Mithilfe unserer Heilungsbeschleuniger dauert es maximal drei Stunden, um die Kratzer auszukurieren, die ich mir dummerweise bei unserem Abenteuerurlaub auf Dornack zugezogen habe. Ich melde mich freiwillig, die Aufklärungsmission nach Solomack durchzuführen.«

Zustimmende Rufe wurden von den vier Mitgliedern des Kommandounternehmens laut. Erneut verzogen sich die Gesichter der Marschälle zu einem Lächeln. Dieses Mal war es jedoch kein befreites, sondern ein wissendes Lächeln, das von einigen mit einem angedeuteten Nicken des Kopfes unterstrichen wurde. Wie gern wären diese Männer auch einmal wieder in ein Unternehmen gegangen, in dem es nicht um strategische, sondern um taktische Überlegungen ging, mitsamt dem körperlichen Einsatz in der direkten Auseinandersetzung mit dem Feind.

»Ihre Gruppe ist wie geschaffen für den Einsatz, Major«,

stimmte der Oberbefehlshaber der solaren Streitkräfte zu. »Drei Stunden Zeitverlust sind im Vergleich zur Einarbeitungszeit einer anderen Gruppe vertretbar. Und außerdem – ich hatte noch keine Gelegenheit, das zu sagen – Sie haben hervorragende Arbeit geleistet, wofür ich mich im Namen des Oberkommandos bedanken möchte. Warum also sollte ich Ihr bewährtes Team ersetzen?«

»Never change a winning team[14]«, fügte Raummarschall Edwards hinzu. Natürlich war er sich bewusst, dass diese Empfehlung nicht zwangsläufig dazu führte, dass das Team auch weiterhin gewann – es erhöhte lediglich die Chancen dafür.

*

»Liebe Mitbürger, verehrte Kameraden[15]. Am heutigen Tage werde ich zusammen mit dem Oberkommando der solaren Streitkräfte nach Aldebaran aufbrechen, um die Dritte Macht ihrer Bestimmung zuzuführen. Wir verfügen erstens über eine militärische Stärke, die für die zukünftigen Auseinandersetzungen des Imperiums mit den Mohak relevant sein dürfte, und zweitens arbeiten die Echsen an einer ungeheuerlichen Bedrohung, von der der Imperator mit an Sicherheit grenzender Wahrscheinlichkeit noch nichts weiß.« Die Ansprache des Prokonsuls wurde von drei Milliarden Menschen auf ihren Bildschirmen, Bildschirmfolien, über die Gesichtsteile ihrer VR-Helme oder lediglich akustisch mithilfe ihrer persönlichen Agenten verfolgt.

Unaldor berichtete über den erfolgreichen Einsatz Major Sondtheims und seiner Gruppe und von den wertvollen Informationen über die Kontrubana, die er erbeutet hatte. Der Oberbefehlshaber hielt es ganz einfach für einen guten Stil, die Bevöl-

---

[14] Sinngemäß: Ändere niemals die Zusammenstellung eines Siegerteams.
[15] Es ist allgemein akzeptierte Konvention in der aldebaranischen Sprache, dass derartige Anreden geschlechtsneutral gemeint sind.

kerung der überall im solaren System verteilten Stützpunkte der Dritten Macht über die Geschehnisse und die daraus resultierenden Handlungen zu unterrichten.

Nachdem Unaldor geendet hatte, erhob er sich vom Kommunikationspult in der Zentrale des Flaggschiffs der solaren Flotte: der ROMMEL. Der Prokonsul betrachtete die schwarz uniformierten Männer, die im Nackenbereich verbreiterte Helme gleicher Farbe trugen, mit einem gewissen Stolz. Der unter den Völkern des bekannten Teils der Milchstraße kursierende Mythos, dass aldebaranische Soldaten die besten der Galaxis seien, würde von diesen Männern sicherlich nicht getrübt werden. Fünf der Soldaten trugen statt der Helme Schirmmützen. Es handelte sich um die Raummarschälle, die alle fünf auf Terra geboren worden waren. Zudem gab es noch einen weiteren Mann auf der Befehlsebene eines Raummarschalls: der Thule-Präsident, der allerdings auf Sumeran das Licht der Welt erblickt hatte. Elnan befand sich mit einer Handvoll Wissenschaftlern und ein paar Elitesoldaten in der Nähe des Zentrums der Galaxis.

»Kurs auf das PÜRaZeT«, befahl der Oberkommandierende der solaren Streitkräfte dem Ersten Offizier der ROMMEL, General von Holte.

Die Oberfläche des roten Planeten mit dem leicht gekrümmten Horizont glitt unter dem Superschlachtschiff immer schneller weg, bis sich auf dem Panoramabildschirm die vereiste Polkappe des Südpols ins Blickfeld schob. In dreitausend Kilometern Höhe über dem gefrorenen Kohlendioxid schwebten zehn Würfel, die zwei an einer Seite verbundene Sechsecke von je dreißig Kilometern Durchmesser bildeten. Das rasend schnell näher kommende doppelte Sechseck diente zur Überbrückung der sechs Lichtstunden vom Mars bis zum kosmischen String, der in der Nähe des solaren Systems verlief. Das künstliche Wurmloch reduzierte die Strecke auf wenige Meter. Das aus der Perspektive der ROMMEL rechte Sechseck war für die Zielrichtung, das linke für die Rückrichtung zu benutzen.

Zwei Sekunden später durchflog das mehr als fünf Kilometer lange Flaggschiff das rechte Sechseck. Übergangslos änderten sich die Sternenkonstellationen auf dem Panoramaschirm, der nun von einer goldenen Linie durchzogen wurde. Letztere wurde vom Bordrechner erzeugt, um den kosmischen String sichtbar zu machen. Als sich das Riesenschiff dem String näherte, begannen die Sterne zunächst kaum merklich, dann immer schneller zu wandern. Die stark gekrümmte Raumzeitstruktur in der Nähe des Strings führte zu einer milliardenfach höheren Lichtgeschwindigkeit als im flachen Raum. Die allgemeine Relativitätstheorie war im Prinzip eine Näherungslösung, die den Einfluss der Struktur der Raumzeit auf die Lichtgeschwindigkeit vernachlässigte. Speziell in der Nähe des Strings versagte diese Näherung völlig.

Interessanterweise lagen Sol und Aldebaran am gleichen kosmischen String, sodass die ROMMEL bei keinem der zahlreichen Stringknoten abbiegen musste. Nachdem sich das Flaggschiff bis auf fünf Lichtjahre der Grenze des aldebaranischen Imperiums genähert hatte, drang ein schwaches Rauschen aus den Lautsprechern der Zentrale, das langsam, aber stetig zu einer verständlichen Botschaft wurde.

»… zu eröffnen. Achtung! Sie nähern sich der Grenze des aldebaranischen Imperiums. Wir befinden uns im Kriegszustand. Ihr Kurs führt zum Stringknoten Delta-acht-dreizehn-sechsunddreißig, den wir mit Abwehranlagen gesichert haben. Reduzieren Sie Ihre Fahrt bis zum Knoten auf Null. Falls Sie sich nicht an diese Anweisung halten, sind wir gezwungen, das Feuer zu eröffnen. Achtung! …«

Unterlegt war die Sendung mit einem Pfeifen, das alle notwendigen Informationen über die aldebaranische Sprache enthielt, um auch für Intelligenzen, die bisher nicht mit dem Imperium in Kontakt gestanden hatten, die Warnung verständlich zu machen. Wer in der Lage war, interstellar zu reisen, würde auch über Rechner verfügen, die eine fremde Sprache in Sekundenbruchteilen entschlüsseln konnten.

»Konstante negative Beschleunigung auf Fahrt Null beim Stringknoten!«, befahl der Prokonsul.

General von Holte nickte knapp und gab den Befehl gedanklich an den Bordrechner weiter, der unter anderem die Triebwerke steuerte.

Eine zweite goldene Linie wurde auf dem Panoramabildschirm sichtbar, die diejenige, entlang der die ROMMEL durch das All reiste, in wenigen Lichtstunden Entfernung zu einer blauen Riesensonne kreuzte. Stetig abbremsend näherte sich das in den Werften des Mars gebaute Schiff dem Kreuzungspunkt.

»Ischtar-Festung geortet«, meldete Ortungsoffizier Walter Steinke, der über seinen VR-Helm mit der Ortungszentrale verbunden war, die sich gleich neben der Hauptzentrale des Flaggschiffes befand.

Einige Minuten später war die Beschützerin des Imperiums in der optischen Erfassung. Unmittelbar oberhalb des Kreuzungspunktes der beiden Strings schwebte eine schwarz glänzende Kugel. Als sich das Flaggschiff weiter näherte, waren die zahlreichen Geschütztürme auf der Oberfläche zu erkennen.

Unaldor trat an das Kommunikationspult. Seine Hände waren schweißnass, denn zum ersten Mal nach einhundertvierundvierzig Jahren würde er in wenigen Sekunden wieder Kontakt mit dem Imperium haben. »ROMMEL an Ischtar-Festung. Prokonsul Unaldor spricht. Erbitten Einflugerlaubnis in den imperialen Hoheitsraum.« Natürlich war dem gebürtigen Aldebaraner klar, dass ihm diese Erlaubnis nicht so einfach erteilt werden würde.

Der Kommunikationsbildschirm flammte auf und zeigte zunächst für wenige Sekunden das aldebaranische Hoheitszeichen: die schwarze Sonne mit roter Aura und dem ebenfalls roten Tatzenkreuz davor. Dann wurde es durch einen Mann in schwarzer Uniform und den Abzeichen eines Generals ersetzt.

»Was soll der Unsinn?«, bellte der General mit der etwas zu großen Nase statt einer Begrüßung. Natürlich hatte er das anfliegende Schiff in der optischen Erfassung und sah deutlich, um welchen Typ es sich handelte. »Es gibt kein Superschlachtschiff mit dem Namen ROMMEL – und was zur Hölle ist ein Prokonsul?«

»General Button!« Arlor trat unaufgefordert in den Aufnahmebereich der Kamera neben Unaldor. Ehrliche Freude schwang in seiner Stimme mit. Button war sein Vorgesetzter gewesen, als er vor vielen Jahren als Leutnant Dienst auf Bangalon-Stol geleistet hatte.

»Oberst Arlor! Freut mich, Sie mal wiederzusehen. Vielleicht können Sie mir erklären, was das soll, hier mit einem Superschlachtschiff der Galaxisklasse unangemeldet aufzukreuzen.«

Doch Unaldor wollte sich nicht die Initiative aus der Hand nehmen lassen. »Dort, wo dieses Schiff herkommt, gibt es noch jede Menge weitere«, eröffnete er dem General, der ein rotes Sonnenkreuz, die zweithöchste militärische Auszeichnung des Imperiums, am Kragenausschnitt trug.

»Sprechen Sie nicht in Rätseln! Ich habe noch nie von einer ROMMEL, einem Prokonsul oder einem Unaldor gehört.«

»Vor einhundertvierundvierzig Jahren strandete ich mit einer Gruppe Mitarbeitern Thules auf Terra, rund achtundsechzig Lichtjahre von Sumeran entfernt. Auf Terra leben Menschen, die genetisch nicht von Aldebaranern zu unterscheiden sind. Der Grund dafür ist einfach: Aldebaran hatte bereits vor rund zehntausendsechshundert Jahren eine raumfahrende Zivilisation hervorgebracht und Terra zum Teil kolonialisiert. Wir nutzten das Potenzial der Nachfahren der Kolonisten und bauten im Sol-System, dessen dritter Planet Terra ist, im Verborgenen eine galaktische Großmacht auf.«

»Seit wann ist es an Bord von imperialen Schiffen üblich, Alkohol oder irgendwelche Drogen zu konsumieren?«, erkundigte sich Button süffisant. Ein aufgesetztes Lächeln durchzog sein etwas rundliches Gesicht.

»Och, nun seien Sie mal nicht so kleinlich. Ich bringe Ihnen gern ein paar nette Pillen rüber in Ihre Festung. Danach sehen

Sie die Dinge bestimmt nicht mehr so verkniffen.« Unaldor machte ein verklärtes Gesicht wie ein Drogenkonsument, der soeben mit einem entsprechenden Präparat seine Sucht befriedigt hatte. Übergangslos wurde er wieder ernst. »Spaß beiseite! Erstens ist die ROMMEL streng genommen kein imperiales Schiff – zumindest noch nicht. Und zweitens läge mir nichts ferner, als in diesem historischen Moment der Kontaktaufnahme Drogen zu konsumieren«, klärte der Prokonsul den verblüfft dreinschauenden General auf.

»Die Angaben von Unaldor stimmen«, mischte sich Arlor wieder in das Gespräch ein. »Ich habe mit eigenen Augen die riesige solare Flotte und den Rüstungsplaneten Mars gesehen.«

»Mars ist der vierte Planet des Sol-Systems«, fügte der zwei Meter und zehn große Oberbefehlshaber hinzu.

Button betrachtete die beiden so unterschiedlichen Gestalten auf dem Bildschirm ein paar Sekunden. Dann zog er die Augenbrauen hoch und fragte: »Demnach haben Sie sicherlich nichts dagegen, wenn ich ein Prisenkommando zu Ihnen hinüberschicke, oder?«

»Natürlich nicht! Ihre Männer sind uns willkommen. Gestatten Sie, dass ich Ihnen eine Vril sende, um Sie abzuholen?«

»Wir haben hier selber Vrils im Überfluss …«, wollte der General einwenden, wurde aber vom Prokonsul unterbrochen.

»Aber wir haben hier keine freie Andockstelle.«

»Also gut! Schicken Sie meinethalben eine Ihrer Flugscheiben.«

Keine fünf Minuten später waren zwanzig imperiale Soldaten an Bord der ROMMEL und weitere zwei Minuten später in deren Zentrale. Die Ankömmlinge grüßten, indem sie die Hacken zusammenschlugen und die rechte Faust auf ihr Herz legten. Die Männer in der Zentrale grüßten zurück. Einer der Männer trat neben Unaldor und Arlor und meldete General Button:

»Hauptmann Tasalor hier! Das Innere dieses Schiffes ist von einem imperialen Superschlachtschiff nicht zu unterscheiden.

Die Männer an Bord sehen fast ausnahmslos wie Aldebaraner aus.«

»Was heißt fast?«, hakte der General nach.

»Hier in der Zentrale ist ein Mann, wie ich noch niemals zuvor einen gesehen habe. Er trägt die Abzeichen eines Raummarschalls, hat aber schwarze Haare und dunkelbraune Augen. Seine Gesichtszüge wirken fremdartig«, antwortete der Hauptmann.

»Raummarschall Tomoyuki, bitte kommen Sie kurz zu uns«, forderte der Prokonsul den Japaner auf. Nachdem dieser das Quartett am Kommunikationsbildschirm vervollständigt hatte, wandte sich Unaldor an den General. »Auf Terra gibt es seltsamerweise äußerlich unterschiedliche Völker, also auch solche, die einen entfernteren Verwandtschaftsgrad mit uns Aldebaranern aufweisen. Der Raummarschall«, der Oberkommandierende der solaren Streitkräfte deutete auf Tomoyuki, »gehört zum Volke der Japaner, das unserem Menschenschlag in nichts nachsteht.«

»Es ist mir eine Freude, Sie kennenzulernen«, eröffnete der Asiate dem aldebaranischen General.

»Ganz meinerseits!« Button lächelte freundlich zurück. Abrupt wechselte er das Thema. Ein Mensch mit dunklen Augen und Haaren war für einen Aldebaraner zwar durchaus exotisch, aber nicht ungewöhnlich genug, um sich über Gebühr damit zu beschäftigen. »Ich nehme jetzt Kontakt mit dem Imperator auf und frage an, ob Sie ins Imperium einfliegen dürfen. Wo wollen Sie überhaupt hin?«

»Dorthin, wo der Imperator ist. Wir haben höchst vertrauliche, brisante Informationen über die neuesten Pläne der Mohak für ihn. Richten Sie ihm das bitte aus.«

Der General verabschiedete sich und schaltete ab. Der Bildschirm zeigte wieder das aldebaranische Hoheitszeichen. Zwischen den Männern des Prisenkommandos und der Besatzung der Zentrale entwickelten sich lockere Gespräche. Natürlich wollten die Sumeraner alles Mögliche über dieses mysteriöse Terra und das noch unglaublichere Erste Imperium wissen.

Eine Viertelstunde später wich das Hoheitszeichen wieder dem Antlitz eines Mannes, dieses Mal handelte es sich jedoch nicht um General Button. Beim Anblick des Mannes standen alle Aldebaraner in der Zentrale der ROMMEL inklusive Unaldor sofort stramm und legten ihre rechten Fäuste auf ihre Herzen. Zwei stahlblaue Augen schauten auf die Männer herab. Das Gesicht mit den markanten, aristokratischen Gesichtszügen wurde von schulterlangen hellblonden Haaren eingerahmt. Auch die auf Terra Geborenen konnten sich der Ausstrahlung des Imperators nicht entziehen und nahmen unwillkürlich Haltung an.

»Ich habe Erkundigungen über Sie eingeholt, Unaldor, die mir bestätigen, dass sie Thule-Offizier waren und seit einhundertvierundvierzig Jahren als verschollen gelten. Die Analyse Ihrer Stimmproben, die mir General Button freundlicherweise überlassen hat, und ein Vergleich Ihres Gesichtes mit alten Hologrammen beurkunden Ihre Identität.« Sargon II. machte eine kurze Pause. »Der General hat mir kurz und bruchstückhaft vom Ersten Imperium und Terra berichtet. Sie scheinen dort Erstaunliches auf die Beine gestellt zu haben. Immerhin brachten Sie es fertig, ein Superschlachtschiff zu bauen.«

Die nächste Pause des Imperators nutzte Unaldor aus, indem er stolz verkündete: »Eins? Wir verfügen über vierundfünfzig dieser Schiffe, sechs weitere sind zurzeit im Bau.«

»Das wäre eine mehr als willkommene Verstärkung«, entgegnete Sargon II. »Wie lauten die galaktischen Koordinaten Terras?«

»Die gebe ich Ihnen, selbstverständlich. Falls Ihre Befehle nicht anders lauten, würde ich dies gern in einem persönlichen Gespräch tun. Es ist zwar unwahrscheinlich, dass wir abgehört werden, aber nicht auszuschließen. Immerhin wird das solare System nicht durch Ischtar-Festungen geschützt, sodass es eine leichte Beute für die Mohak wäre, wenn sie davon erführen. Und wo wir schon bei den Echsen sind: Ich habe sehr beunruhigende Informationen für Sie, die uns zu einem zeitnahen Handeln zwingen. Auch diese Information würde ich vorziehen, Ihnen direkt mitzuteilen.«

»Fliegen Sie Aldebaran an!«, befahl der Imperator. »Lassen Sie Ihr Superschlachtschiff vor dem PÜRaZeT am String zurück und nehmen Sie eine Vril, um mit Ihrem Stab auf Sumeran zu landen. Bringen Sie alle notwendigen Informationen mit und haben Sie bitte Verständnis dafür, dass ich Sie mit diesem Schiff nicht in unmittelbarer Nähe von Sumeran kreuzen lasse, bevor alle Hintergründe zweifelsfrei geklärt sind.«

»Selbstverständlich!«, entgegnete der Prokonsul und grüßte militärisch exakt. Der Imperator erwiderte den Gruß und beendete die Verbindung. Sein Gesicht wurde durch das von General Button ersetzt.

»Ich habe mitgehört. Sie haben also Startfreigabe nach Aldebaran. Bitte lassen Sie zuvor meine Männer nach Ischtar XXIV zurückkehren. Und dann: Guten Flug!«

»Danke!« Unaldor wandte sich ab, nachdem der General und er salutiert hatten und der Kommunikationsbildschirm dunkel wurde.

Auf dem Panoramaschirm war Format füllend die zwanzig Kilometer durchmessende Unitall-Stahlkugel der Ischtar-Festung zu sehen. Ihre Primärbewaffnung bestand aus sechs gleichmäßig über die Kugeloberfläche verteilten Drillings-Geschütztürmen, deren Rohre rund zwei Kilometer lang waren und Granaten des Kalibers drei Komma vier Meter mit einer Kadenz von zwei pro Sekunde verschossen. Der Treffer einer solchen Granate bedeutete das Ende jedes bekannten Schlachtschifftyps. Unaldor bemerkte, wie sich die drei Rohre eines der Türme, die zuvor auf die ROMMEL gezielt hatten, wieder in ihre Ruhestellung absenkten.

Die zwanzig Männer des Prisenkommandos verabschiedeten sich von ihren neun terranischen Kameraden und eilten zur Außenwand des Superschlachtschiffs, an das die Vril, die sie hergebracht hatte und nun zur Festung zurückbringen würde, fast nahtlos angedockt war.

Nachdem die kleine Flugscheibe zurückgekehrt war, befahl der Prokonsul: »Kurs auf Aldebaran!«

Der Vril-Prozess löste die Baryonenvernichtung in den vier mächtigen neuartigen Triebwerken des Flaggschiffs aus. Der erzeugte gerichtete Neutrinostrahl beschleunigte den Giganten mit einhundertfünfzig g, die nach dem erneuten Eintauchen in den Raumzeitbereich des Strings zu einhundertfünfzig Milliarden g wurden. Die Masse eines jeden Atoms verringerte sich im gleichen Maße, sodass die resultierenden Andruckkräfte konstant blieben. Nun bewegte sich das solare Superschlachtschiff im Innern des imperialen Hoheitsgebietes – ein Raumbereich, der den Mohak durch die Ischtar-Festungen seit rund einhundertvierzig Jahren versperrt geblieben war. Die Männer an Bord wussten jedoch, dass die Echsen hart daran arbeiteten, diesen Umstand zu ändern.

Als sich die ROMMEL Aldebaran näherte, kennzeichnete ein Funkfeuer den Austrittspunkt des Strings, an dem man die PÜ-RaZeT zu den verschiedenen Planeten des Systems, unter ihnen Sumeran, errichtet hatte. Unaldor ließ sein Flaggschiff gleichmäßig verzögern, um unmittelbar nach dem Eintreten in die flache Raumzeit die Geschwindigkeit auf Null relativ zur Sonne Aldebaran reduziert zu haben.

»General von Holte! Ich übergebe Ihnen für die Zeit meiner Abwesenheit und der der Raummarschälle das Kommando über die ROMMEL. Lassen Sie die vorbereiteten Daten auf den Bordrechner der Vril XXXVIII überspielen. Warten Sie hier auf unsere Rückkehr.« An die fünf Mitglieder des solaren Oberkommandos und an die drei geretteten Aldebaraner gewandt fuhr Unaldor fort: »Bitte folgt mir, Kameraden. Wir haben einiges mit dem Imperator zu besprechen.«

Drei Minuten später flog die vielseitige Flugscheibe mit zehn Mann an Bord auf die Kette der künstlichen Wurmlöcher zu. Der Prokonsul steuerte das kleine Raumschiff selbst in das größte der PÜRaZeT, von dem er wusste, dass es nach Sumeran führte.

Bereits beim Anflug auf das doppelte Sechseck konnten die Männer auf dem Rundumbildschirm die blauweiße Oberfläche der imperialen Zentrumswelt erkennen, die sehr stark an Terra erinnerte. Dann war die Vril auch schon durch und schwebte über dem blauen Planeten, wo sie von vier Raumjägern in Empfang genommen wurde.

»Staffelführer Linmadur hier!«, kam es einwandfrei klar aus den Lautsprechern. »Bitte folgen Sie meiner Jägergruppe.«

»Bestätige. Folge Ihrer Jägergruppe«, funkte der Prokonsul zurück.

Die elegant gebauten, unglaublich schnellen und wendigen Nurflügler nahmen für ihre Verhältnisse langsam Fahrt auf, damit die terranische Vril ihnen folgen konnte.

Die fünf Raumfahrzeuge senkten sich auf den Planeten hinab und überflogen in nur zehntausend Metern Höhe einen Ozean. Als Land in Sicht kam, reduzierten die Jäger ihre Flughöhe auf drei Kilometer. Die Vril folgte. Die sumeranische Landschaft breitete sich deutlich erkennbar unter ihnen aus. Die Augen Unaldors wurden feucht. Als sie ihre Heimatwelt verlassen hatten, war diese von hässlichen schwarzbraunen Kratern übersät gewesen – Folgen eines Angriffs der Mohak, der den damaligen Imperator Onslar und vielen weiteren Milliarden Aldebaranern das Leben gekostet hatte. Heute erstrahlte die imperiale Zentrumswelt wieder in alter Pracht. Genau genommen war sie schöner als jemals zuvor.

Nun sahen auch die Terraner zum ersten Mal mit eigenen Augen das Original der aldebaranischen Wohnkultur, das im Inneren des Mars und einigen solaren Monden kopiert worden war: Kunstvoll verzierte Wohngebäude verteilten sich ungleichmäßig über die Landschaft und waren wie in den Hohlräumen des roten Planeten von prachtvollen, bunten Gärten umgeben. Hin und wieder rückte ein mächtiger Kuppelbau oder ein vereinzelter, nicht minder verzierter Wolkenkratzer ins Blickfeld. Die größeren Gebäude waren meist Veranstaltungszentren oder

der Sitz der Verwaltung größerer Firmen. Größere Gebäudeansammlungen dienten weniger dem Wohnen denn dem kulturellen Leben und dem Einkaufen.

Industrieanlagen suchte man auf Sumeran vergebens. Diese befanden sich auf den Sumeran-Monden Maarn und Laarn sowie auf den Industrieplaneten Mugat und Solt – bequem zu erreichen über künstliche Wurmlöcher für den Personen- und Gütertransport. Schließlich erhob sich der imperiale Palast über den Horizont. Das drei Kilometer hohe Gebäude mit dem Hauptturm und den vier Nebentürmen wirkte, als ob es aus violettem Eis gefertigt worden wäre. Umgeben wurde das imperiale Regierungszentrum von der Hauptstadt des Planeten: Dragor. Doch auch hier wohnte kein Mensch. Die Gebäude der Stadt dienten lediglich dem Beherbergen von Geschäften und Verwaltungen.

Die vier Jäger senkten sich langsam auf die fünfhundert Meter durchmessende Plattform des Hauptturms herab, die für ihre exotischen Gärten bekannt war. Die Vril setzte neben den Raumjägern auf einem kleinen Platz auf, den man notgedrungen von dem herrlichen Pflanzenbewuchs freigehalten hatte und der mit blauen, roten, grünen und gelben Kieselsteinen belegt war.

Unaldor schritt als Erster die geöffnete Schleusenrampe der kleinen Flugscheibe hinunter. Das Oberkommando der solaren Streitkräfte und die drei befreiten Aldebaraner folgten. Die vier Piloten stiegen aus den Kanzeln ihrer Kleinstraumschiffe. Über einen schmalen Weg, der mit ähnlichen Steinen wie der Platz belegt war, marschierten elf Männer der Leibgarde des Imperators im Gleichschritt auf den Landeplatz. Der Kies knirschte rhythmisch unter ihren Stiefeln. Unaldor erkannte die Zugehörigkeit der Männer zur Leibgarde an den beiden Buchstaben an ihren Krägen.

Die Leibgardisten salutierten zackig vor den Oberkommandierenden der solaren Flotte und den mittlerweile hinzugetretenen vier Raumpiloten.

»Oberst Wendal! Leibgarde des Imperators«, stellte sich der

Kommandant des Begrüßungskommandos vor. Zwischen seinen Kragenhälften baumelte ein Ordenskreuz – die dritthöchste militärische Auszeichnung des Imperiums. Diese Auszeichnung diente nicht nur zur Ehrung der Tapferkeit eines Soldaten, sondern berechtigte ihn zur Mitgliedschaft im imperialen Orden. »Bitte folgen Sie mir! Der Imperator erwartet Sie bereits.«

Zehn der Leibgardisten bildeten ein Spalier aus zwei Reihen à fünf Mann. Ihr Kommandant schritt hindurch, dann folgten die sechs höchsten solaren Militärs und schließlich die vier Piloten, die sich angeregt mit den drei befreiten Soldaten unterhielten. Nachdem die Männer das Spalier passiert hatten, wandten sich die beiden Fünferreihen der Leibgarde um und folgten im Gleichschritt der Gruppe.

Der Oberst der Leibgarde steuerte auf die mitten auf der Plattform des drei Kilometer hohen Hauptturms ruhende ›Kuppel der Imperatoren‹ zu.

Im Innern staunten die Neuankömmlinge über die unvergleichliche Wirkung des grünen Marmorfußbodens und der blauen Säulen, die in regelmäßigen Abständen Rundbögen stützten. Vor einer Doppeltüre aus rotem Manarenholz hielt Wendal an. Darüber befand sich ein mit dem gleichen Holz eingefasster Rundbogen aus Glas, in das das aldebaranische Hoheitszeichen eingearbeitet worden war.

Der Leibgardist klopfte an. Ein Flügel der Doppeltüre wurde geöffnet. Zum Vorschein kam ein aldebaranischer Raummarschall. Die elf Elitesoldaten legten ihre rechten Fäuste grüßend an ihre Herzen und traten danach zurück an die der Türe gegenüberliegende Seite des breiten Ganges.

»Kommen Sie herein«, forderte der Aldebaraner die sechs solaren Militärs und die drei aldebaranischen Soldaten auf. Die vier Piloten gesellten sich zu den Leibgardisten.

Im Inneren des Raumes, mit ebenfalls grünem Marmorfußboden und gelben Marmorwänden, befand sich ein passend zur Tür in rotem Manarenholz gefertigter Tisch, der zwanzig Personen

Platz bot. Hinter dem Tisch stand der Imperator mit vier weiteren Marschällen und einem Zivilisten, der einen langen, schwarzen Ledermantel über seine Schultern gelegt hatte. Der Imperator, der eine einfache, lediglich vom Sonnenkreuz auf Brust und Rücken gezierte schwarze Kombination trug, kam den eintretenden Männern entgegen. Die Ankömmlinge stellten sich in eine Reihe, schlugen die Hacken zusammen und legten die Fäuste grüßend auf ihre Herzen.

Das charismatische geistliche und weltliche Oberhaupt des Imperiums grüßte zurück und musterte die Männer eindringlich. Die Terraner und Unaldor hielten dem Blick stand. Sie standen in unerschütterlicher Loyalität zu diesem Mann und seinen Zielen. Folglich gab es keinen Grund, den Blick abzuwenden.

»Bitte nehmen Sie Platz, meine Herren«, forderte Sargon II. seine Gäste auf. »Zunächst einmal darf ich Ihnen vorstellen: die Marschälle Karadon«, es handelte sich um den Türöffner, »Runan, Delmor und Por-Dan sowie den imperialen Rüstungsminister Gabor. Und das hier«, das geistliche und weltliche Oberhaupt des Imperiums deutete auf einen Mann mit markanten Gesichtszügen und einer Narbe auf der linken Wange, »ist General Nungal, der meine Leibgarde befehligt.«

»Mein Name ist Unaldor, wie Sie sicher wissen«, entgegnete der zwei Meter und zehn große Hüne. »Ich leitete die Aufbauarbeiten im solaren System, seit die Mannschaft der KEMBULA dorthin verschlagen wurde. Durch unsere Isolation und der daraus folgenden fehlenden Legitimation durch die imperiale Regierung trage ich den vorläufigen Titel ›Prokonsul‹. Dies«, Unaldor deutete auf die fünf solaren Marschälle, »sind die auf Terra geborenen Oberkommandierenden unserer Streitkräfte, die Marschälle Prien, Edwards, Tomoyuki, Müller und Berger. Zusätzlich bringe ich Ihnen drei Ihrer Männer zurück, die ein terranisches Kommandounternehmen aus der Gewalt der Mohak auf Dornack befreien konnte. Es handelt sich um Oberst Arlor und die beiden Leutnants Dunmar und Kordunan.«

»Vielen Dank für die Befreiung meiner Männer«, entgegnete der Imperator mit einem freundlichen Lächeln. »Selbstverständlich haben wir in unseren Datenbanken nachgeforscht und die Bestätigung gefunden, dass Sie vor einhundertvierundvierzig Jahren Kommandant des Thule-Schiffs KEMBULA waren, das seitdem als verschollen gilt. In etwa zur gleichen Zeit floh der Thule-Präsident Pentar nach einem missglückten Attentat auf mich mit unbekanntem Ziel. Gibt es eine Verbindung zwischen Ihrem Verschwinden und der Flucht Pentars?«

»Attentat? Pentar ist geflohen?«, stammelte der Prokonsul. »Sie glauben doch hoffentlich nicht, meine Männer und ich seien in ein Attentat auf Sie verwickelt?«

»Um ehrlich zu sein«, eröffnete Sargon II. seinem Gegenüber, »ich glaube nicht, dass Sie Teil der damaligen Verschwörung waren. Es ist mir jedoch daran gelegen, die Hintergründe aufzuklären, wie Sie sich vorstellen können.«

»Nachdem wir bereits mit dem Aufbau des ersten Stützpunktes am terranischen Südpol begonnen hatten, explodierte die KEMBULA aus heiterem Himmel. Ich selbst bin dabei nur knapp dem Tode entronnen.« Unaldor schaute dem Imperator direkt in die Augen. »Ihr Bericht über den Verrat Pentars verdichtet unseren Verdacht, dass die KEMBULA gesprengt wurde und dass der ehemalige Thule-Präsident dahintersteckt.«

»Welche Motivation sollte der Verräter dafür gehabt haben?«, hakte Sargon nach.

»Wir entdeckten auf Tangalon die Überreste eines vor fast elf Jahrtausenden untergegangenen Imperiums. Die Beweise sprechen unzweideutig dafür, dass das Zentrum dieses Imperiums Aldebaran gewesen ist.«

»Was? Es gab schon vor unserer Geschichtsschreibung eine raumfahrende Zivilisation auf Aldebaran? Und Sie können das beweisen? Das ist ungeheuerlich!« Das Gesicht des Imperators drückte eine Mischung aus Unglauben und Verwirrung aus. Die aldebaranischen Marschälle traten mit erstaunten Mienen um den Tisch herum, näher an den verschollen geglaubten ehemaligen Thule-Offizier heran.

»Genauso ist es!«, bestätigte der selbst für aldebaranische Verhältnisse extrem breit gebaute Hüne. »Wir fanden die Koordinaten der damals von den Alt-Aldebaranern besiedelten Systeme. Alle waren entvölkert worden – bis auf Terra, deren Sonne Sol genannt wird.«

»Entvölkert? Was hat die Systeme unserer Vorfahren entvölkert und Sumeran in die Steinzeit katapultiert?« Diesmal war es Nungal, der die Frage stellte.

»Ein äußerst geheimnisvolles Insektenvolk namens Yx scheint dafür verantwortlich. Es gab kaum Aufzeichnungen über diese Wesen, außer dass ihre Raumschiffe der alt-aldebaranischen Flotte weit überlegen waren. Wir befragten einen erhalten gebliebenen Roboter des Ersten Imperiums danach. Er antwortete lediglich, dass die Yx über eine mysteriöse Waffe verfügten, gegen die Reflektorfelder vollkommen wirkungslos waren – die imperialen Schiffe explodierten einfach. Der Roboter und wir fragten uns: Wo ist dieses weit überlegene Volk geblieben? Warum führte es einen Vernichtungskrieg gegen das Erste Imperium, ohne anschließend dessen Systeme zu kolonialisieren? Sie sehen, auch wir haben bei Weitem nicht alle Erklärungen für die damaligen Ereignisse gefunden. Aber – um auf Pentar zurückzukommen – der Verdacht liegt nahe, dass er bei seiner Flucht die Kem-bula mittels Fernzündung einer versteckten Bombe sprengte, um zu verhindern, dass Sie, mein Imperator, in den Besitz der Informationen über das Erste Imperium gelangen.«

»Und was wäre aus Pentars Sicht so schlimm daran, wenn wir etwas über das Erste Imperium erfahren hätten?«, hakte Raummarschall Karadon nach.

»Wahrscheinlich erhoffte sich Pentar, auf den Spuren der Yx Hinweise auf die Funktionsweise ihrer überlegenen Waffentechnologie zu finden«, spekulierte der solare Prokonsul. »Unabhängig davon«, der ehemalige Thule-Offizier machte eine nachdenkliche Pause, »wanderten zwei Völker, die von den Alt-Aldebaranern abstammten und sich Regulaner beziehungsweise Capellaner nannten, in die Nähe des galaktischen Zentrums aus. Folglich sind diese Völker möglicherweise den Angriffen der Yx entgangen. Stellen Sie sich einmal den technologischen Vorsprung dieser Zivilisationen vor, den sie in den vergangenen fast elftausend Jahren erreicht haben könnten. Aus diesem Grunde entsandten wir eine Expedition unseres Geheimdienstes zu jenem System, das als Erstes von den Capellanern besiedelt worden war.«

»Und? Was war das Ergebnis dieser Expedition?«, wollte der Imperator wissen.

»Sie war vor unserem Aufbruch nach Aldebaran noch nicht zurückgekehrt.«

»Und warum warteten Sie mit Ihrem Besuch nicht, bis die Ergebnisse vorlagen?«

»Wir sind weder wegen Pentar noch wegen der Yx oder Capellaner hier. Der Grund unseres Besuchs, wie Sie es nennen, mein Imperator, sind die Mohak. Ihr Truppenaufmarsch bei Dornack, der auch Ihnen nicht verborgen geblieben ist, wie die dortige Anwesenheit von Arlor und seinen Männern bewies, hat einen sehr triftigen Grund.« Unaldor schaute in die Runde der höchsten aldebaranischen Militärs, bevor er fortfuhr: »Die Mohak bauen im Solomack-System an einer sogenannten Kontrubana, was soviel wie Endsiegwaffe bedeutet. Wenn Sie gestatten, würde ich gern Ihren Tischprojektor benutzen, um Ihnen unsere bisherigen Erkenntnisse darüber mitzuteilen.« Bei seinen letzten Worten zog der Prokonsul ein kleines schwarzes Kästchen aus einer Innentasche seiner Uniform und fügte hinzu: »Die Funkschnittstelle und Übertragungsprotokolle dieses Quantenrechners sind mit den aldebaranischen Standards kompatibel.«

Sargon II. nickte kurz; der Prokonsul gab seinem Rechner den Befehl, sich mit dem Projektor des Tisches zu verbinden, und Sekunden später schwebte ein Hologramm der Kontrubana in der Luft.

Unaldor erläuterte die physikalischen Daten dieser ultimativen Waffe. Mit jedem seiner Worte wurden die aldebaranischen Militärs und ihr Oberkommandierender blasser. Der Hüne endete mit den Worten: »Das Monstrum ist nur für eine einzige Aufgabe gebaut worden – um eine Ischtar-Festung aus dem Weg zu räumen und so der nachfolgenden Mohak-Flotte den Einflug in den imperialen Hoheitsraum zu ermöglichen. Im Gegensatz zu einer Festung, die zur Bekämpfung feindlicher Verbände konstruiert wurde, ist die Kontrubana, die praktisch nur aus einer einzigen starren Kanone gigantischen Kalibers besteht, für bewegliche Schiffe ebenso ungefährlich, wie sie für die riesigen, stationären Ischtar-Festungen tödlich ist.«

»Wir müssen uns schnellstens über die Lage im Solomack-System und über den Fortschritt der Mohak beim Bau der Kontrubana Klarheit verschaffen«, warf Raummarschall Por-Dan ein.

»Das haben wir bereits eingeleitet«, entgegnete der solare Prokonsul mit leicht mitschwingendem Stolz in seiner Stimme. »Das gleiche Einsatzkommando, das die Informationen auf Dornack beschafft hat und Ihre Männer befreite, ist bereits nach Solomack unterwegs. Die Soldaten meiner Leibgarde benutzen eine Vril mit Metabeschichtung. Ihre Mission ist lediglich Aufklärung, kein direktes Eingreifen vor Ort. Sobald das Kommando genug Informationen gesammelt hat, die uns eine Entscheidung über das weitere Vorgehen ermöglichen, werden die Männer Aldebaran direkt anfliegen und uns hier Bericht erstatten. Die Vril hat den Erkennungscode jZrt73Kh98*!bK3. Bitte geben Sie den Code an Ihre Ischtar-Festung XLVIII weiter, denn diese wird von unserer Vril auf dem Rückweg passiert werden.«

»Wann erwarten Sie Ihre Männer hier?«, wollte der Imperator wissen.

Unaldor fragte seinen persönlichen Agenten nach der Uhrzeit ab. »Wenn alles glatt läuft, in drei bis vier Stunden.«

Die aldebaranischen Marschälle und ihr Oberhaupt überschütteten den ehemaligen Thule-Offizier mit einer Reihe weiterer Fragen über die Aktivitäten der Mohak, die jedoch keine neuen Erkenntnisse ans Licht brachten. Schließlich wechselte Sargon unvermittelt das Thema:

»Möchten Sie uns etwas über die militärische Stärke der Dritten Macht berichten und wie Sie sich das zukünftige Verhältnis Ihres kleinen Reiches zum Imperium vorstellen?«

»Selbstverständlich gebe ich Ihnen Auskunft über unsere militärische Stärke.« Unaldors Augen glänzten, denn nun war der Zeitpunkt gekommen, dem Imperator sein Lebenswerk und das so vieler weiterer Männer und Frauen zu offenbaren. »Die Bevölkerung der Dritten Macht beträgt zurzeit drei Milliarden Menschen. Eins Komma sieben Milliarden davon leben in einem natürlichen Höhlensystem, das den solaren Planeten Mars wenige Kilometer unter dessen Oberfläche durchzieht. Der Rest der Bevölkerung befindet sich auf unseren Stützpunkten, die an mehreren Stellen über Terra und deren Mond verteilt sind, sowie auf den Monden der beiden Gasriesen Jupiter und Saturn. Die Industriekapazität des außerordentlich rohstoffreichen Planeten Mars übertrifft heute bereits die der aldebaranischen Industrieplaneten Mugat und Solt.«

»Na, na, nun übertreiben Sie mal nicht«, unterbrach ihn Raummarschall Karadon, wobei sich seine Lippen zu einem zweifelnden Lächeln verzogen und seine buschigen hellblonden Augenbrauen nach oben wanderten. »Solt hat die größte Industriekapazität aller Planeten in der bekannten Galaxis, dicht gefolgt von Mugat.«

Statt einer Entgegnung ließ der Prokonsul die Projektion der Kontrubana, die immer noch über dem Tisch schwebte, per Gedankenbefehl verschwinden. Stattdessen erschien ein dreidimensionales Abbild eines Ausschnitts der Marsoberfläche. Deutlich waren die Werften und Industrieanlagen zu sehen, die hin und wieder durch ausgedehnte Raumhäfen unterbrochen wurden. Der schwebende Bildausschnitt drehte sich langsam über den Betrachtern. Immer neue Werften und Raumhäfen waren zu sehen. Auf den Raumhäfen überragten mehrere Superschlacht-schiffe sämtliche Gebäude. Lediglich hin und wieder mit Fabriken an den Hängen bebaute Gebirgszüge waren höher.

»Der Mars ist aus zwei Gründen einzigartig in der bekannten Galaxis«, kommentierte der Prokonsul die Bilder. »Grund eins ist sein Rohstoffreichtum. Der Planet ist extrem eisenhaltig und verfügt über sämtliche Elemente, die von unserer Industrie benötigt werden, im Überfluss. Letztere finden wir in großen Mengen besonders in den ausgedehnten Höhlensystemen, wenige Kilometer unter der Marsoberfläche, womit wir auch schon beim zweiten Grund für die einzigartige Eignung des Mars als Industrieplanet wären.«

Das über dem Tisch schwebende Hologramm wechselte nun zu Aufnahmen der viele Kilometer breiten und hohen Höhlen, die in drei Dimensionen verschachtelt ineinander übergingen.

Die Hohlräume wurden am Boden und an den Hängen von den typisch aldebaranischen, barock wirkenden Bauten umgeben und von einer bunten Pflanzenpracht geziert.

»Diese luftdicht von der Oberfläche abgeschlossenen Höhlensysteme, die bei der Abkühlung des Planeten vor rund vier Milliarden Jahren entstanden sind, ermöglichen die Unterbringung von Milliarden Menschen auf mehreren Ebenen bei einer Wohnqualität, die einer Planetenoberfläche in nichts nachsteht – im Gegenteil, wie die überwältigende Mehrheit der Marsbewohner behauptet.

Mit dem Mars hat uns das Schicksal eine Perle in die Hand gespielt, die den Aufbau einer derartigen Industriekapazität erst möglich machte.«

»Und wie sieht es mit der Stärke Ihrer Flotte aus?« Ein Funkeln stand in den Augen von Raummarschall Karadon. Der als Draufgänger bekannte ranghohe Soldat witterte eine merkliche Verstärkung der aldebaranischen Flotte durch einen neuen Verbündeten. »Über ein Superschlachtschiff verfügen Sie ja bereits«, fügte er schnell hinzu, womit er auf die ROMMEL anspielte.

Seine Hoffnungen wurden bei Weitem übertroffen.

»Wir besitzen vierundfünfzig Kampfraumer vom gleichen Typ wie die ROMMEL. Sechs weitere befinden sich im Bau«, gab Unaldor bereitwillig Auskunft. Erneut war der Stolz in seiner Stimme unüberhörbar – und ebenso erneut zeichnete sich Unglauben in den Gesichtern der aldebaranischen Militärs ab. »Auf den Bau kleinerer Schlachtschiffe von der Größe des aldebaranischen Sumeran-Typs haben wir vollständig verzichtet. Dafür konzentrierten wir uns auf die Herstellung der achthundert Meter langen Schlachtkreuzer, die mit Ihren Typen identisch sein dürften. Vierhundertsechsunddreißig Stück haben unsere Werften bereits verlassen.«

Nachdem der verschollen geglaubte Hüne noch die Zahlen der Kreuzer, Zerstörer und der Haunebu-Transportschiffe genannt hatte, war dem Imperator klar, dass sein bedrängtes Volk nicht etwa einen Verbündeten gewonnen hatte, der die Reihen der aldebaranischen Flotte ergänzte, sondern einen Partner, dessen militärische Stärke fast an die des Imperiums heranreichte. Während sich Sol in den vergangenen einhundertvierundvierzig Jahren auf die Herstellung einer gewaltigen Flotte konzentriert hatte, war ein Großteil der aldebaranischen Ressourcen in den Bau der Ischtar-Festungen geflossen. Doch gerade Letztere wurden nun durch die Gigantwaffe der Mohak bedroht, weshalb einer starken Flotte ein noch viel höherer Stellenwert zukam als noch vor dem Beginn des Gesprächs mit den Angehörigen der Dritten Macht.

»Wie stellen Sie sich unsere weitere Zusammenarbeit vor?«, griff Sargon seine zuvor gestellte Frage wieder auf. »Ich biete Ihnen einen Bündnisvertrag auf gleichrangiger Basis.«

»Bündnisvertrag?« Verwirrung zeichnete sich auf Unaldors Gesicht ab. »Wir sind nicht hier, um ein Bündnis mit Aldebaran zu schließen. Noch mal: Ein Großteil der Bevölkerung der Dritten Macht ist genetisch nicht von Aldebaranern zu unterscheiden. Es *sind* Aldebaraner – Nachkommen der alt-aldebaranischen Kolonisten. Ein anderer Teil der Menschen unseres Reiches weicht zwar genetisch ein wenig ab, verfügt aber über vergleichbare Fähigkeiten wie die Nachkommen. Das beste Beispiel sind die bei uns lebenden Japaner.« Der Prokonsul deutete auf den solaren Raummarschall Tomoyuki. »All diese Menschen, die durch ihre Fähigkeiten und ihre Moral aus dem gleichen Grunde behaupten können, Aldebaraner zu sein wie jeder Mensch auf Sumeran oder einer aldebaranischen Kolonie, sind durch denselben gnadenlosen Feind bedroht wie das Imperium. Daher unterstelle ich Ihnen, mein Imperator, ab sofort die weltliche und geistliche Befehlsgewalt über die Dritte Macht.« Nach seinen letzten Worten salutierte der ehemalige Prokonsul, der soeben sein Amt niedergelegt hatte. Die solaren Marschälle taten es ihm nach.

Die Augen Sargons schimmerten feucht. Er war ergriffen von der Loyalität der Nachfahren gemeinsamer Ahnen und des verschollen geglaubten Thule-Offiziers. Der Mann, der das Imperium vor dem Ansturm der Mohak gerettet und durch das Ischtar-Schild in eine bis heute bestehende Sicherheit geführt hatte, nahm sich ein paar Sekunden Zeit zum Nachdenken.

»Ich plane, den Inneren Orden von derzeit fünfundsechzig Mitgliedern für eine Übergangszeit auf einhundertneunundzwanzig Mitglieder zu erweitern. Die vierundsechzig neuen Mitglieder sollen von Ihnen aus den Reihen der Dritten Macht bestimmt werden. Positionen, die durch Niederlegen des Amtes oder Todesfall frei werden, besetzen wir so lange nicht mehr, bis die ursprüngliche Stärke von fünfundsechzig Mann wieder erreicht ist. Sie, Unaldor, haben sich durch Ihre Taten mehr als qualifiziert. Deshalb ernenne ich Sie zum Raummarschall und zum Gouverneur Sols. Außerdem bestehe ich selbstverständlich darauf, dass Sie selbst zu den neuen Mitgliedern des Inneren Ordens gehören. Meine Entscheidung lasse ich durch eine einfache Mehrheit des heutigen Inneren Ordens bestätigen oder ablehnen – eine entsprechende Sitzung berufe ich schnellstmöglich ein. Die Informationen, die Ihr Kommandounternehmen von Solomack mitbringt, erfordern wahrscheinlich unser sofortiges Handeln. Daher werden wir organisatorische Dinge zunächst hinter unsere militärischen Planungen zurückstellen. Ich möchte Sie bitten, sich bis zur offiziellen Entscheidung des Inneren Ordens noch nicht als Mitglieder der Regierung, aber als gleichberechtigte Marschälle des aldebaranischen Oberkommandos zu sehen. Herzlich willkommen, meine Herren!«

Die bisherigen höchsten Offiziere Aldebarans begrüßten ihre neuen Kollegen mit Applaus – eine Geste, die nicht nur auf Terra üblich war. Nun waren es die Augen der Terrageborenen und Unaldors, die feucht glänzten. Es war ihnen eine zutiefst empfundene Ehre, der militärischen Führung des Imperiums angehören zu dürfen. Sol war nun aldebaranisches Hoheitsgebiet. Die Nachfahren der vor mehr als zehntausend Jahren von Aldebaran ausgewanderten Kolonisten waren wieder mit ihrer Ursprungswelt vereint.

»Eine Sache noch, mein Imperator!«, meldete sich der frischgebackene Gouverneur zu Wort.

»Sprechen Sie, Raummarschall Unaldor«, forderte ihn Sargon ehrlich und freundschaftlich lächelnd auf, als der Angesprochene bei der Nennung seines neuen Titels kurz zusammenzuckte.

»Auf Terra selbst betreiben wir lediglich ein paar Stützpunkte, und zwar der Größe nach in der Antarktis, den chilenischen Anden, im Himalaya-Gebirge sowie einige unterseeische Stützpunkte im Pazifik und Atlantik.« Bei seinen Worten erhielten die Anwesenden einen Eindruck der auf Terra gelegenen Besitztümer der ehemaligen Dritten Macht durch entsprechende holografische Projektionen. »Auf dem ressourcenreichen Planeten leben weitere sieben Milliarden Menschen, die, abgesehen von der sie beherrschenden Elite, nichts von uns wissen.«

»Warum haben Sie sich denn nicht zu erkennen gegeben?«, erkundigte sich Raummarschall Delmor verwundert.

»Weil das eine Einmischung in die inneren Angelegenheiten eines nicht zum Imperium gehörenden Planeten bedeutet hätte.

Eine solche offene Einmischung ist aber eine außenpolitische Entscheidung des Imperators. Nachdem die auf der Erde herrschenden Mächte vor fast siebenundsechzig Jahren Nuklearwaffen gegen Großstädte eingesetzt hatten – in einem planetenumspannenden, um kleinliche Machtinteressen geführten Krieg –, haben wir, vor der Öffentlichkeit verborgen, Kontakt mit den Verantwortlichen aufgenommen und ihnen mit einer offenen Intervention gedroht, sollten sie es ein weiteres Mal wagen, Massenvernichtungswaffen gegen Menschen anzuwenden. Das Sagen haben nach außen hin die demokratisch gewählten, angeblich unabhängigen Regierungen – in Wirklichkeit aber stehen die Eigentümer der privaten Großbanken an der Spitze der Herrschenden. Unbelehrbar reagierten sie mit einem militärischen Angriff auf unseren Antarktisstützpunkt, der natürlich kläglich scheiterte. Seit dieser Zeit wissen diejenigen, die wir ›Finanzelite‹ nennen, dass sie bei einer offenen militärischen Auseinandersetzung mit uns chancenlos sind.«

»Die Banken auf Terra sind privat?«, hakte Marschall Por-Dan nach. Sein vernarbtes Gesicht verzog sich, als habe er auf eine saure Frucht gebissen. Zur Erläuterung seiner Verwunderung fügte er hinzu: »Ich bin wahrlich ein Freund der freien Wirtschaft, doch wenn man die Banken privatisiert, kann man auch gleich die Polizei und das Militär privatisieren. All diese Varianten führen früher oder später zur Diktatur.«

»Wobei beispielsweise die Gefahr einer Privatisierung des Militärs offensichtlich ist«, erklärte der solare Gouverneur. »Weniger durchschaubar sind die Konsequenzen, die sich aus der Privatisierung der Banken ergeben. Nebenbei bemerkt: Derartige Missstände gab es vor zweitausend Jahren auch auf Aldebaran, vergessen Sie das bitte nicht. Die Haupteinnahmequelle privater Banken sind die Zinsen für Geld, das sie schöpfen und verleihen, um es mal vereinfacht auf den Punkt zu bringen. Geld leiht jedoch nur derjenige, der zu wenig davon hat – ein bestenfalls mäßig lukrativer Markt für die Bankenbetreiber. Um nun an das Geld der Wohlhabenden, der Leistungsträger zu kommen, hat sich die Finanzelite etwas aus ihrer Sicht Geniales einfallen lassen: die Staatsverschuldung. Bringt man Staaten dazu, sich immens zu verschulden, so fließt ein immer größer werdender Anteil der Steuereinnahmen in Form von Zinszahlungen an die Banken ab. Um diesen Effekt zu vergrößern, ließ man sich ein Konstrukt einfallen, das sich ›Sozialstaat‹ nennt. Die wirklich Reichen – also die gewissenlose Finanzelite – zahlen so gut wie gar keine Steuern, indem sie ihr Geld in irgendwelchen obskuren Stiftungen und Ähnlichem bunkern. Die Armen wiederum, darunter leider auch viele Dumme und Faule, werden vom Staat unterhalten – mitunter so großzügig, dass sie mit ihren begrenzten Fähigkeiten auch durch ehrliche Arbeit nicht nennenswert mehr verdienen würden. Bezahlen müssen das Ganze, inklusive den Zinsen der daraus resultierenden Staatsverschuldung, die hart arbeitenden Leistungsträger der Gesellschaft, die überproportional besteuert werden und an deren Geld die Banken ohne ihren ›Sozialstaat‹ niemals herangekommen wären.«

»Eine weitere Methode, die Staatsverschuldung zu erhöhen, ist doch auch sicherlich das Anzetteln von Kriegen«, warf Marschall Karadon ein.

»Richtig! Und davon macht die Finanzelite auch reichlich Gebrauch. Sich selbst übertroffen haben die terranischen Heuchler, als sie vor zehn Jahren ein kleines Land, das sich Irak nennt, mit der Begründung überfielen, es verfüge über Massenvernichtungswaffen – ein geradezu gehässiger Wink in unsere Richtung, weil wir ihnen den Gebrauch dieser Waffen untersagten. Natürlich besaß der Irak keinerlei Massenvernichtungswaffen, doch der Effekt dieses Feldzuges – der im Rahmen eines weiteren Märchens verlief, das die Finanzelite über die ihr hörigen Medien als ›Kampf gegen den Terror‹ verbreiten ließ – erhöhte den Militärhaushalt der wirtschaftlich stärksten Nation der Erde in nie da gewesene, schwindelerregende Größenordnungen. Damit hatten die Banken wieder einmal ihr Ziel erreicht: Staatsverschuldungen, für die hohe Zinsen entrichtet werden mussten, natürlich überwiegend von den Leistungsträgern.«

»Was ist Ihr Vorschlag, wie wir mit diesen Missständen umgehen sollten?«, befragte der Imperator seinen neuen Gouverneur nachdenklich.

»Das war nur ein kurzer Ausschnitt der Geschichte um die Finanzelite. Seit einigen Jahren versuchen sie, uns zu treffen, indem sie Viren züchten, die besonders fatal bei Menschen mit einem hohen Anteil aldebaranischer Gene wirken. Nach meiner Meinung sollten wir diese verbrecherischen Aktivitäten beenden, indem wir die terranische Bevölkerung informieren, die Handlanger-Regierungen der Finanzelite absetzen und die Hintermänner bestrafen. Doch dies, mein Imperator, ist Ihre Entscheidung.«

»Ich habe verstanden.« Sargon II. blickte entschlossen in die Runde seiner in diesem Raum auf neun angewachsenen Raummarschälle. »Kein Volk verdient eine Regierung, die nicht die Interessen dieses Volkes, sondern nur ihre eigenen vertritt, indem sie die raffgierigen, rein materialistischen Ziele einer kleinen Pseudoelite vertritt. Sobald wir die Gefahr durch die Kontrubana beseitigt haben, was uns hoffentlich gelingt, denn ansonsten sind weitere Planungen obsolet, gebe ich Ihnen den Befehl, auf Terra offen gegen die Verbrecher vorzugehen.«

Erleichterung stand auf den Gesichtern Unaldors und der fünf auf Terra geborenen Marschälle.

Kapitel 4: Die Brutstaedte der Yx

Bericht Elnan

Ein dumpfes Brausen kroch durch die undurchdringliche Schwärze. Dazwischen ein Klatschen. Es verursachte Schmerz. Das Brausen wurde leiser. Dafür mischten sich andere Töne, hellere wie dunklere, in das akustische Chaos. Die neuen Töne machten langsam Sinn, während das Brausen ganz verschwand.

»Thule-Präsident! Kommen Sie zu sich!«

Zuerst öffnete ich die Augen einen kleinen Spalt, doch die Lichtflut war erträglich. Ich konnte also nicht lange bewusstlos gewesen sein, ansonsten hätten sich meine Pupillen entsprechend erweitert. Ich sah den breitschultrigen Oberkörper eines Soldaten in schwarzer Uniform und in der gleichen Farbe glänzendem Helm. Die spitz zulaufende Nase und die hellblauen Augen in Verbindung mit den markanten Gesichtszügen identifizierten den Mann.

»Major Friedrichs! Würden Sie es bitte unterlassen, mir ins Gesicht zu schlagen, sonst ziehe ich meine Knarre!«

Ein breites Grinsen verzog das ebenmäßige Gesicht des Elitesoldaten. Hinter mir wurde Gelächter laut.

»Schön, dass Sie wieder unter uns weilen«, begrüßte mich der Major, ohne das breite Grinsen von seinen Zügen zu entfernen. Mein Kopf dröhnte immer noch, weshalb ich nicht besonders empfänglich für die Erheiterung des Kommandanten der Leibgardisten an Bord der ORION war.

Über meinen VR-Helm fragte ich kurz den Bordrechner ab und stellte fest, dass wir von dem mit hoher Wahrscheinlichkeit als Wurmloch identifizierten Gebilde abgeprallt waren, wobei Andruckkräfte von zweiundzwanzig g durchgekommen waren. Auch unsere Andruckabsorber hatten ihre Grenzen. Ich drehte mich um und sah, dass jeder der übrigen elf Elitesoldaten ebenfalls wach war. *Unglaublich, die Zähigkeit dieser Männer! Doch schließlich sind sie aufgrund ihrer geistigen und körperlichen Fähigkeiten für die Leibgarde ausgewählt worden und haben ein entsprechendes Ausbildungsprogramm hinter sich.*

Rolf Jenkins war ebenfalls wach und fixierte mich von der Seite mit seinen stahlblauen Augen. Der Thule-Pilot war geübt darin, außergewöhnliche Andruckbelastungen schnell zu verkraften.

»Schadensmeldung?«, fragte ich den Kopiloten knapp.

»Keine Schäden. Dafür waren die durchgekommenen Andruckkräfte glücklicherweise zu gering.«

»Mir haben sie gereicht«, entgegnete ich und hielt mir den dröhnenden Kopf, während mir einer der spinnenförmigen Medoroboter, der an meinem Sitz hochgeklettert war, eine Spritze gegen Muskelverspannungen in den Nacken verpasste. Sekunden später spürte ich, wie der Druck in meinem Kopf nachließ.

»Wir sind auf ein Prallfeld gestoßen«, bemerkte Professor Silberheim, der soeben aus der Bewusstlosigkeit erwacht war und ohne lange Umschweife mit der Analyse der Situation begann. »Prallfelder entstehen wie Reflektorfelder durch die Fouriersynthese von elektromagnetischen Wellen – bei Reflektorfeldern zu etwas, das einer Delta-Funktion möglichst nahe kommt, und bei Prallfeldern zu einer Gaußkurve mit relativ großer Halbwertbreite.«

»Und nun das Ganze noch mal für uns zurückgebliebene Nicht-Eierköpfe«, forderte Friedrichs den Professor zu einer etwas weniger wissenschaftlichen Ausdrucksweise auf.

Silberheim verdrehte die Augen. »Reflektorfelder wirken, als ob Sie mit dem Kopf gegen eine Betonwand rennen. Aus diesem Grunde hat man für Leute wie Sie Gummizellen entwickelt, deren Wände wie Prallfelder wirken.«

Ich hielt mir den Bauch vor Lachen. Silberheim war für seine bissigen Bemerkungen und seine scharfe Sprache bekannt. Selber schuld, wer sich mit dem hochgewachsenen, hageren Wissenschaftler mit dem schneeweißen Bürstenschnitt anlegte. Selbst die elf Elitesoldaten verzogen ihre Gesichter, offenes Gelächter nur mühsam unterdrückend, schließlich wollten sie ihren Vorgesetzten nicht verärgern. Dieser benötigte Sekunden, in denen wir Zeuge des perplexen Gesichtsausdrucks des Majors werden durften, sich zu fangen. Dann trat ein großzügiges Lächeln auf seine Lippen. Er klopfte dem Physiker auf die Schulter und stellte anerkennend fest:

»Nicht schlecht, Professor. Wirklich nicht schlecht.«

Silberheim lächelte zurück und wechselte dann das Thema. »Offensichtlich haben die Betreiber des potenziellen Wurmlochs unseren Versuch bemerkt, in ihr System einzudringen, und es hat sie viel Energie gekostet, uns zurückzuwerfen. Folglich holen die uns hier in Kürze ab, nehmen Kontakt mit uns auf, oder sie haben sich entschieden, uns hier verhungern zu lassen.«

»Was ist Ihre Meinung? Wie sollten wir auf jede dieser Möglichkeiten reagieren?«, fragte ich zurück.

Statt Silberheim beantwortete mein alter Freund Alibor, der mittlerweile wie sein Lehrer Bendalur Professor für galaktische Geschichte war, meine Frage:

»Die Existenz eines Prallfeldes vor dem Wurmloch zeigt, dass die Bewohner des Systems keinen Wert auf unangemeldete Gäste legen. Deshalb ist es am wahrscheinlichsten, dass sie schon bald hier aufkreuzen, um nach dem Rechten zu sehen. Meiner Meinung nach sollten wir auf sie warten – ohne unsere Tarnung abzuschalten. Falls die Einheimischen tatsächlich Kontakt mit uns aufnehmen, können wir getrost im Schutze unserer Tarnung antworten, wobei wir natürlich laufend unsere Position wechseln, damit der Sender der ORION nicht angemessen werden kann.«

»Falls es Sie noch interessiert, Präsident, mein Vorschlag wäre inhaltlich identisch gewesen«, fügte Silberheim fast gelangweilt klingend hinzu. »Mein Zusatzvorschlag: Wir sollten uns ein wenig zurückziehen. Schließlich wissen wir nicht, über welche Ortungsmethoden die Fremden verfügen. Eines jedoch haben alle Methoden gemeinsam: Ihre Empfindlichkeit sinkt mit dem Quadrat der Entfernung.«

»Also gut! Warten wir erst einmal ab, was passiert«, ordnete ich an, während ich die ORION in einem Abstand von fünfzigtausend Kilometern vor das Wurmloch setzte.

Dort brauchten wir keine drei Minuten zu warten, bis fünf Flugkörper aus der Verzerrung der Raumzeit hervorkamen, die sofort ein gleichseitiges Fünfeck bildeten. Mit rund eintausend Kilometern pro Sekunde bewegten sich die Raumschiffe durch den Raum, wobei das Fünfeck allmählich größer wurde.

»Sie suchen den Raum systematisch ab«, kommentierte Major Friedrichs das Manöver der Fremden.

Ich schaltete die Bordoptik auf Vergrößerung. Tropfenförmige Raumschiffe, wie ich sie noch niemals gesehen hatte, standen auf dem Rundumbildschirm, jedes in etwa dreihundert Meter lang. Die von unzähligen Wülsten durchzogenen Oberflächen glänzten schwarzbraun und hoben sich deutlich gegen die gleißende Helligkeit der in Zentrumsnähe extrem dicht stehenden Sterne ab. Jeder der Tropfen hatte zwei dreißig Meter durchmessende dunkelblaue, fast schwarze Kuppeln auf der Vorderseite, die wie gigantische Augen in den Raum starrten. Wie hätte ich damals ahnen sollen, wie nah ich mit diesem Vergleich der Wahrheit kam?

Eine knappe Minute später hatten die seltsamen Schiffe den kürzesten Abstand, rund zwanzigtausend Kilometer, von uns erreicht. Wir befanden uns nur eintausend Kilometer vom Mittelpunkt des gleichseitigen Fünfecks entfernt. Nun erkannten wir an den Seiten der Tropfen weitere schwarzblaue Kuppeln, die jedoch nur wenige Meter durchmaßen. Ins Auge stachen rote Pentagramme, welche auf die Seiten lackiert worden waren.

Plötzlich scherte das Schiff, das uns am nächsten war, aus der Formation aus und wandte uns seine Vorderseite zu.

»Wir sind entdeckt!«, rief jemand.

Nur einen Kilometer von unserem Standort entfernt ging eine

unnatürliche Sonne auf. Eine zweite erstrahlte den Bruchteil einer Sekunde später in eintausendfünfhundert Metern, eine dritte achthundert Meter hinter uns.

Instinktiv ließ ich die ORION nach vorn schießen, direkt in eine der Explosionen hinein. Die Plasmawolke hatte sich bereits weit genug ausgedehnt und damit abgekühlt, sodass sie uns nicht mehr gefährden konnte. Ich ging einfach davon aus, dass der Gegner nicht zweimal auf die gleiche Stelle schießen würde.

Mit zwölftausend g Beschleunigung schoss unser Spezialschiff durch die glühende Wolke. Die Reflektorschirme wurden nur zu dreißig Prozent belastet. Aber durch unser Manöver kamen wir einem anderen Tropfen näher. Sofort wandte er uns seine Vorderseite zu. Innerhalb einer Sekunde entstanden zehn neue Sonnen in Abständen zwischen zwei und acht Kilometern um uns herum.

Ich ließ die ORION Haken schlagen wie ein Hase. Im Zickzackkurs bugsierte ich das Schiff aus der Ebene des tödlichen Fünfecks hinaus. Immer wieder blitzten die gigantischen Explosionen um uns herum auf. Der Bordrechner schätzte ihre Sprengkraft auf rund eine Gigatonne. Doch die neuen, nur kurz brennenden Sonnen blieben letztlich hinter uns zurück.

»Die Tropfen verfolgen uns«, meldete Jenkins. Schweiß glänzte auf seiner spiegelglatten Glatze. »Aber sie werden uns verlieren, obwohl sie mit für ihre Größe ungeheuerlichen sechstausend g beschleunigen.«

»Professor Silberheim! Haben Sie eine Erklärung dafür, warum uns die seltsamen Schiffe trotz unserer Tarnvorrichtung geortet haben?«, sprach ich den Physiker direkt an.

»Es dürfte wenig hilfreich sein, jetzt über für uns weit von der technologischen Machbarkeit entfernte Neutrino- oder Gravitationsortung zu spekulieren. Die naheliegendste Vermutung ist die, dass die Optiken des Gegners ein geradezu fantastisches Auflösungsvermögen besitzen. Nichts ist perfekt – auch nicht die Totalreflexion des Lichtes durch die Metamaterialien auf der

Oberfläche der ORION. Hin und wieder dringt auch schon mal ein Photon[16] nach außen. Hinreichend empfindliche Optiken würden dies als ein diffuses Flimmern vor dem Hintergrund der Sterne wahrnehmen. Damit wäre auch gleich erklärt, warum uns die Fremden nicht getroffen haben: Sie wussten *ungefähr,* wo wir sind, aber eben nicht *genau.*«

»Und warum waren die Explosionen einfach da? Wir haben keine anfliegenden Granaten anmessen können«, hakte ich ratlos nach.

»Tut mir leid, auf diese Frage weiß ich keine auch nur annähernd logische Antwort«, entgegnete der Physiker mit leichter Resignation in der Stimme.

»Hat jemand einen brauchbaren Vorschlag, wie wir in das System hineingelangen?«, fragte ich in die Runde. Für mich stand es außer Zweifel, dass von der Erforschung der Geheimnisse der Capellaner die Existenz des Imperiums abhing. »Nett anzufragen scheidet zunächst einmal aus«, fügte ich hinzu. »Die Nachfahren der Ahnen, falls es sich überhaupt um solche handelt, haben sofort auf uns geschossen. Daraus schließe ich, dass sie an einem friedlichen Kontakt absolut nicht interessiert sind.«

»Wir könnten einfach ohne Benutzung eines Wurmlochs in das System einfliegen«, meinte Major Friedrichs.

»Daran habe ich auch schon gedacht, doch das System ist riesig«, entgegnete ich. »Die auf dieser Seite des blauen Riesensterns stehenden Gasriesen mit ihren Monden und die dazwischen ihre Bahn ziehenden, seltsamen leichten Planeten sind zwischen sechzig und fünfundsechzig Lichtstunden entfernt. Bei zehn Prozent der Lichtgeschwindigkeit würden wir fast vier Wochen benötigen. Das sollten wir nur als allerletzte Möglichkeit in Betracht ziehen.«

»Ich habe zwar keine direkte Idee, aber einen vagen Einfall, aus dem eine konkrete Möglichkeit entstehen könnte«, meldete sich Silberheim umständlich zu Wort.

---

[16] Lichtteilchen

»Lassen Sie hören, Professor!«

»Das Verhalten der Fremden deutet darauf hin, dass sie zunächst lediglich auf gut Glück im Dunkel des Weltalls herumstocherten, als sie uns die Seiten ihrer Schiffe darboten. Erst als sie uns die Frontseite zuwandten, eröffneten sie das Feuer, woraus ich mit einer relevanten Wahrscheinlichkeit schließe, dass ihre nach vorn gerichteten Optiken am empfindlichsten sind. Während die seltsamen Raumer beschleunigten, fiel mir auf, dass sie ein trichterförmiges Gebilde nach hinten ausstülpten. Wahrscheinlich geht davon der gerichtete Neutrinostrahl ihres Antriebes aus.

Ich fasse zusammen: Die Fremden sehen offenbar nach vorn besser als zur Seite. Die Vermutung liegt nahe, dass sie nach hinten noch schlechter sehen. Sobald sie beschleunigen, dürfte der Antriebstrichter ihre hintere Sicht zusätzlich verschlechtern. Das Wurmloch ist relativ schmal, schließlich sind die Tropfenschiffe hintereinander, nicht nebeneinander aufgetaucht. Deshalb können wir davon ausgehen, dass sie auch hintereinander wieder darin verschwinden werden, nachdem sie die Suche nach uns abgebrochen haben. Mein Vorschlag besteht also darin, dass wir uns an das letzte Schiff dranhängen, wenn es in das Wurmloch einfliegt. Überflüssig zu sagen, dass die Prallfelder beim Einflug der eigenen Leute abgeschaltet sein werden.«

»Na, das hört sich doch nach einem durchdachten Plan an! Ausgezeichnet, Herr Professor!«, lobte ich den Physiker.

»Also warten wir erneut!«, stellte Friedrichs mit einem Seufzer fest.

*

Zwei Stunden suchten die mutmaßlichen Capellaner den Raum rund um das Wurmloch ab. Sobald uns eines der Tropfenschiffe zu nahe kam, gingen wir ihm durch unser deutlich höheres Beschleunigungsvermögen einfach aus dem Weg. Wären wir mit einer Vril angereist, hätten uns die Capellaner längst erwischt. Nur der überlegenen Leistung unserer Triebwerke im Verhältnis zur relativ geringen Raumschiffmasse verdankten wir unser Überleben.

Schließlich bewegten sich die fünf Fremden auf das Wurmloch zu und bildeten eine Kette. Mit einer brutalen Beschleunigungs- und anschließender Bremsaktion setzte ich die ORION genau hinter das letzte Tropfenschiff. Der ausgestülpte Trichter des Hecks raste uns förmlich entgegen, sodass es für einen Moment so aussah, als ob wir den Capellaner rammen würden. In nur fünfzig Metern Abstand zu ihm kam unser Spezialschiff, wie geplant, zur Ruhe. Wir machten die moderate Beschleunigung des schwarzbraunen gigantischen Riesentropfens einfach mit.

Der Plan Silberheims schien zu funktionieren. Hätten uns die Fremden entdeckt, wären wir mit ziemlicher Sicherheit in einer der Explosionen, von denen wir nicht wussten, wie sie die erzeugten, verglüht.

Dann ging alles ganz schnell. Wir flogen ungehindert im ›Windschatten‹ des Riesen vor uns durch das Wurmloch. Keiner an Bord der ORION sagte etwas. Die Mannschaft und ich rechneten jeden Moment damit, von einem Prallfeld zurückgeschleudert oder von den Waffen der Fremden in die Elementarteilchen zerlegt zu werden. Nichts dergleichen passierte.

Teilweise verdeckt durch den vor uns fliegenden Trichter bekamen wir mehr und mehr von dem seltsamen Himmelskörper zu sehen. Die gesamte Oberfläche war von schroffen, hohen Gebirgen übersät, zwischen denen schwach beleuchtete, zwanzig bis dreißig Kilometer durchmessende Löcher unbestimmbar tief in die Planetenkruste drangen. Die graubraune Landschaft, ohne Spuren von Leben geschweige denn Zivilisation, wirkte äußerst bizarr.

Die Abstände zwischen den Löchern betrugen fünfzig bis einhundert Kilometer und sie schienen überall auf der zerklüfteten Planetenoberfläche vorhanden zu sein.

»Hat jemand schon mal etwas Derartiges gesehen oder davon gehört?«, fragte ich meine Mitstreiter. Als ich keine Antwort erhielt, konzentrierte ich mich weiter auf die optischen Eindrücke.

Langsam senkte sich das unmittelbar vor uns fliegende Schiff hinab auf die Planetenoberfläche – wir ›klebten‹ hintendran. Es steuerte auf eines der unzähligen riesigen Löcher zu. Je näher wir kamen, umso deutlicher erkannten wir das immer stärker werdende Leuchten aus der Öffnung in der Planetenkruste. Wir sanken an schroffen Bergspitzen vorbei in das Innere des Planeten!

Nach nur zwei Kilometern Sinkflug durch die an uns vorbeigleitenden Gesteinsschichten bot sich mir ein Anblick, den ich wohl niemals in meinem Leben vergessen würde. Das Planeteninnere war ein mächtiger Hohlraum, mit einem verwirrenden Gespinst aus Gesteinssäulen und Plattformen. Die gesamte Szenerie war in ein dämmriges rötlich-gelbes Licht getaucht. Entlang der unbearbeiteten Gesteinssäulen, die in diesem Licht ausnahmslos hellbraun wirkten, wanden sich schwarze Schläuche, an denen sporadisch weiße Gebilde hingen, welche an Eier erinnerten; deren Längsachse durchmaß in etwa zwei Meter.

»Schauen Sie einmal dort!« Professor Blombeck, unser Biologe, deutete auf eine Stelle des Rundumbildschirms.

Eine schwarze Gestalt mit zwei Armen und zwei Beinen, aber doch unendlich fremdartig, flog auf eines der Eier zu. Das Wesen war sicherlich sechs Meter groß. Ich schaltete auf Vergrößerung. Der Kopf schien aus einer Vielzahl von Dreiecken gebildet worden zu sein. An einer spitz zulaufenden Schnauze stachen vier säbelförmige Auswüchse heraus, wahrscheinlich Werkzeuge zur Nahrungsaufnahme. Dreieckförmige Ausstülpungen ragten aus dem schwarzen Schädel, der auf der Vorderseite von zwei hässlichen roten Augen ›geziert‹ wurde. Auf sensible Menschen wirkte das Wesen bestimmt, als käme es direkt aus der Hölle, zum Glück waren wir härter im Nehmen.

Mit seinen selbst für den großen Körper überdimensioniert

wirkenden Klauen packte es das weiße Ei und riss es von dem schwarzen Schlauch los. Ein mächtiger Buckel auf seinem Rücken erweckte bei mir den Eindruck, der Rotäugige würde sich geduckt fortbewegen. Mit dem Ei zwischen den Klauen flog er auf eine der kilometerdicken Plattformen zu, die im Gespinst der Säulen hingen. Jetzt erst fiel mir auf, dass die Wand der Plattform glatt war. In regelmäßigen Abständen befanden sich viele tausend Rechtecke aus einem glasähnlichen Material darin — wahrscheinlich handelte es sich um Fenster.

Das bizarre Buckelwesen schwebte weiter auf die offensichtlich bearbeitete Wand der Plattform zu. Wie von Geisterhand entstand eine Öffnung. Der Bucklige schwebte mit dem Ei hinein und die Öffnung verschloss sich sofort wieder.

Immer tiefer sanken wir zusammen mit dem vor uns fliegenden Giganten in den Planeten hinein. Mehrfach änderte das Tropfenschiff den Kurs, um nicht mit einer der unbearbeiteten Säulen oder den unverkennbar von Intelligenzen geformten Plattformen zu kollidieren. Dann geriet eine Plattform in unser Blickfeld, deren Oberfläche nicht leer, sondern mit schwarzbraunen rechteckigen Flecken bedeckt war. Als wir näher kamen, erkannte ich, dass die Rechtecke aus Tausenden von zweibeinigen Gestalten bestanden. Diese Wesen sahen aus wie eine verkleinerte Version des buckligen ›Eierdiebs‹. Sie waren etwa zwei Meter groß und hielten in ihren rechten Klauen einen senkrecht aufgestellten stabförmigen Gegenstand, der entfernt an ein Magnetfeldgewehr erinnerte und vom Boden bis kurz über die Köpfe der Schwarzbraunen hinausragte.

Durch das Gespinst der Steinsäulen näherten sich drei riesige, ebenfalls schwarzbraune Flugkörper, die – wie das vor uns fliegende Tropfenschiff – mit unzähligen Wülsten gespickt waren. Sie hatten jedoch eine zylindrische Form mit abgerundeten Enden und waren mindestens sechshundert Meter lang und dreihundert Meter durchmessend.

Die gigantischen Zylinder dockten an der Plattform an. Ich

konnte deutlich sehen, wie sich in ihrer Seite ein wulstiger Riss bildete, der sich wie ein gefräßiges Maul öffnete. Die aus Tausenden von fremdartigen Soldaten bestehenden Rechtecke marschierten im Gleichschritt auf die Giganten zu und verschwanden in deren Inneren.

Wir sanken tiefer und die Verladeaktion entschwand unserem Blickfeld. Die an den um die Säulen gewundenen, schwarzen Schläuchen hängenden Eier wurden ab einer Tiefe von rund fünfhundert Kilometern merklich größer. Ihre Längsachse betrug nun in etwa sechs Meter. Allerdings kamen sie immer seltener vor. Auch die Glasflächen an den Plattformen waren hier erheblich größer. Die Zwei-Meter-Eier entdeckten wir überhaupt nicht mehr.

Jeweils im Abstand von mehreren hundert Kilometern, die wir weiter in den Planeten vordrangen, änderte sich die Eigröße. Die Dicke der Schläuche nahm ebenfalls proportional zu. Wir durchquerten eine Schicht mit Zehn-Meter-Eiern, Hunderte Kilometer tiefer wuchs die Längsachse auf dreißig Meter, dann auf fünfzig, auf einhundertzwanzig und schließlich auf etwas mehr als dreihundert Meter.

Die Kette der fünf Tropfenschiffe senkte sich auf eine der unzähligen Plattformen hinab, in deren Zentrum zwei Steinsäulen schräg emporragten und sich im Gespinst der anderen verloren. Am Fuße der Säulen war eine kreisrunde Öffnung zu sehen, die seltsam deplatziert wirkte. Aus ihr drang helles Tageslicht, das einen merkwürdigen Kontrast zu dem gelb-roten Dämmerlicht im Innern dieses Planeten bildete. Nachdem das erste der Schiffe die Plattform erreicht hatte, setzte es kurz auf und erhob sich wenige Sekunden später wieder. Zurück blieb eine fast zwei Meter hohe Gestalt, die einem Menschen in einem grauen Raumanzug ähnelte. Die schwarzen Stiefel und Handschuhe des Raumfahrers ließen den Fremden wie einen Agenten Thules aussehen.

»Meinen Respekt, Präsident!«, bemerkte Silberheim voller

Zynismus. »Es war mir bislang nicht bekannt, dass wir sogar Agenten in der Nähe des galaktischen Zentrums haben.«

Ich überging die Bemerkung und beobachtete, wie der Graugekleidete in die helle Öffnung vor den Säulen trat und einfach verschwand.

»Es scheint sich da wohl erneut um ein Wurmloch ohne Projektoren zu handeln«, stellte der Physiker diesmal ohne Zynismus fest.

Das zweite Tropfenschiff setzte auf und hinterließ erneut einen Astronauten, der wie ein Thule-Offizier in einem Raumanzug aussah.

»Wenn ich einen Vorschlag machen darf ...« Friedrichs hatte sich zu Wort gemeldet. Ich nickte kurz. »Zusammen mit vier meiner Männer könnte ich die Fremden im Schutz unserer Tarnanzüge durch das Wurmloch verfolgen. Nachdem wir ermittelt haben, was hier gespielt wird, kommen wir wieder zurück, spätestens jedoch in zwei Stunden.«

»Zu gefährlich«, wiegelte ich ab. »Wir wissen nicht, ob wir plötzlich fliehen müssen. In diesem Fall müssten wir Sie zurücklassen, wodurch Ihnen auf Dauer nichts anderes übrig bliebe, als sich den Fremden zu ergeben. Damit hätten wir dann das genaue Gegenteil erreicht: Die Capellaner würden mehr über uns erfahren als wir über sie.«

»Ohne entsprechende Risiken einzugehen, werden wir hier nicht weiterkommen«, begehrte Friedrichs auf.

»Natürlich müssen wir Risiken eingehen. Sonst wären wir wohl kaum im Innern dieses Planeten. Es gilt jedoch, die Risiken abzuwägen. Gelingt Ihr vorgeschlagenes Unternehmen, gelangen wir wahrscheinlich in den Besitz wertvoller Informationen. Geht es aber schief, machen wir unseren Gegner stark. Und die Wahrscheinlichkeit, dass es schiefgeht, ist nun mal höher ...«

»Aber ...«, versuchte Friedrichs einen letzten Anlauf. Mein abweisender Blick demonstrierte ihm eindeutig, dass ich nicht beabsichtigte, diese Diskussion weiterzuführen.

Die Schiffe, die ihre Grauuniformierten bereits abgesetzt hatten, näherten sich einer Steinsäule, um die ein rund zehn Meter durchmessender schwarzer Schlauch gewickelt war. Wenige Meter unterhalb der schwarzblauen, dreißig Meter durchmessenden Kuppeln des ersten Schiffes entstand ein Spalt, der sich schnell verbreiterte. Vier sichelförmige Auswüchse schossen aus dem Spalt im Schiff hervor und bohrten sich in den Schlauch. Danach stülpten sich schwarzbraune Hauben über die dunkelblauen Kuppeln in der Front und um die kleineren an der Seite.

»Sieht aus, als würde es die Augen schließen«, kommentierte Nalia, die bisher verdächtig still gewesen war. Ich musste zugeben, dass diese Assoziation durchaus naheliegend war.

»Wie kommst du darauf?« Ich wollte wissen, ob sie weitere Anhaltspunkte für ihre Bemerkung hatte, außer ihrem ein wenig irrationalen Vergleich von einem äußerst fremdartigen Raumschiff mit irdischem Leben. Ihre Antwort übertraf meine Erwartungen bei Weitem. Die habilitierte Geschichtswissenschaftlerin verzog ihre Lippen zu einem offenen Lächeln, wodurch ihr leicht schiefer Schneidezahn zum Vorschein kam, den sie sich standhaft weigerte, richten zu lassen.

»Ich denke, wir haben die Yx gefunden«, bemerkte die zwar nicht im klassischen Sinn schöne, aber doch mit einer gewissen Ausstrahlung versehene Historikerin. Weiterhin lächelnd wartete sie meine Reaktion ab.

»Noch einmal: Wie kommst du darauf?«, forderte ich sie ein wenig härter als beabsichtigt auf, ihre These zu begründen.

»Nun, die Informationen, die wir aus den Datenspeichern des Ersten Imperiums retten konnten, besagen, dass es sich bei den Yx um ein Insektenvolk handelt. Das Wesen, das das Ei in die Plattform schaffte, die zwei Meter hohen Soldaten, die weiter oben verladen wurden, die *Schiffe,* in die sie verladen wurden, die überall vorkommenden Eier und selbst die tropfenförmigen Dinger vor uns erinnern eher an organische Lebewesen als an technische Erzeugnisse.

Des Weiteren berichten die alten Aufzeichnungen, dass die Yx über eine Waffe verfügten, die die alt-aldebaranischen Raumschiffe einfach explodieren ließ. Dies passt sehr gut zu den Explosionen um uns herum, die aus dem Nichts entstanden und uns nur deshalb nicht vernichteten, weil die Yx nicht genau wussten, wo wir waren.

Schließlich ist in den Daten der Alt-Aldebaraner von einem kurzen Krieg der Capellaner und Regulaner gegen das Imperium die Rede, den die Auswanderer jedoch mit Pauken und Trompeten verloren haben. Könnte es nicht sein, dass sie auf eine noch zu klärende Weise in den Yx verlässliche Bundesgenossen fanden und mit ihnen später einen zweiten, erheblich erfolgreicheren Versuch starteten, das Erste Imperium auszuschalten?«

»Und warum sind die Capellaner mit ihren unbesiegbaren Yx einfach nach dem gewonnenen Krieg von der Bildfläche verschwunden?«, hakte Alibor zweifelnd nach.

»Ich behaupte nicht, eine Antwort auf alle Fragen zu haben – ich vermute lediglich, dass die schwarzbraunen Wesen, von den Soldaten auf der Plattform bis hin zu den Schiffen, Yx sind, und zwar von der gleichen Sorte wie die, die das Erste Imperium unter dem Befehl der Capellaner und/oder Regulaner in Schutt und Asche gelegt haben. Die Frage, wie sich die Auswanderer der Yx bemächtigten und warum sie sich nach ihrem Sieg über das Imperium zurückzogen, muss eben noch geklärt werden!« Den letzten Satz trug Nalia mit einem gewissen Trotz vor.

Das Schiff vor uns dockte nun ebenfalls an den schwarzen Schlauch an. Bisher hatten wir den Absetzvorgang des Raumfahrers und den anschließenden Flug zur Säule im ›Windschatten‹ des Riesen mitgemacht. Nun warteten wir noch einige Sekunden ab, bis die trichterförmige Ausstülpung am Heck eingeklappt wurde, wobei sich gleichzeitig die schwarzbraunen Hauben über den dunkelblauen Kuppeln, die Nalia für Augen hielt, schlossen. Langsam lösten wir uns vom Heck des Giganten. (Insgeheim – ich wollte niemanden mit meinen Befürchtungen beunruhigen – erwartete ich jeden Moment eine Reaktion der seltsamen Schiffe, aber nichts geschah.) Auf meinen Gedankenbefehl hin fiel die ORION tiefer in den Planeten hinein …

Wir entdeckten zwei weitere Tropfenschiffe, die mit verschlossenen Lidern ihre sichelförmigen Auswüchse in einen schwarzen Schlauch geschlagen hatten. Zusätzlich stießen wir auf unserem Weg auf vierunddreißig der über dreihundert Meter durchmessenden Eier, die ebenfalls an den schwarzen Schläuchen klebten.

Wir näherten uns bereits dem Zentrum dieser bizarren Welt, als wir plötzlich Eier entdeckten, die gut und gern einen Kilometer durchmaßen.

»Ich bin davon überzeugt, dass aus den Dreihundert-Meter-Eiern Tropfenschiffe schlüpfen werden«, versuchte Nalia ihre Theorie, die für mich immer mehr an Plausibilität gewann, zu unterfüttern. »Und was aus den Rieseneiern hier unten schlüpft, wollen wir womöglich gar nicht wissen.« Ihre Worte lösten bei Major Friedrichs ein trockenes Lachen aus.

Die ORION sank weiter durch die skurrile Landschaft aus Säulen, vereinzelten Plattformen und noch selteneren Eiern, die hier unten an fünfzig Meter durchmessenden Schläuchen hingen. Die Gravitation des Planeten fiel in der Nähe seines Zentrums auf fast Null ab. Davon merkten wir jedoch nichts, denn die auf rotierenden Supraleitern basierenden Gravitationsquellen des Schiffes hielten die Schwerkraft im Innern auf konstant einem g.

Zwischen dem Säulengespinst hindurch sahen wir unter uns eine schwarzbraune Fläche, die immer deutlicher wurde, je näher wir dem Zentrum kamen. Plötzlich tat sich ein riesiger Hohlraum auf, der vollkommen frei von Gestein war. Er durchmaß sicherlich einhundert Kilometer und in seiner Mitte befand sich ein dreißig Kilometer durchmessendes schwarzbraunes Gebilde, das an eine überdimensionale Walnuss erinnerte. Von da aus reichten Hunderte von Schläuchen zum Hohlraumrand, die sich um die dort beginnenden Säulenstrukturen wickelten.

Als die ORION in den Hohlraum hineinsank – es herrschte vollkommene Schwerelosigkeit, dies war offensichtlich der Mittelpunkt des Planeten –, erkannte ich zwei Dinge fast gleichzeitig: Erstens pulsierte die ›Riesenwalnuss‹ leicht und zweitens schwebte ein dreihundert Meter breites Wurmloch einen Kilometer vor dem monströsen Gebilde. Plötzlich bildete sich eine gelbliche Blase auf der runden Fläche des Wurmlochs. Wie eine Seifenblase wurde sie davon ausgestoßen und glitt als wabernde tropfenähnliche Masse auf das schwarzbraune Ding zu. In der Naht, die die beiden ›Walnusshälften‹ teilte, entstand eine dunkle Öffnung. Der dreihundert Meter durchmessende, sich ständig verformende Riesentropfen gelblichen Schleims verschwand in der Öffnung, die sich danach auch gleich wieder verschloss.

»Es wird gefüttert!«, rief Nalia geradezu verzückt.

Bevor ich etwas darauf entgegnen konnte, meldete der Bordrechner zu meinem Erstaunen einen eingehenden Anruf – in dieser surrealen Situation hätte mich nichts mehr verwundern können als das. Ich nahm die Verbindung per Gedankenbefehl an und schaltete das Gespräch auf Lautsprecher. Zuerst vernahmen wir nur ein sinnverwirrendes Pfeifen und Zwitschern. Wenige Sekunden später gab der Bordrechner mit metallisch klingender Stimme bekannt: »Die Königin hat uns eine digitale Codierung ihres Alphabets und ein paar aussagekräftige Texte geschickt, auf deren Basis ich problemlos das Vokabular und die Grammatik ihrer Sprache analysieren konnte.«

»Wer seid ihr?«, kam es kurz darauf verständlich aus den Lautsprechern.

»Wir kommen von weit her und suchen nach einem starken Verbündeten gegen einen grausamen Feind. Wer sind Sie?«

»Ich bin die Königin und Mutter aller Yx, die in Glutomax geboren wurden.«

Glutomax war offenbar der Name, den die Yx dieser Hohlwelt gegeben hatten. Ich ließ mir dies nicht von der Königin bestätigen, denn dumme Fragen verbesserten nicht unbedingt die Verhandlungsposition.

»Wie seht ihr aus?«, wollte die Mutter der Yx wissen.

»Wie die Wesen, die von den tropfenförmigen Yx auf einer Plattform im Innern von Glutomax abgesetzt werden.«

»Ihr meint die Cassadaren«, klärte uns die Königin auf. »Wenn ihr tatsächlich so ausseht wie die Krieger des Großen Retters, so kenne ich euch.«

Hoffnung stieg in mir auf. Vielleicht würden uns die Yx nun nicht mehr als Feinde sehen. Diese Hoffnung fiel jedoch zusammen wie ein Kartenhaus, als die Mutter der Yx fortfuhr:

»Der Große Retter hat mir erzählt, dass ihr einst kommen würdet. Wahrscheinlich um mich zu prüfen, erwähnte er nicht, dass ihr befähigt seid, gleich bis zu mir vorzudringen. Ihr seid diejenigen, die den Großen Retter und seine Krieger verraten und aus seiner Heimat vertrieben haben. Nun seid ihr hier, um auch uns zu vernichten.«

Die letzten Worte wurden von ein paar hundert schwarzen Punkten begleitet, die aus den Öffnungen der Hohlraumdecke strömten. Ich schaltete auf Vergrößerung. Die angreifenden Wesen hatten die Grundform eines gleichseitigen Dreiecks mit fünfzig Metern Seitenlänge und waren wie alle bisher beobachteten Yx von einer braunschwarzen Grundfarbe. An der Spitze der Dreiecke saßen kugelförmige Köpfe mit blauschwarzen Kuppeln, die wie bei den Cassadaren höchstwahrscheinlich Augen waren. In der Mitte der Kugelköpfe befand sich eine ovale Öffnung, aus der vier sichelförmige Beißwerkzeuge ragten.

Ich manövrierte die ORION wenige Meter an die Oberfläche der ›Walnuss‹ beziehungsweise der Mutter heran. Falls uns die Yx beschossen, sollte dies nicht ohne Schaden für die Königin möglich sein. Unser Spezialraumschiff ließ ich dabei langsam um die vertikale Achse rotieren.

»Wir sind keine Feinde – im Gegenteil, wir suchen Hilfe«, versuchte ich, die Königin umzustimmen.

»Ja, der Große Retter hat mir von eurer Verschlagenheit berichtet. Mir bleibt nichts anderes übrig, als euch zu vernichten, selbst wenn ich selbst Schaden dabei nehme – es sei denn, ihr ergebt euch. In diesem Fall übergebe ich euch an die Schöpfer.«

»Wer sind die Schöpfer?«, fragte ich erstaunt.

»Diejenigen, die mich geschaffen haben und dem Großen Retter dienen. Ihr könnt mir glauben, ich werde euch unverletzt an die Schöpfer übergeben, wenn ihr euer Schiff verlasst.«

»Wozu? Nur damit wir ein paar Stunden länger leben, bis die Schöpfer uns verhört haben?«, forderte ich die Mutter heraus.

»Existenz ist in meinem Wertesystem etwas Gutes – ich vermute in euerem auch. Also seid dankbar für diese Stunden zusätzlicher Existenz.«

Der Bordrechner informierte mich über die Ankündigung der Königin, Bildmaterial an uns zu übertragen. Ich akzeptierte. In einem Ausschnitt des Rundumbildschirms erschien eine mir wohlbekannte Gestalt. Die vormals schütteren Haare wirkten allerdings deutlich voller.

»Pentar!«, rief ich überrascht aus. »Was machen Sie denn hier?«

»Ich befinde mich im Heimatsystem der Onstrakar, einem Methan atmenden Volk, das hier in Zentrumsnähe ein riesiges Reich errichtet hat. Mit nur zwölf Cassadaren habe ich dieses stolze Volk in die Knie gezwungen, indem ich in wenigen Sekunden die Hälfte ihrer Flotte vernichtete. Vor einer Stunde erhielt ich die bedingungslose Kapitulation der Methanatmer. Meine Landungstruppen sind gerade dabei, deren Heimatwelt Onstrak zu sichern. Wie Sie sehen, geht es mir recht gut. Und? Dürfte ich mich nach Ihrem werten Befinden erkundigen, mein lieber Elnan?«

Den Tonfall der letzten Worte Pentars konnte man nur mit dem Klang arroganten Spottes bezeichnen. Natürlich kannte mich der ehemalige Thule-Präsident noch recht gut, schließlich hatte ich vor einhundertvierundvierzig Jahren an einigen seiner Besprechungen auf Tangalon teilgenommen.

»Sie sind also der Große Retter«, gab ich mit nicht minderem Spott in der Stimme zurück. »Wie auch immer Sie die Herrschaft über die Yx erlangt haben – warum nutzen Sie Ihre ungeheuren Machtmittel nicht, um unserer bedrängten Spezies gegen die Mohak beizustehen?«

»Weil unser Volk aus autoritätsgläubigem Pack besteht, das sich von einem Emporkömmling namens Sargon auf der Nase herumtanzen lässt. Ich mache Ihnen ein Angebot: Schließen Sie sich mit Ihrer Mannschaft mir an und Sie werden zu den Herrschern über die Galaxis gehören. Fliegen Sie zurück nach Aldebaran und berichten Sie dem Volk, dass der Orden und der ihm vorstehende Möchtegernimperator nichts als ein antiquiertes System zur Unterdrückung repräsentieren. Wenn sich das aldebaranische Volk von dieser Scheinaristokratie lossagt, werden meine Flotten die Mohak aus dem Universum fegen und die Ordnung im Imperium wiederherstellen.«

Ich glaubte Pentar, dass er die Onstrakar besiegt hatte. Ich glaubte ihm jedoch nicht, dass er bereits stark genug war, die Mohak oder das Imperium zu unterwerfen, denn wäre er es gewesen, hätte er es längst getan. Die zahlreichen Eier im Innern von Glutomax deuteten jedoch darauf hin, dass er in absehbarer Zeit über die nötige Stärke verfügen würde. Bedachte man nun, dass Glutomax nur einer von sieben dieser leichten Planeten war …

»Einer neuen Weltordnung, der natürlich Sie vorstehen werden, nicht wahr?«, bemerkte ich.

»Selbstverständlich!«, antwortete Pentar mit fast entwaffnender Selbstsicherheit. »Ich habe diese Machtfülle erhalten, weil ich ihrer würdig bin. Also habe ich das Recht zu herrschen, nicht nur über Aldebaran, sondern über die gesamte Galaxis. Ich werde den Völkern dieser Sterneninsel den Frieden bringen und sie unter meinem Banner vereinen, um sie in eine großartige Zukunft zu führen. Frei gewählte Regierungen werden über die einzelnen Planeten herrschen. Diese Regierungen werden nur dem Volke und mir Rechenschaft schuldig sein, wobei meine Funktion eher eine Kontrollfunktion sein wird, damit keines der galaktischen Völker imperiale Gelüste hegt.«

Der Vortrag Pentars erinnerte mich verdächtig an die demokratischen Regierungen auf Terra. Regierungen, die statt der Interessen der Bevölkerung nur ihr eigenes Wohl im Auge hatten und sich den Strippenziehern im Hintergrund anbiederten, während die Volksmasse, das sogenannte Wahlvieh, durch die Medien gezielt in Blödheit gehalten wurde. Der Imperator und sein Orden waren über jeden Verdacht in dieser Richtung erhaben. Sie hatten mehrfach bewiesen, dass sie bereit waren, ihr Leben für das Imperium hinzugeben.

Ich schaute mich um und betrachtete nachdenklich die Besatzung der ORION-Zentrale, die nicht vom Aufnahmebereich der Kamera erfasst wurde. Die Professoren Silberheim, Bendalur und Blombeck schüttelten mit den Köpfen. Friedrichs Elitesoldaten saßen mit versteinerten Gesichtern da. Sie sahen mich an, als ob sie mich auf der Stelle erschießen würden, falls ich einen Pakt mit Pentar einging. Friedrichs selbst führte mit dem linken Arm eine Handbewegung aus, als ob er eine altmodische Pumpgun laden würde. Er zielte mit der imaginären Waffe auf Pentars Abbild und drückte ab. Alibor und Nalia schauten gelangweilt in unterschiedliche Richtungen. Die beiden kannten mich gut genug, um meine Entscheidung mit Sicherheit voraussagen zu können.

»Nehmen wir einmal für einen Moment an, wir würden uns dagegen entscheiden, uns Ihnen anzuschließen, Pentar. Was wären die Konsequenzen?«, nahm ich das Gespräch wieder auf.

»Ich müsste Sie als Feinde der Freiheit und des Friedens der Galaxis betrachten.«

Meine Konzentration galt dem, was ich nun tun musste – zu tun gezwungen war, wollte ich mit meinen Männern hier jemals wieder heil herauskommen. Nach außen hin setzte ich ein möglichst unverschämtes Grinsen auf, genau in dem Moment, als die Spitze der ORION auf die Königin zeigte.

»Sieg und Ehre dem Imperator«, ließ ich wie selbstverständlich verlauten. Gleichzeitig jagte ich zwei Zwanzigzentimeter-granaten aus den starr in den Bug unseres Schiffs integrierten Geschützen, mitten hinein in den riesigen Leib der Königin. Jede der Granaten hatte eine Sprengkraft von zehn Megatonnen. Die Detonationsverzögerung hatte ich auf eine Sekunde nach dem Aufprall bei einer Mündungsgeschwindigkeit von nur fünfzehn Kilometern pro Sekunde eingestellt.

Den Bruchteil einer Sekunde später zeigte die um die vertikale Achse rotierende Spitze der ORION auf das Fress-Wurmloch. Ich gab vollen Schub. Mit zwölftausend g schoss unser Spezialschiff in die dreihundert Meter breite Öffnung.

Hinter uns ging die Welt unter …

Ungebändigte Glut schoss uns nach in die künstliche Verzerrung der Raumzeit. Mit eingeschalteten Reflektorfeldern rasten wir aus dem anderen Ende heraus und dann durch eine riesige Halle, von der ich wegen der hohen Geschwindigkeit nicht viel erkennen konnte. Anschließend durchbrachen wir die Hallenwand wie eine überdimensionale Kanonenkugel. Die Reflektoren kostete dies nur ein müdes Lächeln. Nicht einmal drei Prozent Belastung zeigten die Kontrollen an.

Unter uns breitete sich eine Landschaft mit hohen Fabrikbauten zwischen ausgedehnten Flächen aus, die mit knallroten Gräsern bewachsen waren. Sechsbeinige Tiere, in etwa so groß wie Elefanten, wurden durch unser geräuschvolles Ausbrechen aus der Halle aufgeschreckt und stoben in alle Richtungen auseinander.

Ich steuerte die ORION auf ein fernes Gebirge zu, in der Hoffnung, dort zusätzlich zu unserer unzureichenden Tarnung ein uneinsichtiges Versteck zu finden. An eine wirkliche Flucht dachte ich keinen Augenblick. Wir würden bleiben, schließlich wollten wir noch mehr über Pentars Pläne, seine tatsächliche Stärke und die geheimnisvollen Schöpfer herausfinden.

Ende Bericht Elnan

Kapitel 5: Die Schlacht um Solomack

Als sich die Vril Major Sondtheims der Ischtar-Festung XLVIII näherte, sandte er den mit dem solaren Oberkommando vereinbarten Code aus. Schon wenige Sekunden später kam eine Verbindungsanfrage herein. Der Major gab den Gedankenbefehl zur Annahme des Gesprächs. Direkt vor ihm entstand auf einem Ausschnitt des Rundumbildschirms das grobschlächtige, von einem schwarzen Helm eingerahmte Gesicht eines Mannes mit dunkelgrünen Augen.

Der Aldebaraner lächelte freundlich. »Willkommen im Imperium, Kamerad. Wir haben Sie schon erwartet. Der Imperator selbst hat uns Ihren Code genannt, der Sie zum Einflug berechtigt. Ich übersende Ihnen die Navigationsdaten für Ihren Bordrechner, die es Ihnen erleichtern werden, den imperialen Palast auf Sumeran auf Anhieb zu finden.« Die letzten Worte seiner kurzen Begrüßung begleitete der Aldebaraner mit einem breiten Grinsen.

Na, der Besuch Unaldors beim Imperator scheint ja ein voller Erfolg gewesen zu sein, andernfalls würden die mich nicht einfach einfliegen lassen, kombinierte Sondtheim. Auch die Bezeichnung »Kamerad« durch den Aldebaraner wies auf eine erfolgreiche Mission des Prokonsuls hin, da Soldaten diese Anrede nur unter ihresgleichen verwendeten.

»Danke für die nette Begrüßung und die Daten, Kamerad«, gab er ebenso freundlich zurück. Die Daten waren tatsächlich hilfreich. Er würde sich im Aldebaran-System nicht orientieren müssen, um das nach Sumeran führende PÜRaZeT und später den imperialen Palast zu finden.

Wolfgang beendete die Verbindung und lächelte seinen vier Männern in der Zentrale der Vril zu. »Die Aufklärungsmission verlief reibungslos, ebenso der Einflug ins Imperium. Na, was soll jetzt noch schiefgehen?«

»Ach, so gut wie nichts«, entgegnete Frank Green schneidend. »Außer vielleicht die Kleinigkeit, dass die Kontrubana praktisch fertiggestellt ist und wir ihren Einsatz möglicherweise nicht mehr verhindern können.«

Das Lächeln verschwand sofort wieder aus dem Gesicht des Majors. Anstelle einer Erwiderung wandte er Green sein Profil zu, wodurch seine überdimensionierte Hakennase wieder mal voll zur Geltung kam. Er betrachtete den Rundumbildschirm mit der vom Bordrechner eingeblendeten goldenen Linie des kosmischen Strings, warf einen letzten Blick auf die gigantische Ischtar-Festung, die langsam an der kleinen Vril vorbeizog, und gab den Gedankenbefehl an die Triebwerke, voll zu beschleunigen.

Zügig kamen die Sternenkonstellationen wieder in Bewegung. Bereits nach wenigen Minuten nahm Sondtheim eine Abzweigung an einem der innerhalb des Imperiums gelegenen und daher nicht durch eine Festung gesicherten Stringknoten. Eine weitere Viertelstunde später verließ die Vril den Raumzeitbereich des Strings, um in der Nähe des zum Aldebaran-System gehörenden PÜRaZeT in die flache Raumzeit einzutauchen.

Erneut meldete der Bordrechner eine eingehende Verbindungsanfrage. Der Major nahm an.

Der Bildschirmausschnitt zeigte den Oberkörper eines Mannes mit extrem kurz rasierten hellblonden Haaren, die seinen Schädel nur notdürftig bedeckten. Er salutierte vorschriftsmäßig. »Hauptmann Lindor! Zerstörerkommandant. Ich habe den Befehl, Sie zum imperialen Palast zu geleiten.«

Sondtheim gab den Gruß zurück, während sich auf dem Rundumschirm die ovale Silhouette eines näher kommenden Zerstörers aus dem Hintergrund der Sterne schälte.

»Na, dann wollen wir mal. Sie fliegen vor?«

»Richtig! Folgen Sie mir einfach«, gab der fast Kahlrasierte zurück.

Der Zerstörer steuerte auf genau das PÜRaZeT zu, das auch in den Daten enthalten war, die das kleine terranische Raumschiff von der Ischtar-Festung erhalten hatte. Durch das gleichseitige durch die Gravitationsprojektoren gebildete Sechseck war die Krümmung des Horizonts eines blauen Planeten zu sehen. Als die Vril hinter dem Zerstörer das PÜRaZeT durchflog, wurde der Planetenausschnitt zu einer den Bildschirm zu zwei Dritteln dominierenden gekrümmten Fläche. Darüber hingen mehrere Superschlachtschiffe in der Schwärze des Raums, die kleineren Versionen der Sumeran-Klasse, etliche Schlachtkreuzer, Kreuzer und Hunderte Zerstörer.

»Ein beeindruckender Truppenaufmarsch«, kommentierte Willi Schulz. »Sieht nach einer größeren Operation der aldebaranischen Flotte aus.«

»Und dreimal darfst du raten, was das für eine Operation werden soll«, entgegnete Holger Schmidt. »Sicherlich hat Unaldor mit unseren Daten über die Kontrubana das aldebaranische Oberkommando ordentlich aufgescheucht.«

Frank Green kicherte vergnügt. Er verfügte über eine lebhafte Fantasie und stellte sich gerade die aufgescheuchten aldebaranischen Marschälle vor. Der kühle Schwede Lars Jörgensen schüttelte nur verständnislos den Kopf, ihm war nicht nach Scherzen zumute.

In fünfhundert Kilometern Höhe ging es weiter über die Oberfläche der imperialen Zentralwelt. Von der außergewöhnlichen Schönheit Sumerans war aus dieser Perspektive nicht viel zu sehen. Der Planet wirkte wie ein Zwillingsbruder Terras.

Sondtheim verglich den Kurs des vor ihnen fliegenden Zerstörers mit den Daten der Ischtar-Festung. »Gleich geht er runter«, ›prophezeite‹ er. Der Major setzte ein selbstzufriedenes Grinsen auf, als das achtzig Meter lange Kriegsschiff tatsächlich an Höhe verlor und sich anschickte, in die Atmosphäre einzutauchen. Es hatte die Geschwindigkeit auf viertausend Kilometer pro Stunde reduziert, was den oberen Luftschichten noch nicht einmal ein müdes Aufglühen abrang. Die Vril folgte in gleichbleibendem Abstand.

Wolkenkratzer in neoklassichem und barock-ähnlichem Stil wurden sichtbar.

»Dragor – die Hauptstadt Sumerans«, murmelte Green mehr zu sich selbst.

In ihrer Mitte ragte ein riesiges, aus vier Nebentürmen und einem Hauptturm bestehendes violett schimmerndes Gebäude empor. Reich an Verzierungen, Erkern und Vorsprüngen wirkte es wie eine gigantische Bildhauerei aus violettem Eis. Auf der Plattform des Hauptturms erhob sich in deren Mitte eine goldene Kuppel, umgeben von farbenprächtigen Gärten.

»Die Kuppel der Imperatoren«, dokumentierte Schulz seine Allgemeinbildung. Wie die anderen Männer auch, sah er das imperiale Regierungsgebäude nun zum ersten Mal mit eigenen Augen, sofern man bei einer Betrachtung über den Rundumschirm davon sprechen konnte. Aldebaranische Philosophen hätten diese Frage mit einem klaren »Ja« beantwortet.

»Raumüberwachung Dragor«, kam es aus den Lautsprechern. »Wir senden Ihnen die Koordinaten für Ihren Landeplatz.«

Den Bruchteil einer Sekunde später blinkte ein roter Punkt auf einer freien Fläche zwischen den rund um die goldene Kuppel angelegten Gärten. Der Punkt war aus den Daten der Raumüberwachung vom Bordrechner ermittelt und auf das optische Bild des Rundumschirms gelegt worden. Sondtheim steuerte die Flugscheibe genau darauf zu. Hauptmann Lindor meldete sich noch einmal und verabschiedete sich von den neuen Kameraden, die zu diesem Zeitpunkt noch nicht wussten, dass sie bereits zu den imperialen Streitkräften gehörten.

Sanft setzte die Vril auf einer mit violettem Kies belegten Fläche auf. Der Major verließ die Vril als Erster. Auf dem Platz warteten elf Soldaten der imperialen Leibgarde. Sie trugen an den Krägen ihrer schwarzen Uniformen die gleichen beiden aldebaranischen Buchstaben wie die Männer Sondtheims, die das Wort für ›Leibgarde‹ abkürzten.

Ein mit einem Meter und siebzig außergewöhnlich kleiner Soldat, der sich als Major Hankur vorstellte, salutierte zackig. »Willkommen in der Planungszentrale für die irrsinnigsten militärischen Operationen des Universums!« Ein verschmitztes Grinsen lag auf dem Gesicht des kleinen Mannes. Sondtheim und seine Männer grüßten verblüfft zurück. Bevor der Terraner etwas sagen konnte, wies der Aldebaraner mit der Rechten die einzuschlagende Richtung und legte Wolfgang die Linke auf die Schulter.

»Kommen Sie, Kamerad, kommen Sie«, animierte er den gebürtigen Deutschen. »Sind Sie so gut, wie Ihre schicken Uniformen vermuten lassen?« Natürlich unterschied sich Wolfgangs »schicke Uniform« in nichts von der des gleichrangigen Aldebaraners.

»Besser!«, ging Sondtheim lakonisch auf den lockeren Umgangston Hankurs ein.

Letzterer lachte trocken auf und bemerkte: »Habe schon von Ihren Heldentaten auf Dornack gehört. Sie haben Oberst Arlor und zwei seiner Männer aus den Klauen der Kröten befreit und so ganz nebenbei einen mohakschen Brutstock in eine mohaksche Müllhalde verwandelt. Nicht schlecht, Herr Specht!«

»Tja, das muss wohl in meiner Kindheit begründet sein. Das Gleiche machte ich nach Auskunft meiner Mutter nämlich regelmäßig mit meinem Kinderzimmer.«

Der kleine aldebaranische Elitesoldat lachte herzlich. Schon wenige Minuten nach ihrer ersten Begegnung stand fest, dass sich die beiden Männer sehr gut verstehen würden.

Die Soldaten betraten das Foyer der Kuppel der Imperatoren. »Lassen Sie sich nicht von all dem Firlefanz hier beeindrucken«, riet Hankur seinem terranischen Kameraden. Der war allerdings weniger beeindruckt, sondern eher fasziniert von dem Farbenspiel des hellgrünen Marmorfußbodens, den blauen Säulen und gelben Wänden gleichen Materials. Die hinter ihnen gehenden Männer unterhielten sich angeregt. Wolfgang hörte Wortfetzen, die das Abenteuer von Dornack betrafen.

Vor einer Doppeltür aus rötlichem Holz bedeutete Hankur den Männern anzuhalten. Er klopfte kurz an. Eine Sekunde später wurde der rechte Flügel der Türe geöffnet. Ein Soldat der Leibgarde bat die Männer einzutreten. Offensichtlich galt dies nur für die Terraner, denn Hankur klopfte Sondtheim auf die Schulter, wünschte ihm Glück und wandte sich mit seinen Leuten ab. In dem großen Besprechungsraum stand ein ovaler Tisch, gefertigt aus dem gleichen rötlichen Holz wie die Tür, um den herum ein Dutzend schwarz uniformierter Männer saß; über dem Tisch wurden Sternenkonstellationen holografisch projiziert.

Die fünf solaren Raummarschälle und den Prokonsul erkannte Sondtheim natürlich sofort. Ein ihm unbekannter Mann in einer schwarzen Kombination, die von keinen Rangabzeichen, sondern von einem dreißig Zentimeter durchmessenden Sonnenkreuz auf dem Brustteil geziert wurde, nahm den Major sofort in seinen Bann. Das von hellblonden, schulterlangen Haaren eingerahmte Gesicht mit aristokratischen Gesichtszügen und unbändige Tatkraft ausstrahlenden stahlblauen Augen identifizierten ihn auf Anhieb als den geistlichen und weltlichen Herrscher des aldebaranischen Sternenreiches. Der Imperator erhob sich zur Begrüßung seiner neuen Gäste. Der Major und seine vier Männer salutierten zackig, Sargon gab den Gruß zurück.

»Bitte nehmen Sie Platz, meine Herren.« Das Oberhaupt des Reiches deutete auf fünf freie Sessel. Während die Elitesoldaten um den Tisch herum auf die angebotenen Plätze zusteuerten, ergriff Unaldor das Wort: »Gleich zu Anfang möchte ich Ihnen mitteilen, dass die Dritte Macht aufgehört hat zu existieren. Sie sind jetzt aldebaranische Soldaten – und Ihr oberster Vorgesetzter ist der Imperator, meine Herren.«

Ein Glücksgefühl durchströmte den Major. Er war fest davon überzeugt, dass Menschen mit den gleichen Zielen, der gleichen Ethik und dem gleichen Kulturverständnis ihre Kräfte unter einer gemeinsamen Führung bündeln sollten. Nun gehörte er einer Gemeinschaft an, die im Sinne der gemeinsamen Ideale erheblich mehr erreichen konnte als eine Nation, ein einzelner Planet oder selbst die über das solare System verteilte ehemalige Dritte Macht. Von jetzt an war der Major mit seinen Männern Teil eines mächtigen Sternenreiches Gleichgesinnter.

»Bitte berichten Sie uns von den Verhältnissen auf Solomack«, forderte der Imperator den Major auf, nachdem er ein paar erklärende Worte zu seinen Vereinbarungen mit Unaldor hatte verlauten lassen.

Im Hinblick auf seinen nun folgenden Bericht verfinsterte sich die Miene Sondtheims leicht. Viel Gutes hatte er wahrlich nicht mitgebracht …

*

Bericht Imperator Sargon II.

Das Leben geht manchmal seltsame Wege. Unsere Wissenschaftler hatten sogar eine sehr stichhaltige Begründung dafür: *Alles geschieht, was logisch möglich ist.* Unser Universum ist nur ein kleiner Ausschnitt aus vielen Möglichkeiten.

Nun musste ich mich erst einmal an den Gedanken gewöhnen, dass die Logik offensichtlich zwei historische Ereignisse an einem Tag zuließ. Diese Gewöhnungsschwierigkeit war wohl darauf zurückzuführen, dass wir Menschen gelegentlich dazu neigten, Logik mit Wahrscheinlichkeit zu verwechseln.

Das eine Ereignis war eine erhebliche Verbesserung der Position des Imperiums. Die Terraner unter der Führung Unaldors hatten Kontakt mit uns aufgenommen und ihre Militärmaschinerie von galaktischem Rang in meine Hände gelegt. Die Größe ihrer Flotte und die Kapazität ihrer Rüstungswerke hatten meinen Marschällen das Funkeln der Verzückung in die Augen getrieben. Die aldebaranische Flotte war von einem Tag auf den anderen um mindestens die Hälfte ihrer vorherigen Schlagkraft angewachsen.

Das zweite Ereignis waren die Informationen, die unsere neuen terranischen Ordensbrüder über die ultimative Waffe der Mohak mitgebracht hatten. Diese ›Kontrubana‹ genannte Waffe war im Begriff, alles zunichte zu machen, was das Imperium unter meiner Führung in den vergangenen fast eineinhalb Jahrhunderten aufgebaut hatte – zuvorderst das Ischtar-Schild, mittlerweile bestehend aus sechsundsiebzig Festungen, platziert an strategisch wichtigen Stringknoten, das die Mohak erfolgreich daran gehindert hatte, erneut das Imperium mit ihren Horden zu überrennen. Die Feuerkraft der mehr als sechzig Kilometer langen fliegenden Kanone, mit einem Kaliber von mehr als zehn Metern, würde in der Lage sein, eine Ischtar-Festung zu vernichten. Die Zerstörung einer einzigen genügte bereits, um den Weg in den imperialen Hoheitsraum für die Echsen freizumachen. Ihre nachrückenden Flotten würden über unsere Welten herfallen wie ein Schwarm Heuschrecken über ein Getreidefeld.

Nachdem Unaldor, dieser aufrechte Mann, der mir sein kleines, aber sehr starkes Reich selbstlos zum Geschenk gemacht hatte, ohne dafür eine Gegenleistung zu verlangen, seine Informationen über die Kontrubana vor uns ausgebreitet hatte, gab ich sofort meinen ersten Befehl: Ich ließ die Alarmstufe Gelb für den imperialen Verteidigungsfall ausrufen. Soldaten im Urlaub kehrten nun zu ihren Stützpunkten zurück, die Zahl von Patrouillenflügen wurde verdoppelt und die Flotte nahm strategisch günstige Abfangpositionen ein.

Wie oft war ich doch gleich schweißgebadet in den vergangenen mehr als hundert Jahren aufgewacht, weil mir im Traum gemeldet worden war, dass die Mohak unsere Festungen überrannt hatten? Ich hatte brennende Planeten, zerplatzende aldebaranische Schlachtschiffe und nicht enden wollende Kolonnen mohakscher Kampfraumer gesehen. Sollte dieser immer wiederkehrende Albtraum nun bald Wirklichkeit werden? In meinen Träumen hatten die Mohak mit der ihnen eigenen Unerbittlichkeit unsere Wohnwelten besetzt und die Bewohner wie Vieh zusammengetrieben, um mit dem Fleisch der Menschen ihre Nahrungsvorräte zu ergänzen. Die Entvölkerung der überfallenen Planeten war für sie dabei ein positiver Nebeneffekt, weil sie dadurch über mehr Platz und zusätzliche Ressourcen verfügten, für die unglaubliche Vermehrung dieses eierlegenden Echsenvolkes.

Nicht zuletzt durch meine furchtbaren Träume angeregt, hatte ich bereits vor Jahrzehnten Evakuierungspläne erarbeiten lassen, um im Fall eines Durchbruchs der Mohak die Bevölkerungen der dem Mohak-Reich nächsten aldebaranischen Systeme in Sicherheit bringen zu können. Zu diesem Zweck hatte jedes Handelsschiff einen Planeten zugewiesen bekommen, auf dem es zu landen hatte, sobald die Alarmstufe Rot des imperialen Verteidigungsfalls ausgerufen wurde. Der jeweilige Kommandant war angewiesen, zuvor seine Ladung dort zu löschen, wo sich sein Schiff gerade befand, um Platz für die zu evakuierenden Menschen zu schaffen. Auf den zuerst gefährdeten Planeten waren Lager mit notdürftigen Einrichtungsgegenständen angelegt worden, die den Menschen an Bord der Handelsschiffe zumindest ihre Notdurft zu verrichten gestatteten und ihnen Ruhestätten boten, auf denen sie im Schichtbetrieb schlafen konnten.

Doch ich hoffte mit jeder Faser meines Körpers, dass es nicht so weit kam – dass es uns gelang, den Bau der Kontrubana noch rechtzeitig zu verhindern.

Als es an die Tür unseres Konferenzraumes klopfte, holte mich ein kleiner Schuss Adrenalin in die Gegenwart zurück. Zu sehr war ich gespannt, was der Erkundungstrupp der Terraner über die Fertigstellung der Kontrubana im Solomack-System zu berichten hatte.

Ein etwa einsneunzig großer Mann mit dunkelblondem, streng zurückgekämmtem Haar und auffallender Hakennase trat in den Besprechungsraum. Begleitet wurde er von einem etwas kleineren hageren Rothaarigen, einem untersetzten gutmütig wirkenden Mann (dessen gentechnische Verjüngung überfällig schien) und einem blonden Hünen, der ein Bruder von Unaldor hätte sein können.

Der mit der Hakennase musterte mich auffallend. Sicherlich hatte er schon einiges von mir gehört, doch offensichtlich wollte er sich eine eigene Meinung bilden. Ich sah in seinen Augen, dass sein erstes Urteil über mich zufriedenstellend ausfiel. Der Mann und seine Kameraden salutierten vorschriftsmäßig. Ich gab den Gruß betont lässig zurück, um eine möglichst unbefangene Atmosphäre zu schaffen. Derweil klärte Unaldor seine Männer darüber auf, dass das solare System nun Teil des aldebaranischen Imperiums geworden und ich nun ihr oberster Vorgesetzter sei.

»Den Ausführungen Unaldors möchte ich hinzufügen«, ich blickte in die Augen der fünf Elitesoldaten, konnte aber keine Abneigung gegen die ›Vereinnahmung‹ des solaren Systems durch Aldebaran erkennen – im Gegenteil, Stolz leuchtete in ihren Augen, »dass die Männer der ehemaligen Dritten Macht, die so Großartiges geleistet haben, in der imperialen Regierung repräsentiert sein werden. Alle solaren Raummarschälle inklusive Unaldor selbst werden von mir ins Oberkommando der aldebaranischen Streitkräfte übernommen. Jeder Soldat Terras behält den ihm zuerkannten Rang. Sie, meine Herren, sind ab sofort Major, Leutnants und Feldwebel der imperialen Leibgarde. – Bitte berichten Sie uns nun von den Verhältnissen auf Solomack.«

Die fünf Mitglieder des schlagkräftigen Kommandounternehmens, das Oberst Arlor und zwei weitere Gefangene auf Dornack befreit hatte und nun von einer Beobachtungsmission bei Solomack zurückgekehrt war, nahmen in den bequemen Sesseln am Besprechungstisch Platz. Der Major holte einen kleinen Quantenrechner aus seiner Uniformjacke und legte ihn vor sich auf den Tisch.

»Meine Herren, mein Imperator, ich werde Ihnen als Erstes die Bildaufzeichnungen zeigen, die wir auf unserer Erkundungsmission anfertigen konnten.«

Ich nickte auffordernd.

Über dem Tisch schwebte ein Abbild der Kontrubana, umgeben von mehreren Schlachtschiffen und Begleitverbänden der Mohak. Die sechzig Kilometer lange Kanone wirkte trotz ihres ungeheuerlichen Kalibers wie eine spitze Nadel, die in regelmäßigen Abständen von zweihundert Meter durchmessenden Ringen umgeben war, die das filigran wirkende Rohr durch zentrische Stützstreben stabilisierten. Die Ringe selbst waren wiederum durch Längsstreben verbunden. Die ›Nadel‹ steckte mittig in einem acht Kilometer durchmessenden und zwanzig Kilometer langen Zylinder, der in gleichmäßigem Abstand von vier ebenfalls zylinderförmigen Triebwerken gleicher Länge umgeben war.

»Die Riesenkanone ist weitgehend fertiggestellt«, lautete Major Sondtheims für uns ernüchternde Auskunft. »Wir wurden sogar Zeuge eines Probelaufs der vier Triebwerke. Der überstarke Reflektorschirm der Kontrubana ist ebenfalls schon in Betrieb. Alle zwei Stunden wird er abgeschaltet, um Versorgungsschiffen den An- und Abflug zu ermöglichen. Das Monstrum befindet sich in einem geostationären Orbit um Solomack II, einer unwirtlichen, lebensfeindlichen Gluthölle. Doch offenbar ist der Planet außergewöhnlich reich an Metallvorkommen. Die Hälfte seiner Oberfläche ist übersät mit Förderanlagen und Gießereien. Die Verarbeitung der Rohstoffe erfolgt jedoch nicht auf dem Planeten, sondern in Raumstationen, die rund um die Kontrubana verteilt im All schweben. Die ganze Industrie von Solomack II und seinen Satelliten scheint nur auf ein einziges Ziel ausgerichtet zu sein: die Fertigstellung der Waffe gegen unsere Ischtar-Festungen.«

»Wie stark schätzen Sie die Streitkräfte der Echsen im Solomack-System ein?«

»Die Anzahl der Schlachtschiffe und deren Begleitverbände ist in etwa dreimal so hoch wie die Gesamtzahl der Schiffe der solaren Flotte.« Anschließend nannte der Major konkrete Zahlen.

Ich überschlug die Angaben im Kopf. Demnach hatten die

Echsen rund ein Zehntel ihrer gesamten Flotte um Solomack stationiert.

»Wir müssen unbedingt versuchen, die Kontrubana an ihrem Einsatz zu hindern – so viel steht fest«, teilte ich dem Oberkommando meine Überlegungen mit. »Durch die starke Truppenpräsenz der Mohak geraten wir jedoch in ein Dilemma: Sobald wir große Teile der aldebaranischen Flotte für einen Angriff massieren, wäre das Imperium weitgehend schutzlos, falls die Flotte zu spät kommt und die Kontrubana bereits eingesetzt wurde.«

»Wenn ich einen Vorschlag machen darf, Imperator«, meldete sich Unaldor zu Wort. »Die bisherigen aldebaranischen Kriegsraumer sollten unbedingt auf den strategisch wichtigen Abfangpositionen, die sie auf Ihren Befehl hin eingenommen haben, verbleiben. Die neuen, nunmehr zum Imperium gehörenden solaren Schlachtschiffverbände, von denen die Mohak bislang noch nichts wissen, nehmen derweil Kurs auf Solomack. Der aldebaranisch-solaren Flotte vorweg dringt eine Vril mit Tarneigenschaften in das System ein und versucht, ein Einsatzkommando an Bord eines Frachters der Echsen zu schmuggeln, um unbemerkt durch den Reflektorschirm der Kontrubana zu gelangen. Aufgabe dieser Einsatztruppe ist die Sprengung der überstarken Reflektoren der Riesenkanone. Sobald dies geschafft ist, strahlen die Männer einen Funkimpuls ab. Dann stößt die Flotte nach und setzt ein paar nette Vierundsechzig-Zentimeter-Grüße direkt in den ungeschützten Leib des Monstrums. Das entstandene Chaos verschafft dem Vorauskommando die Möglichkeit, vor dem totalen Beschuss seitens der Flotte rechtzeitig von Bord zu verschwinden.«

»Das ist immerhin ein vielversprechender Ansatz«, stimmte ich skeptisch zu. »Aber die zahlenmäßige Übermacht der Schuppenhäutigen beträgt den Faktor drei. Wahrscheinlich werden Sie nicht einmal in die Nähe der Riesenkanone kommen. Außerdem besitzen die Besatzungen Ihrer Schiffe keine ausreichende Kampferfahrung.«

»Mein Imperator, bei allem Respekt, die Terrageborenen stehen Ihren bisherigen Soldaten in nichts nach.« Unaldor war aufgestanden und schaute mich aus funkelnden Augen an. »Ich würde sogar mein Hinterteil darauf verwetten, dass die solare Flotte eine dreifache Übermacht der Echsen in einer offenen Raumschlacht besiegen könnte – doch das wird gar nicht nötig sein. Ihre neuen Schiffe mit Ihren extrem motivierten und furchtlosen Besatzungen werden über der Kontrubana auftauchen, bevor die Echsen überhaupt begreifen, was los ist.«

Der auf Sumeran geborenen Hüne und ehemalige Thule-Offizier schien ein wenig zu lange unter Terranern geweilt zu haben, denn es war schon etwas ungewöhnlich, mir als Einsatz einer Wette das eigene Hinterteil anzubieten. Mit einem Schmunzeln sah ich darüber hinweg.

»Und wie wollen Sie die Lurche überraschen?«, forderte ich mehr Details ein. »Beabsichtigen Sie vielleicht, das PÜRaZeT der Mohak zu nutzen?«

»Nein! Sondern unser eigenes Wurmloch!« Triumph schwang in der Stimme des Hünen mit. »Unsere Eierkö... – Entschuldigung – Wissenschaftler haben zusammen mit unseren Militärstrategen eine neue Methode entwickelt, feindliche Sonnensysteme ziemlich effektiv anzugreifen. Es handelt sich um Wurmlochprojektoren, ähnlich denen herkömmlicher PÜRaZeTs. Die Oberfläche der würfelförmigen Projektoren ist mit totalreflektierenden Metamaterialien beschichtet. Zusätzlich verfügen die sechs Projektoren über Vril-Triebwerke, sodass der Ausgang des Wurmlochs kurz vor dem eigentlichen Angriff genau dort positioniert werden kann, wo unsere Flotte herauskommen soll.« Unaldor lächelte mich an und hob die Hände, als ob er mir ein imaginäres Geburtstagsgeschenk überreichen wollte. »Major Sondtheim hat im Rahmen seiner Aufklärungsmission mit seinen Männern sechs getarnte Projektoren in der Nähe des kosmischen Strings bei Solomack installiert und sechs weitere, mit Vril-Triebwerken versehene, im freien Raum zwischen dem zweiten und dritten Planeten, die einen konstanten Abstand von zwei Millionen Kilometern von Solomack II einhalten. Wir können das gleichmäßige Sechseck, das übrigens eine Seitenlänge von sechs Kilometern hat, kurz vor unserer Invasion näher an Solomack II heransteuern. Bisher haben wir darauf verzichtet, um eine zufällige Entdeckung zu vermeiden, zumal wir wissen, dass die Echsen an einem Streulichtverstärker arbeiten, um getarnte Schiffe aufzuspüren.

Unsere Schlachtraumer werden überraschend in unmittelbarer Nähe der Kontrubana auftauchen, die nach der Zerstörung der Generatoren für die Reflektorfelder durch unser Kommandounternehmen schnell Geschichte sein wird. Anschließend ziehen sich die Schiffe sofort wieder zurück, denn ihre Aufgabe ist nicht die Vernichtung der feindlichen Flotte, sondern nur die totale Beseitigung der Gefahr für die Ischtar-Festungen.«

»Und wer soll das Kommandounternehmen durchführen? Des Lebens überdrüssige potentielle Selbstmörder?«, fragte ich ihn eindringlich und war gespannt, was der frischgebackene aldebaranische Raummarschall nun aus dem Hut zaubern würde. Mit seinen Eröffnungen über das getarnte und fernsteuerbare Wurmloch hatte er mich bereits zutiefst beeindruckt, aber würde er auch Freiwillige für dieses Himmelfahrtskommando finden?

Was dann passierte, war die nächste Abweichung von sämtlichen Gepflogenheiten, die bei einer Besprechung des Oberkommandos bei meiner Anwesenheit üblich waren. Bevor Unaldor meine Frage beantworten konnte, sprang Major Sondtheim von seinem Sessel hoch. Seine offensichtlich bereits unter der gleichen Spannung stehenden Männer taten es ihm Sekundenbruchteile später nach.

»Wir natürlich, wer sonst?«

Ein Lächeln huschte über das Gesicht Unaldors. Ich erkannte den Stolz und die tiefe Verbundenheit zu diesen Männern in seinem Gesicht. Dieser Ausdruck wurde allerdings schlagartig durch eine gewisse Neugier ersetzt, als eine mir wohlbekannte Stimme das rhetorisch gemeinte »Wer sonst?« beantwortete:

»Ich!«

Nungal war aufgestanden und blickte Sondtheim in die Augen. Der am höchsten dekorierte Soldat des Imperiums, den ich vor mehr als einhundert Jahren zum kommandierenden General meiner Leibgarde und damit der Elitetruppen Aldebarans ernannt hatte, ließ mit diesem einen Wort keinen Zweifel daran aufkommen, dass er eine unumstößliche Entscheidung getroffen hatte.

Trotz der schon fast unheimlichen Autorität, die der einzige lebende Träger des Schwarzen Sonnenkreuzes ausströmte, brachte Sondtheim immerhin noch ein »Aber …!« hervor.

»Zehn Männer werden mich auf dieser Mission begleiten«, stellte Nungal klar. »Sie und Ihre vier Männer werden dazugehören.«

Erleichterung machte sich unter den fünf solaren Elitesoldaten breit.

»Wir werden die solare Flotte mit zehn Schlachtschiffverbänden aufstocken«, übernahm ich nun wieder die Initiative. »Marschall Karadon und ich werden je fünf davon befehligen.«

Unaldor schaute mich ungläubig an. »Sie wollen selbst in die Kämpfe eingreifen?«

»Sagen wir so: Ich werde es mir nicht nehmen lassen.«

Ende Bericht Imperator Sargon II.

*

Die dünne Luft des Mars reichte mehr als aus, um das durchdringende auf- und abschwellende Geheul der Sirenen zu übertragen. Schon bald ging das akustische Signal, das diejenigen Schiffsbesatzungen zu ihren Raumern befahl, die ihren persönlichen Agenten ausgeschaltet hatten, im ohrenbetäubenden Donnern der Alarmstarts der Verbände der (ehemals) solaren Flotte unter. Das Krachen zahlreicher die Schallmauer durchbrechender Superschlachtschiffe nahm Ausmaße an, die sogar in den unter kilometerdicken Gesteinsmassen verborgenen Städten als dumpfes Grollen wahrgenommen wurden.

Im Raum um den Kriegsplaneten sammelten sich die unaufhörlich aus der Atmosphäre hervorbrechenden Schiffe zu Verbänden, deren Besatzungen bis in die Haarspitzen motiviert waren. Sie wollten ihren als die besten Soldaten der Galaxis geltenden aldebaranischen Kameraden beweisen, dass auch sie nicht ohne waren.

Raummarschall Prien saß mit ausdruckslosem Gesicht in einem Sessel der CAESAR. Kurz und knapp gab er seine Anweisungen an die Generäle, die die anderen dreizehn Superschlachtschiffe seines Verbandes befehligten. Seit mehr als siebzig Jahren war er nicht mehr in ernsthafte Kampfhandlungen verwickelt gewesen – und doch kam es ihm vor, als seien sein Eindringen in Scapa Flow, wo er die HMS ROYAL OAK versenkt hatte, und die zahlreichen weiteren Gefechte erst vor wenigen Wochen geschehen. Diesmal war es nicht ausschließlich seine soldatische Pflicht, die den Weltkriegshelden antrieb. Diesmal war es das Bewusstsein, nicht nur für eine Nation, nicht nur für die irdische Menschheit, sondern für ein galaktisches Reich um das pure Recht auf Leben zu kämpfen.

Der Raummarschall deutscher Herkunft hatte die Aktionen der aldebaranischen Kameraden im Maulack-System und bei Mohak-Dor im Detail studiert. Daher empfand er es als eine Ehre, an der Seite dieses Imperators zu kämpfen, der nach Priens Meinung sein Amt mehr verdiente als jeder Herrscher vor ihm. Der Marschall wusste sich an der Seite von Soldaten, die ihre Interessen, ja ihre Existenz bedingungslos unter den Fortbestand des Imperiums stellten. Prien empfand es einerseits als Belastung, sich dieser Gemeinschaft nun als würdig erweisen zu müssen, andererseits brannte er darauf zu zeigen, dass das Blut der edlen Vorfahren in ihm und in seinen Männern strömte.

»Kurs auf das PÜRaZeT!«, befahl der Raummarschall knapp. General Peitzmeier, der Navigator der CAESAR, nickte nur kurz unter dem schwarz glänzenden VR-Helm mit dem typischen verbreiterten Nackenteil und steuerte den Riesen auf das Sechseck aus Gravitationsprojektoren zu.

»Kettenformation!«, fügte Prien über die Verbandsfrequenz hinzu. Die der CAESAR zugeordneten Schlachtkreuzer, Kreuzer und Zerstörer folgten dem Superschlachtschiff durch das PÜRa-ZeT zum kosmischen String. Die Verbände der unter dem Kommando Priens stehenden Schlachtschiffe taten das Gleiche.

Die Reise führte direkt durch das imperiale Hoheitsgebiet, denn das Mohak-Reich lag von Sol aus betrachtet ›hinter‹ den zu Aldebaran gehörenden Sternensystemen. Die selbst für imperiale Verhältnisse gigantische Flotte passierte die dem Galaxisrand zugewandte Grenze, welche durch eine Ischtar-Festung gesichert war. Selbstverständlich hatte der Imperator die dortigen Besatzungen der Festungen und der Abfangverbände darüber unterrichtet, dass die einfliegenden Schiffe nun ein unverbrüchlicher Teil der aldebaranischen Flotte waren. Dementsprechend fielen auch die Funksprüche aus, die den Terrageborenen mit auf den Weg gegeben wurden:

»Macht eure Sache gut, verlorene Söhne der Ahnen!«

»Genau! Zeigt den Echsen, wer ihr seid – wer *wir* sind!«

»Rundschreiben: Sobald ihr zurückkommt, gebe ich einen aus, Kameraden. Gez. Raummarschall Por-Dan.«

Das wird teuer!, stellte Prien belustigt in Gedanken fest.

Die guten Wünsche der imperialen Soldaten hatten Prien und die anderen Verbandskommandanten natürlich auf Rundruf schalten lassen. In jedem der terranischen Soldaten entstand dadurch das Gefühl, nun zu einer großen Familie zu gehören.

Ähnliche Funksprüche wiederholten sich, als die solare Flotte die Ischtar-Festung an der Grenze zum Mohak-Reich passierte. So beeindruckt die auf Terra Geborenen von der gewaltigen Festung waren, so beeindruckt war umgekehrt die Besatzung des nach der göttlichen Beschützerin der Krieger benannten Stahlgiganten. Zehn aldebaranische Schlachtschiffverbände hatten sich bei der zwanzig Kilometer durchmessenden Raumfestung versammelt und reihten sich nun in die Kette der mutigen Kämpfer ein, die einem dreifach überlegenen Feind die Stirn bieten wollten.

Erst als die letzte Abzweigung eines Stringknotens genommen war, die direkt nach Solomack führte, vernahmen die Besatzungen der größten Flotte, die je von Menschen in die Schlacht geführt wurde, die Stimme ihres Imperators:

»Kameraden! Wir reduzieren jetzt unsere Geschwindigkeit und werden erst nach dem Funksignal unseres Einsatzkommandos auf Solomack wieder beschleunigen. Sobald das Signal ausgestrahlt wird, gibt es für uns kein Halten mehr! Falls es Nungal und seinen Männern tatsächlich gelingen sollte, die Reflektorschirme der Kontrubana auszuschalten, werden wir ihr Werk vollenden und die Bedrohung für das Imperium ein für alle Mal ausmerzen. Ich habe keine Zweifel, dass die zu uns gestoßenen Kameraden aus dem solaren System der vor uns liegenden Aufgabe gewachsen sind. – Für unsere Familien, für unser Volk, für das Imperium: Sieg und Ehre!«

*

Major Sondtheim fühlte sich nicht so recht wohl. Er befand sich mit seinen vier Kameraden in einer metabeschichteten Vril im Anflug auf Solomack. Es war weniger das feindliche System mit all seinen Gefahren, das den Major beunruhigte, es war vielmehr die unerschütterliche Ruhe, die von den fünf aldebaranischen Kameraden ausging. Natürlich konnte Sondtheim verstehen, dass die Aldebaraner einem Träger des Schwarzen Sonnenkreuzes Respekt zollten. Doch sie nahmen Nungals Anordnungen geradezu in stoischer Ruhe hin, so als ob die Dinge, die dieser Mann aussprach, unweigerlich eintreten müssten.

Wolfgang schaute der Legende vergangener Schlachten in die Augen. Nungal gab den Blick zurück.

»Ihre Männer scheinen fest überzeugt zu sein, dass unsere Mission gelingt. Seien Sie ehrlich, glauben Sie das auch?«

»Glauben spielt keine Rolle«, meinte der Sonnenkreuzträger mit der Narbe auf der linken Wange. Dabei beließ er es. Nichts weiter! Der Blick des am höchsten dekorierten Soldaten Aldebarans erklärte alles.

In diesem Moment verstand der Terraner. Die gleiche unerschütterliche Ruhe ging nun auch von ihm selbst aus. Er blickte sich zu seinen vier verdienten Kampfgefährten um und erkannte, dass sie ebenfalls verstanden hatten. Es ging nur in zweiter Linie um das Gelingen der Mission. An erster Stelle stand der kompromisslose Wille, die bedingungslose Bereitschaft, das Unternehmen zum Erfolg zu führen. Ob es dazu tatsächlich kam, hing von einer Unmenge Unwägbarkeiten ab, an die zu glauben – oder auch nicht – keine Rolle spielte.

Solomack II hing wie das rot glühende Auge einer Höllenbestie im Raum. Langsam wurde daraus ein mit braunen Schlieren durchzogener hellroter Ball.

»Dort! Die Kontrubana!« Frank Green deutete auf eine Stelle des Rundumbildschirms, auf dem ein hell leuchtender Punkt neben dem roten Glutball aus der Finsternis des Alls auftauchte. Als sich die Vril mit eingeschalteter Tarnfunktion dem Planeten weiter annäherte, wurde aus dem hellen Punkt ein längliches Gebilde, das wenig später die bekannten Konturen der gigantischen Waffe einnahm.

»Wir schleichen uns mit der nächsten Welle Frachter durch den Reflektorschirm«, wiederholte Nungal den seinen Männern hinlänglich bekannten Plan.

Im Raum um die Riesenkanone hingen mehrere Raumstationen mit unterschiedlichen Formen. Einige hatten die Gestalt von Kreiseln, andere erinnerten an Räder, die durch mehrere Speichen mit der zentralen Nabe verbunden waren.

»Noch dreißigtausend Kilometer«, informierte Kordul, ein rothaariger, hagerer Aldebaraner seine Kameraden. Als ob dies ein

Stichwort gewesen wäre, wurde der Raum vor dem kleinen Raumschiff von Tausenden blass glühenden Geschossbahnen durchdrungen.

»Flakfeuer! Irgendwie haben die Echsen uns trotz Tarnung geortet!«, stellte Willi Schulz ohne Emotionen in der Stimme fest.

»Thule berichtet schon seit Längerem, dass die Lurche an einem Streulichtverstärker arbeiten, der die wenigen Photonen, die die Metabeschichtung eines Raumschiffs verlassen, nachweisen kann. Nur – müssen die ausgerechnet jetzt damit fertig geworden sein?«, knurrte Nungal.

Dann hämmerten auch schon die ersten Einskommasieben-Flakgranaten in die Hülle der Vril. Der Reflektorschirm war dem Ansturm nicht gewachsen und entschloss sich nach kurzem Aufbegehren, zusammenzubrechen. Das kleine Raumschiff wurde von der Wucht der Einschläge aus dem Kurs gerissen.

»Raumanzüge schließen!«, befahl Nungal ruhig. Dann gab der Sonnenkreuzträger sämtliche verfügbare Energie auf die Triebwerke. Noch während die Vril einen Satz in ihre unfreiwillige Flugrichtung – genau auf Solomack II zu – machte, hagelten weitere Geschosse auf das geschundene Kleinstraumschiff.

»Treffer im Triebwerksraum!«, meldete Mardal. Der zwei Meter und zwanzig große Aldebaraner hatte bei der Invasion von Bangalon den damaligen Staffelführer Nungal kennengelernt und hatte sich, nachdem seine Frau bei den Kämpfen zu Tode gekommen war, zur Leibgarde gemeldet.

»Wir schmieren ab! Ich kann die Maschine nicht mehr halten!«, sprach Nungal in einer Tonlage, als ginge ihn das Ganze nichts an. Erneut zerfetzten im Stakkatotakt einschlagende Geschosse die Außenhaut der Vril. Der rot glühende Höllenplanet füllte bereits einen Großteil des Rundumbildschirms aus. Aus gewaltigen Lavameeren ragten vereinzelte schmutzigbraune Inseln. Je näher die trudelnde Flugscheibe der Planetenoberfläche kam, desto deutlicher wurden die zahlreichen Bauten auf den Inseln. Es handelte sich um die Hochöfen und Gießereien, die den gewaltigen Bedarf der Kontrubana an Metallen deckten.

Starke Turbulenzen schüttelten das kleine Raumschiff durch, als es in die Kohlendioxyd-Stickstoff-Atmosphäre der ungastlichen Welt eintauchte. Die Mägen der elf Männer wurden eindringlich aufgefordert, ihren Inhalt freizugeben. Doch keiner der Soldaten kam dieser Aufforderung nach – obwohl die Blässe in einigen Gesichtern darauf hindeutete, dass mancher sich nach einer Spucktüte sehnte.

Wenige Sekunden später waren die turbulenten Luftschichten durchstoßen. Wie ein Stein fiel die Vril dem Meer aus Lava entgegen. Nungal konzentrierte sich darauf, das Raumschiff mit den Navigationstriebwerken in eine flachere Bahn zu zwingen. Rasend schnell kam das rot glühende, brodelnde Meer näher. Doch durch die Bemühungen Nungals flachte die Flugbahn immer weiter ab. In nur dreihundert Metern Höhe schoss die Flugscheibe über die Lavamassen.

»Da vorn! Die kleine Insel!«, stieß Holger Schmidt hervor. »Wenn wir es bis dahin schaffen ...«

Erneut ging ein Ruck durch die Vril.

»Navigationstriebwerke ausgefallen«, vermeldete Nungal.

Antriebslos schoss die Vril durch die dichte Atmosphäre und sackte langsam der feurigen Oberfläche entgegen. Zehn Kilometer trennten die Männer von der ›Insel der letzten Hoffnung‹. Unter sich sahen sie das flüssige Gestein dahinrasen. Je tiefer das Raumschiff absackte, umso langsamer erschien den Elitesoldaten die Fahrt. Würden sie das rettende Eiland noch erreichen?

Sechs Kilometer vor der graubraunen Felseninsel schlug die Vril auf die zähflüssige Meeresoberfläche. Der Ruck war mörderisch. Der Rundumbildschirm fiel an mehreren Stellen aus. Wie ein flach geworfener Stein prallte die Flugscheibe ab und wurde erneut in eine Höhe von fünfzig Metern geschleudert. Der darauf folgende Aufprall bremste das Schiff weiter ab und kata-

pultierte es erneut in die sengende Hitze der Atmosphäre. Drei
weitere Aufschläge später kam der mittlerweile völlig defor-
mierte Klumpen aus Unitall-Stahl zur vorläufigen Ruhe – nur
fünfhundert Meter vom rettenden Ufer entfernt. Dann versank
die Flugscheibe langsam in den rot glühenden Fluten.

»Das Magma hat eine Temperatur von eintausendzweihundert
Grad Celsius[17]«, erklärte der General der imperialen Leibwache.
»Das halten unsere Raumanzüge ein paar Minuten aus. Wir verlassen das Schiff durch die Schleuse, sobald die sich mit Lava
gefüllt hat. Die Hitze wird jedoch die Metabeschichtung der Anzüge zerstören, weshalb wir uns im weiteren Verlauf nicht mehr
unsichtbar machen können. Lasst euch deshalb von euren Vril-
Aggregaten unterhalb der Oberfläche bis zur Insel tragen. Die
Rechner eurer Kampfanzüge haben die Geländedaten erhalten,
sodass die Insel auch ohne Sichtkontakt gefunden werden kann.
Vergesst eure Magnetfeldgewehre nicht!«

Der Sonnenkreuzträger nahm als Erster die Wendeltreppe zum
Schleusenraum. Als er die innere Schleusentüre öffnete, kam
ihm sofort ein Schwall des flüssigen Gesteins entgegen. Schon
stand der General knietief in der glühenden Masse. Zahlreiche
Risse und Schusslöcher hatten die Glut ins Innere der Schleuse
dringen lassen. Nungal betätigte den Schalter für die äußere
Schleusenrampe. Träge öffnete sie sich gegen den Druck der
zähen Masse, in der die Flugscheibe langsam sinkend schwamm.
Durch den entstandenen Spalt drängte sich noch mehr Lava in
den Schleusenraum, immer schneller, je weiter die Rampe auf-
klappte …

Der Sonnenkreuzträger schulterte sein Gewehr mit dem Lauf
nach unten. Die Selbstreinigungsautomatik der Waffe würde es
so nach dem Lavabad einfacher haben, den Lauf von Rückstän-
den zu befreien. Nach wenigen Sekunden war der Oberkom-

---

[17] Wie immer wurden physikalische Maßeinheiten in die auf Terra ge-
bräuchlichen übersetzt.

mandierende der Leibgarde in der roten Glut verschwunden. Seine neun Männer folgten ihm. Einer nach dem anderen ließ sich in der zähen Masse versinken, startete sein Vril-Aggregat und schob sich damit in das offene Magmameer hinaus. Die Bildschirme der Gesichtsteile der Helme zeigten neben einem umfassenden Weiß einen roten Punkt, der von den Helmrechnern erzeugt wurde und die Position der Insel anzeigte. Trotz der auf vollen Touren laufenden Klimaanlagen spürten die Elitesoldaten, wie die Temperatur von Sekunde zu Sekunde anstieg.

Die Vril-Aggregate der Kampfanzüge trieben die Männer durch die trägen Fluten unaufhörlich der Insel entgegen.

Drei Minuten später spürte Nungal einen leichten Schlag gegen die Brust. *Festes Gestein!* Sofort reduzierte er die Leistung des Vril-Antriebs und ließ seine Beine nach unten absacken. Dann hatte er festen Boden unter den Füßen. Er watete auf den roten Punkt zu, der in seinen Helmbildschirm projiziert wurde. Sein Kopf durchstieß die Oberfläche des höllischen Meeres. Träge floss die Glut an seinem Helm herunter.

Vor sich sah der Sonnenkreuzträger das schroffe Gestein der Insel. Hinter ihm tauchten nach und nach die Köpfe seiner Männer aus den roten lebensfeindlichen Elementen auf.

Mit jedem Schritt erhob sich Nungal weiter aus den Fluten. Unmittelbar an die zerklüfteten Felsen des Ufers schloss sich eine fünfzig Meter hohe Halle an. Die Vril-Aggregate trugen die Soldaten über die Uferfelsen hinweg. Sie landeten in unmittelbarer Nähe der Halle und liefen daran entlang. Am Ende des schmucklosen Gebäudes spähte der General um die Ecke. Fabrikgebäude, verbunden durch ein sinnverwirrendes Netz aus Rohren, reihten sich aneinander. Dazwischen bewegten sich mit Greifarmen ausgestattete Kettenfahrzeuge.

»Arbeitsroboter!«, kommentierte Mardal.

»Mohak! Dort!«, machte Holger Schmidt seine Kameraden aufmerksam. Zwischen den Fabrikgebäuden tauchten fünfzig bis sechzig in Schutzkleidung gehüllte Echsen auf. Sie trugen schwe-

167

re Magnetfeldgewehre. Natürlich war ihnen der Absturz der Vril nicht verborgen geblieben, weshalb sie nun nachschauen wollten, ob jemand den Absturz überlebt hatte. Die feindlichen Soldaten strebten auf der anderen Seite der Halle dem Ufer zu.

Die Leibgardisten drangen währenddessen im Schutz der verwinkelten und verschachtelten Industrieanlagen ins Innere der Insel vor. Nungal übernahm die Spitze, während Major Sondtheim für Rückendeckung sorgte. Immer wieder versteckten sich die Männer in Nischen und hinter Vorsprüngen, sobald einer der Roboter ihnen zu nahe kam. Die hier verwendeten Mohak-Modelle waren den Elitesoldaten unbekannt, weshalb sie nicht mit Sicherheit ausschließen konnten, dass die Maschinen intelligent genug waren, die Aldebaraner als solche zu erkennen und ihre Entdeckung an ihre Herren weiterleiteten.

Nach eineinhalb Kilometern wich der Industriepark einem kleinen Raumhafen. Nungal erkannte einen der typischen zylinderförmigen Frachter der Echsen, der von Robotern mit Containern beladen wurde.

»Da wird höchstwahrscheinlich Material für die Fabriken der Raumstationen in der Nähe der Kontrubana verladen«, kombinierte Willi Schulz.

»Wir müssen versuchen, unbemerkt an Bord des Frachters zu gelangen«, hörten die Männer Nungals Stimme aus ihren Helmlautsprechern.

»Die Maschinen holen die Container aus der Halle da drüben.« Sondtheim deutete auf das offene Tor eines achtzig Meter hohen und zweihundert Meter breiten grauen Baus, in den entladene Roboter hinein- und beladene Roboter hinausfuhren. »Vielleicht können wir uns dort in einem Container verstecken und gelangen so an Bord.«

»So machen wir's«, entschied der General.

Die Männer umgingen das Gebäude und näherten sich ihm von der dem Raumhafen abgewandten Seite. In der rückwärtigen Hallenwand befanden sich lediglich drei Türen. Die Elitesoldaten wählten die am linken Rand der Halle. Holger Schmidt erreichte den Zugang als Erster. Die Mohak verwendeten wie ihre aldebaranischen Gegner ebenfalls Klinken zum Öffnen ihrer Türen. Der Feldwebel drückte sie herunter und zog an der stabilen Tür aus mattem, grauem Metall.

»Mist! Verschlossen«, kommentierte er seine erfolglosen Bemühungen, in die Halle einzudringen.

»Bitte lassen Sie mich mal.« Nungal schob den Terraner sanft beiseite und umklammerte mit der Rechten den Türgriff. Mit der Linken stützte er sich an der Hallenwand ab. Langsam aber stetig steigerte er die Kraft, mit der er an der heruntergedrückten Klinke zog. Zentimeter um Zentimeter beulte sich die Türe nach außen. Die Terraner, die nichts von den besonderen Kräften wussten, die dem General von einer Superintelligenz namens Isais verliehen worden waren, bekamen große Augen – besonders als der Rahmen die Verformung mitmachte, bis die Tür mit einem metallischen Knirschen aufsprang.

Das Innere der Lagerhalle war bis zur Decke, an der Kräne auf Schienen entlangfuhren, mit Containern gefüllt. Eng an die Transportbehälter gedrückt bewegten sich die Elitesoldaten auf die dem Raumhafen zugewandte Seite zu. Dort hievten die an der Decke hängenden Kräne die obersten der zwanzig mal zehn mal zehn Meter messenden Kisten von den oberen Lagen herunter, wo sie von den sich auf Panzerketten bewegenden Robotern in Empfang genommen wurden. Eine der Maschinen packte den am Boden angekommenen Container am hinteren, eine weitere am vorderen Ende; beide trugen die Kiste aus der Halle zu dem draußen wartenden Frachter.

»Die Container verfügen jeweils über einen verschließbaren Zugang in den beiden Stirnflächen«, stellte Mardal fest. Der ungewöhnlich große Aldebaraner fügte mit einem trockenen Lachen hinzu: »Falls der elektronisch verriegelt ist, haben wir ja unseren ganz speziellen Türöffner dabei.«

Nungal deutete auf die oberste Lage der Container in der Nähe des großen Hallentores. »Die sind wohl als Nächste dran. Fliegen wir hinauf!«

Die zehn Elitesoldaten hoben mithilfe ihrer Vril-Aggregate vom Boden ab und steuerten den von ihrem Kommandanten bezeichneten Transportbehälter an. Die Türe war mit einem einfachen Riegel gesichert, der sich problemlos verschieben und die Männer ins Innere gelangen ließ. An der Innenseite befand sich ein weiterer, mit dem äußeren verbundener Riegel, der Nungal gestattete, den Zugang hinter seinen Männern wieder ordnungsgemäß zu verschließen. Die Eindringlinge quetschten sich zwischen silbern glänzende Metallwalzen, Bleche und Zahnräder. So viel stand fest: Bequem würde ihre bevorstehende Reise nicht werden.

Kaum hatte jeder der Soldaten seinen Platz auf einer der Walzen oder einem Zahnrad eingenommen, wurde der Transportbehälter mit einem leichten Ruck angehoben. Wenige Sekunden später verriet ein dumpfes Geräusch, dass der Container auf dem Boden der Halle angekommen war, um unmittelbar darauf von den Robotern hinausgetragen zu werden.

Erst zehn Minuten nachdem die riesige Kiste wieder abgesetzt worden war, versuchte der General die Türe einen Spalt breit zu öffnen. Doch nach wenigen Zentimetern stieß sie gegen die Wandung eines Nachbarcontainers.

»Wir sind mit an Sicherheit grenzender Wahrscheinlichkeit im Laderaum des Frachters«, stellte Nungal fest. »Hier lassen die Mohak ihre Container möglichst dicht packen, um keinen wertvollen Platz zu verschwenden. Wir können hier erst dann wieder heraus, wenn die Fracht des Schiffes gelöscht wird.«

Das dumpfe Rumpeln, das die Roboter jedes Mal beim Absetzen eines Transportbehälters verursachten, wurde immer leiser, bis es nach zwei Stunden vollkommen verschwand.

»Ich denke, der Ladevorgang ist nun abgeschlossen«, vermutete Willi.

Eine Stunde später waren erneut Arbeitsgeräusche zu hören.

»Das Schiff wird entladen«, freute sich Sondtheim darauf, bald aus dem engen Gefängnis ausbrechen zu können. Vom Flug des Frachters hatten die blinden Passagiere wegen der Andruckneutralisatoren nichts mitbekommen.

Es dauerte jedoch zwei weitere Stunden, bis der Container, der das Kommandounternehmen zu einem unbekannten Ziel transportiert hatte, aus dem Frachter getragen wurde. Urplötzlich verloren die Männer ihr Gewicht.

»Wir sind wahrscheinlich auf einer der Raumstationen angekommen. Die weitere Verarbeitung der Werkstoffe erfolgt offenbar in der Schwerelosigkeit«, stellte Mardal fest.

Dann wurde eine komplette Wand des Transportbehälters aufgeklappt. Greifarme packten sich die Walzen, Zahnräder und Bleche. Die zehn Elitesoldaten mussten höllisch aufpassen, nicht zwischen den klobigen Teilen zerquetscht zu werden. Die Automatik, die die Greifarme steuerte, nahm jedoch keine Notiz von den Männern. Stur folgte sie ihrem Programm.

Mächtige Schweißbrenner und gigantische Stanzen bearbeiteten die Materialien weiter. Innerhalb der Raumstation – niemand zweifelte daran, dass sie sich in einer solchen befanden – herrschte ein gespenstisch flackerndes Dämmerlicht, das von den zuckenden Blitzen der Schweißgeräte und durch die bei der Bearbeitung der Metalle entstehenden Funken erzeugt wurde. Behandelte Teile wurden von einem Greifarm an den anderen weitergegeben und dem nächsten Arbeitsgang zugeführt.

Die Elitesoldaten stießen sich vom Boden ihres Containers ab und schwebten zwischen der seelenlosen Maschinerie hindurch, wobei sie ihre Vril-Triebwerke benutzten, um Kollisionen zu vermeiden. Ihre Magnetfeldgewehre hielten sie mit beiden Händen vor sich. Je weiter sie durch diese dreidimensionale Produktionsstraße flogen, umso mehr erahnten die imperialen Krieger, was hier produziert wurde: Es entstanden mehr als zehn Meter durchmessende Zylinder von fast fünfzig Metern Länge. Aufgefüllt wurden sie mit flüssigem Blei.

»Granaten für die Kontrubana«, stellte Burdan fest. Er hatte sich neben Nungal manövriert. Der Aldebaraner war mit erst fünfundzwanzig Jahren das jüngste Mitglied dieses Unternehmens. Er galt als vielversprechendes Talent, hatte er doch die Aufnahmeprüfungen zur imperialen Leibgarde als Jahrgangsbester abgeschlossen. Nungal mochte den jungen Mann, der ein hohes Maß an Intelligenz und das ungestüme Draufgängertum der Jugend in sich vereinte.

Das zuckende Dämmerlicht machte es fast unmöglich, einen Überblick über den Produktionsbereich der Raumstation zu bekommen. Deshalb schaltete Nungal per Gedankenbefehl auf Infrarotsicht um. Die aufgefangene Wärmestrahlung wurde vom Helmrechner in möglichst wirklichkeitsgetreue sichtbare Farben umgewandelt und auf dem Bildschirm auf der Innenseite des Gesichtsteils des Helms dargestellt. Sofort erkannte der General zwei Dutzend Gestalten, die in etwa fünfzig Meter Entfernung zwischen den Produktionsanlagen schwebten.

Leider kam diese Erkenntnis zu spät. Eine Garbe Geschosse schlug in den Körper des neben dem Sonnenkreuzträger fliegenden Burdan. Der junge vielversprechende Elitesoldat war auf der Stelle tot.

»Auf Infrarot umschalten!«, bellte Nungal in sein Helmmikrofon, während er, per Gedankenbefehl an das Vril-Triebwerk seines Rückentornisters, scharf nach rechts abbog und die Schützen unter Feuer nahm. Doch die Mohak in Raumanzügen – nur um solche konnte es sich handeln – verschanzten sich hinter mächtigen Metallblöcken und waren aus der Perspektive des Generals kaum zu treffen.

Die neun Elitesoldaten stoben pfeilschnell auseinander.

»In die Zange nehmen!«, befahl der Sonnenkreuzträger. Obwohl sich die Soldaten erst seit Kurzem kannten, handelten sie wie ein Mann; schließlich hatten sie die gleiche Ausbildung genossen. Fünf Schwarzuniformierte näherten sich von rechts den Blöcken, hinter denen sich die Echsen verschanzt hatten, vier kamen von links, jeden Greifarm und jede Maschine als Deckung ausnutzend, während die Kameraden Feuerschutz gaben.

»Hoffentlich haben die Lurche ihre Zentrale noch nicht benachrichtigt. Wir müssen sie auf jeden Fall schnell ausschalten«, stellte Major Sondtheim fest, der die linke der beiden Gruppen anführte.

Als die Mohak das blitzschnell durchgeführte Manöver durchschaut hatten, war es bereits zu spät. Nungal auf der einen Seite und Sondtheim auf der anderen waren bereits seitlich hinter die Deckung der Echsen gelangt und eröffneten sofort das Feuer. Die nun schutzlosen Echsen fanden ein schnelles Ende in dem Kugelhagel. Die beiden Schützen hatten eiskalt dafür gesorgt, dass keiner der Feinde seine Artgenossen warnen konnte, falls dies nicht bereits geschehen war.

»Weiter!«, forderte der General seine Männer auf und folgte drei Rollbändern, deren Mittellinien ein gleichseitiges Dreieck bildeten und zwischen denen die fertigen Riesengranaten durch eine fünfzig Meter breite Öffnung in dieser sinnverwirrenden Halle befördert wurden.

Die Elitesoldaten erkannten, dass es sich bei der Öffnung um ein Schott handelte. Die hindurchführenden Bänder konnten mit Teleskoparmen eingezogen werden, falls es geschlossen werden sollte. Auf der anderen Seite des Schotts befand sich der riesige Laderaum eines Frachters. Dass es sich um einen solchen handelte, entnahmen die Männer den Hinweisschildern in mohakscher Sprache. ›Zentralen‹, ›Triebwerksräume‹ und ›Generatorenhalle‹ deuteten unzweifelhaft darauf hin.

Ähnliche Roboter wie die auf dem Höllenplaneten – nur mit dreißig Metern Höhe erheblich größer – stapelten die rund zehntausend Tonnen schweren Granaten, was wohl auch nur in der hier herrschenden Schwerelosigkeit möglich war.

»Wir verstecken uns auf den an der gegenüberliegenden Wand bereits gestapelten Granaten!«, legte Nungal fest. Die Elitesoldaten schwebten durch den mehrere hundert Meter durchmessenden Laderaum zwischen gigantischen Laderobotern hindurch. Kein Mohak war zu sehen und die Maschinen erfüllten lediglich ihre Programmierung, ohne von den Menschen Notiz zu nehmen.

In mehr als neunzig Metern Höhe nahmen die Schwarzuniformierten auf den in neun Lagen gestapelten Granaten Platz. Es blieb ihnen nichts anderes übrig als abzuwarten, bis der Laderaum mit den gigantischen Geschossen gefüllt war. Aus ihrer Perspektive konnten die Soldaten nicht mehr beobachten, wie die Rollbänder eingezogen wurden und sich das fünfzig Meter durchmessende Schott verschloss. Auch vom Ablegen des Frachters bekamen die Männer nichts mit, denn die Andruckneutralisatoren hielten wegen des immensen Gewichtes der Granaten eine perfekte Schwerelosigkeit im Laderaum ein. Erst als nach etwas mehr als einer Stunde zischend Luft in den Laderaum strömte und die Granate in der obersten Lage auf der gegenüberliegenden Seite des Laderaums bewegt wurde, keimte die Hoffnung auf, dass der Frachter endlich an der Kontrubana selbst angelegt hatte, um die Superwaffe mit Munition zu versorgen.

Je mehr Geschosse entladen wurden, umso mehr Einzelheiten dessen, was hinter dem Granatenstapel vorging, offenbarten sich den Elitesoldaten. Es waren wiederum die gleichen Roboter wie in der Raumstation, die die riesigen Zylinder zwischen drei räumlich angeordnete Förderbänder schoben. Aber dieses Mal schwebten einige hundert schwer bewaffnete Mohak-Soldaten neben, unter und über den Rollbändern. Wahrscheinlich war die kleine Schlacht auf der Raumstation doch nicht unbemerkt geblieben. Sofort nahmen die Männer Deckung hinter der Krümmung der Granate, auf der sie sich während des Fluges niedergelassen hatten.

»Die Metabeschichtung unserer Anzüge ist durch die Lava verbrannt worden«, resümierte Nungal. »Unsichtbar machen und uns an den Lurchen vorbeischleichen können wir uns also nicht.

Ich fürchte, wir müssen nun zu etwas rüderen Methoden greifen. Bleibt in Deckung, Männer!«

Der Sonnenkreuzträger stellte die Sprengkraft einer der an seinem Gürtel hängenden Vril-Granaten auf fünf Tonnen herkömmlichen TNTs und eine Zündverzögerung von einer Sekunde ein. Dann zog er die tennisballgroße Handgranate von seinem Gürtel und schleuderte sie mithilfe der ihm von Isais verliehenen Kräfte mit dreihundert Meter pro Sekunde in Richtung der Rollbänder durch das Schott ins Innere der Kontrubana. Dazu hatte er sich erheben müssen, was von den Mohak, die durch die teilweise erfolgte Löschung der Ladung nun ebenfalls freie Sicht hatten, nicht unbemerkt geblieben war. Sofort eröffneten die Echsen das Feuer. Tausende Geschosse prallten in die hintere Wand des Laderaums. Metallfetzen wurden herausgerissen und bewegten sich mit gespenstischer Gradlinigkeit durch den schwerelosen Raum.

Dann schien die Welt unterzugehen. Eine gewaltige Explosion zerriss die Rollbänder und die in der Nähe befindlichen Mohak. Eine der fast fünfzig Meter langen Granaten, der sie führenden Rollbänder beraubt, stellte sich wie in Zeitlupe quer. Ein weiteres der Riesengeschosse prallte dagegen und trieb den quer stehenden Zylinder durch den Laderaum der Kontrubana, wobei dessen Wände wie Papier durch die Trägheit der Tausende Tonnen schweren Granaten zerrissen wurden.

»Los!«, befahl der General der imperialen Leibgarde. Die neun Männer schossen über die noch nicht gelöschte Ladung hinweg, senkten sich in Richtung des Bodens ab und rasten durch das rund fünfzig Meter durchmessende Schott. Dabei feuerten sie auf unversehrt aussehende Körper der Mohak, um nicht von einem Überlebenden der Explosion doch noch angegriffen zu werden.

Weiter vorn waren die Rollbänder noch intakt. Sie führten zu U-förmigen Gestellen, auf denen bereits zehn der Riesengranaten ruhten. Über den Gestellen führte ein mehr als zweihundert Meter im Quadrat messender Schacht kilometerweit nach oben.

»Dort muss sich die Ladevorrichtung der Kanone mit den Vril-

Treibsätzen für die Granaten befinden«, vermutete Feldwebel Schmidt nicht ganz zu unrecht.

»Wir müssen die Generatoren für die Reflektorfelder finden.« Major Sondtheim ging auf die Bemerkung seines alten Kampfgefährten überhaupt nicht ein.

»Nun, wenn das da oben das eine Ende der Kanone ist – wir sind hier wahrscheinlich am Heck der Kontrubana –, befinden sich die Generatoren in dieser Richtung.« Lars Jörgensen, der hoch wie breit gewachsene Schwede, deutete in die Richtung, die er meinte.

»Sie haben wahrscheinlich recht«, stimmte Nungal zu. »Wir versuchen uns nach genau dorthin durchzuschlagen.«

In der Wand des Munitionsraumes gab es in der besagten Richtung eine zwei mal zwei Meter messende Stahltür, die über ein Stellrad zu bedienen war. Als die Männer nur noch fünfzig Meter davon entfernt waren, begann sich das Stellrad zu drehen.

»Die Tür wird von innen geöffnet«, stellte Tunmur fest, dessen feuerrote Haare und tiefgrüne Augen unter dem geschlossenen Kampfanzug natürlich nicht zu sehen waren.

Die Schwarzuniformierten positionierten sich direkt vor der Panzertüre. Diesmal war es Major Sondtheim, der eine Granate zückte. Die Sprengwirkung hatte er auf wenige Kilogramm TNT eingestellt. Als sich die Tür einen Spalt öffnete, warf der Mann mit der Hakennase die Granate hinein. Dann drückten die neun Männer die Tür wieder zu und arretierten sie mithilfe des Stellrades. Die Mohak auf der anderen Seite waren viel zu überrascht, um rechtzeitig reagieren zu können. Doch ihre Überraschung währte nur kurz, denn eine heftige Explosion beulte die Türe nach außen, sodass sogar drei der Elitesoldaten von der Wucht umgeworfen wurden.

Sofort griffen Sondtheim und Nungal erneut nach dem Stellrad und öffneten die Tür. Es war schon ein kleines (Nungal)-Wunder, dass dies trotz der starken Deformation des Panzerstahls möglich war.

Der Major trat als Erster durch die entstandene Öffnung – und fiel der Länge nach hin. »Hier herrscht normale Erdschwere!«, hörten ihn die Kameraden aus ihren Helmlautsprechern schimpfen. »Verdammt, da hätte ich aber auch dran denken können!«

Nungal trat nun ebenfalls in den jenseitigen Gang. Übel zugerichtete Mohak bedeckten dort den Boden. Oberhalb des Ganges entdeckte der General einen Belüftungsschacht, dessen Einstiegsgitter von der Explosion herausgerissen worden war.

»Dort hinein!« Mithilfe ihrer Vril-Aggregate schwebten die Männer zu dem in rund fünf Metern Höhe liegenden Einstieg. Der General kletterte als Erster hinein. Der Boden des Schachtes war glatt, also ließ sich der Oberkommandierende der Leibgarde auf dem Bauch liegend von seinem Vril-Triebwerk vorantreiben. Die hinter ihm folgenden Männer taten es ihm nach. Die Elitesoldaten passierten mit ihrer seltsamen Fortbewegungstechnik mehrere Verzweigungen, hielten sich aber immer in die Richtung, in der die Kanone weit über ihnen verlaufen musste. Wenige hundert Meter später war der Schacht zu Ende. Ein Gitter trennte ihn von einer mindestens zwei Kilometer tiefen Halle, in der kilometerhohe zylinderförmige Generatoren standen.

»Das ist die allgemeine Stomversorgung«, kommentierte Sondtheim. »Mohaksche Reflektorfeldgeneratoren sehen anders aus.«

Nungal holte derweil einen kleinen Laser aus seiner Anzugtasche und durchschnitt mit dem bläulichen Strahl den viereckigen Rand des Gitters. Mit der freien Hand hielt er es fest, damit die Schachtabdeckung nicht polternd ins Innere der Halle fiel. Mehrere Dutzend Mohak patrouillierten zwischen den Generatoren und wären über ihren ungebetenen Besuch sicher nicht amüsiert gewesen.

Vorsichtig zog der General das abgetrennte Gitter in den Lüftungsschacht. Dann nahm er ebenso lautlos sein Gewehr von der Schulter und legte auf die Echsen unter ihm in der Halle an.

»Einen Moment noch!«, flüsterte Sondtheim und legte sich auf seinen Vorgesetzten, womit der Querschnitt des Schachtes fast vollständig ausgefüllt war. »Zwei Schützen treffen mehr als einer«, kommentierte er die respektlose Behandlung des Sonnenkreuzträgers.

Der brummte nur: »Was lässt man nicht alles für das Imperium über sich ergehen?« Der Major lachte trocken auf und legte sein Magnetfeldgewehr an.

»Ich nehme die Echsen weiter hinten, Sie die weiter vorne«, legte Nungal fest. »Jetzt!«

Zwei mal einhundert Hochgeschwindigkeitsgeschosse pro Sekunde verließen die beiden Gewehre. Der Kugelhagel schlug unter den ahnungslosen Echsen mit verheerender Wirkung ein. Lediglich ein halbes Dutzend von ihnen überlebten den Überraschungsangriff der beiden Schützen. Unsicher, aus welcher Richtung die Attacke erfolgte, versuchten die Soldaten des Zhort, Deckung zu finden. Doch genau gezielte Einzelschüsse der beiden Waffenspezialisten beendeten auch deren Dasein im Diesseits.

»Weiter!«, befahl der General und ließ sich – und unfreiwilligerweise auch den Major – mithilfe seines Triebwerkes über den Rand des Schachtes in die Halle gleiten. Die Männer umkurvten mit wahnwitziger Geschwindigkeit die riesigen Generatoren, um so schnell wie möglich auf die andere Seite der Halle zu gelangen. In der dortigen Wand waren wiederum mehrere Gitter mit dahinter liegenden Lüftungsschächten angebracht. Nungal riss eines davon brutal aus der Wand und ließ es achtlos fallen. Dann schob er sich in den Schacht und begann erneut die Rutschpartie mithilfe seines Triebwerkes. Er drehte sich nicht um, weil er wusste, dass neun Männer ihm folgten.

Erneut gelangte der Sonnenkreuzträger über mehrere Abzweigungen an ein Gitter, hinter dem eine Halle lag, die der vorherigen von der Größe her in nichts nachstand. Auch hier waren Generatoren aufgestellt worden. Diesmal handelte es sich jedoch um zwei Kilometer durchmessende Metallkugeln, die den Boden, die Wände und die Decke berührten und durch zusätzliche

Querstreben damit verbunden waren. Wie viele der Kugeln in der Halle waren, konnte Nungal aus seiner Perspektive nicht sehen, weil das Monstrum vor ihm die Sicht auf alles dahinter Liegende komplett versperrte.

»Da sind sie! Wir haben die Generatoren für die Erzeugung der Reflektorfelder gefunden«, informierte der General seine Männer. Er nahm wieder seine kleine Laserwaffe aus der Anzugtasche, trennte das Gitter vorsichtig ab und reichte es an den Mann hinter sich weiter. Der Lüftungsschacht endete oberhalb der Kugelhälfte, folglich konnten die Männer von möglicherweise auf dem Hallenboden patrouillierenden Mohak nicht entdeckt werden.

»Falls in dieser Halle mehr als ein Reflektorfeldgenerator steht, nehme ich mir den von hier aus gesehen hintersten vor. Sondtheim, Sie nehmen den davor – und so weiter in der Reihenfolge, wie ihr in diesem Schacht steckt. Stellt eure Handgranaten auf die Maximalsprengkraft von fünf Megatonnen ein und auf eine Sprengverzögerung von einer Stunde. Sobald alle Granaten an den Generatoren angebracht sind, schalte ich die Zünder per Funkimpuls scharf.«

Nach diesen Worten ließ sich Nungal aus dem Schacht gleiten, flog bis fast zum höchsten Punkt der Kugel hinauf und von dort auf die dem Schacht abgewandte Seite. Der mächtige Kugelkörper deckte ihn dabei. Wie erwartet, befand sich hinter der ersten eine zweite Kugel. Auch um diese kurvte der General knapp unter der Decke schwebend. Es folgten zwei weitere Generatoren, bis der Befehlshaber der Leibgarde am fünften und letzten der Giganten eingetroffen war. Dort platzierte er seine Granate ganz oben zwischen Kugel und Decke. Er fixierte den Sprengkörper mit etwas Klebeband und machte sich auf den Weg zurück zum Schacht. Vier weitere Männer, die ihr Werk ebenfalls verrichtet hatten, flogen vor ihm her. Erst als er als Letzter wieder in die enge Öffnung gekrochen war, sandte er den Funkimpuls an die Granaten aus.

»So, meine Herren! Ab jetzt haben wir genau eine Stunde Zeit, unsere Hinterteile von der Kontrubana zu schaffen oder uns in einem möglichst weit von hier entfernten Winkel des Monstrums zu verkriechen. Insgesamt fünfundzwanzig Megatonnen Sprengkraft dürften von diesem Teil der Riesenkanone nicht mehr viel übrig lassen. Suchen wir uns einen Frachter oder ein Beiboot! Los, Männer!«

*

Bericht Imperator Sargon II.

»Nein, mein Imperator! Nungal hat sich immer noch nicht gemeldet«, sagte General Baltar mit einem Hilflosigkeit widerspiegelnden Funkeln in den Augen, nachdem er in der Funkzentrale der ONSLAR erneut nachgefragt hatte.

Irgendwann musste ja mal etwas bei einem der wahnwitzigen Einsätze Nungals schiefgehen. Ich hätte ihm seine Teilnahme an diesem Kommandounternehmen verbieten sollen. Schwere Selbstvorwürfe machten mir zu schaffen.

»Schalten Sie mich auf die Flottenfrequenz!«, befahl ich dem Funkoffizier. Danach wandte ich mich an die sieben Marschälle, wovon sechs terranischer Herkunft waren.

»Wir müssen davon ausgehen, dass die Mission Nungals gescheitert ist. Wir greifen daher an und versuchen, den Reflektorschirm der Kontrubana durch Punktbeschuss zu knacken. Doch zunächst einmal müssen wir die feindliche Flotte aus dem Weg räumen. Wir beschleunigen synchron. Ich aktiviere jetzt die Triebwerke.«

Über meinen VR-Helm gab ich den Gedankenbefehl, der die Baryonenvernichtung in den Triebwerken sämtlicher Schiffe der Flotte auslöste. Die insgesamt vierundsechzig Superschlachtschiffverbände, wovon vierundfünfzig aus dem solaren System stammten, beschleunigten synchron mit einhundert g, was in der

Nähe des kosmischen Strings einhundert Milliarden g entsprach. Dann gab ich meinen letzten Befehl vor unserer Invasion des Solomack-Systems:

»Unaldor, bringen Sie das Wurmloch bis dreihunderttausend Kilometer an die Kontrubana heran! Wir werden mit drei Komma drei Prozent LG in das stringseitige Ende hineinfliegen. Wir haben dann dreißig Sekunden, um uns zu formieren und die Riesenkanone zu erreichen.«

Mehr brauchte ich nicht zu sagen, denn die Positionen, die die Schiffe nach dem Verlassen des Wurmlochs einnehmen sollten, waren schon lange festgelegt worden.

Ende Bericht Imperator Sargon II.

*

Bericht Nungal

Ich ließ mich von meinem Vril-Aggregat über den glatten Boden des Belüftungsschachtes schleifen. Meine neun Männer wusste ich kurz hinter mir. An der ersten Abzweigung wählte ich nach Gefühl denjenigen Schacht, der uns am schnellsten zur Außenwand der Kontrubana bringen sollte. Dort bestand die Hoffnung, auf ein Beiboot oder einen Frachter zu stoßen. Die monströse Waffe war zwar geräumig genug, um einen Ort zu finden, der durch die Explosion der fünf Granaten nicht zu stark in Mitleidenschaft gezogen werden würde, doch die Reflektorschirme würden dabei mit Sicherheit ausfallen, was unsere Flotte bestimmt ausnutzen würde, um das Riesending endgültig in glühendes Plasma zu verwandeln.

Nach dem Verlust unserer Vril hatten wir leider keine Möglichkeit, den Imperator über den Stand der Dinge aufzuklären; unsere Helmsender reichten dafür nicht aus. Uns allen war klar, dass der Imperator auch ohne Lebenszeichen von uns die Flotte in Marsch setzte. Bis dahin mussten wir von hier verschwunden sein.

An einer Doppelabzweigung stoppte ich und spähte vorsichtig in den rechten der beiden Gänge. Mehrere Mohak krochen darin auf uns zu. Sie erblickten mich und eröffneten erstaunlich schnell das Feuer. Noch während ich mich wieder zurückzog, erwischte mich ein Streifschuss am Oberarm, der meinem Raumanzug einen mehrere Zentimeter langen Riss zufügte. Ich nahm eine Granate von meinem Gürtel, nachdem ich sie per Gedankenbefehl auf die Sprengkraft von einem Kilogramm TNT eingestellt hatte. Die feine Dosierbarkeit der Wirkung dieser Granaten war wirklich eine tolle Sache. Mit mäßigem Schwung schleuderte ich die Granate in den Tunnel, als ›Futter‹ für die heranrückenden Echsen.

Die unmittelbar folgende Explosion drückte mich in den Gang zurück. Meine Füße stießen auf die Schultern Sondtheims. Nachdem die Druckwelle abgeebbt war, robbte ich wieder nach vorne. Ein mehrere Meter durchmessendes Loch war in den Schacht gerissen worden, dort, wo sich zuvor die Echsen befunden hatten. Ich glitt darauf zu und warf eine weitere Granate in das Loch. Falls sich im Raum darunter Mohak befanden, würden sie von der erneuten Druckwelle daran gehindert werden, sofort auf uns zu schießen. Die auf drei Kilogramm TNT eingestellte Detonation traf den Schacht von unten. Der Boden wurde angehoben, was mich ziemlich heftig gegen die Decke schleuderte. Ich schaltete mein Vril-Triebwerk wieder ein, rutschte auf das scharf gezackte Loch zu, ließ mich hineinfallen und gelangte so in einen Raum, der wohl einmal eine Ortungszentrale gewesen war und rund fünfzig Meter durchmaß. Auf dem Boden in meiner Nähe lagen mehrere tote Mohak. In den hinteren Bereichen des Raumes versuchten einige benommene Echsen, sich zwischen den Trümmern aufzurichten. Ich stellte mein Magnetfeldgewehr auf Dauerfeuer und drehte mich langsam um meine Achse.

Die sich aufrichtenden Feinde wurden von meinen Geschossen gegen hinter ihnen stehende Pulte geschleudert.

Meine Kameraden waren mir längst durch das Loch in der Decke gefolgt, als ich auf eine Schiebetür zutrat, die weiter in die Richtung der Außenwand der Kontrubana führen musste. Ihr Öffnungsmechanismus funktionierte noch. Als ich drei Meter davon entfernt war, schoben sich die beiden Türhälften auf. Im dahinter befindlichen Gang war keine Echsenseele zu sehen. Wir stürmten los und gelangten zu einer Panzertür, die über ein Stellrad geöffnet werden konnte. Die dahinter liegende riesige Halle war unsere Fahrkarte in die Freiheit. Auf Panzerketten fahrende Roboter, wie wir sie schon mehrfach bei den Mohak gesehen hatten, transportierten quadratische Bleche durch ein auf der anderen Seite liegendes Schott in den Lagerraum. Wahrscheinlich handelte es sich um Baumaterialien für die Abschlussarbeiten an der Kontrubana. Hinter dem Schott konnte sich nur eines befinden: ein Frachter.

Wir flogen quer durch die Halle und dann durch die Rettung verheißende Öffnung in den Laderaum des Schiffs. Auch hier befanden sich lediglich Roboter, von denen wir nun wussten, dass sie nicht intelligent genug waren, uns als Feinde zu erkennen. Von Mohaks war nichts zu sehen. Rechts von uns befand sich in fast dreihundert Metern Höhe ein breites Panoramafenster mit darunter entlanglaufendem Steg, der durch ein Geländer gesichert wurde. Eine Wendeltreppe – offenbar für Notfälle gedacht – führte von dem Steg bis auf den Boden des Laderaums. Ich flog zu dem Fenster hinauf an die Stelle, wo die Treppe begann, denn dort befand sich eine Tür neben dem Fenster. Frachter bestanden meist nur aus einem oder mehreren Laderäumen, den Maschinenräumen und der Schiffsbrücke. Letztere vermutete ich hinter dem Fenster.

Oben angekommen öffnete ich gewaltsam die Türe und stürmte in den Raum. Meine Vermutung bewahrheitete sich. Fünf Echsen saßen auf ihren Sitzschalen und schauten mich und die mir folgenden Elitesoldaten entgeistert an – ich gestattete mir, diesen Gemütszustand bei Nichtmenschlichen zu diagnostizieren.

Drohend hoben meine Kameraden und ich unsere Waffen.

»Wenn Sie Widerstand leisten, erschießen wir Sie«, klärte ich die Mohak in ihrer Sprache über die für sie unschöne Situation auf. »Heben Sie Ihre Hände über Ihre Köpfe!«

*

Fünf Minuten vor der Detonation unserer Bomben befahl ich dem Lurch, der, nach meiner Kenntnis der zivilen Rangabzeichen der Schuppenhäutigen, der Kapitän des Frachters sein musste:

»Entladevorgang abbrechen! Schott schließen und dann ablegen!«

»Aber die Roboter brauchen noch eine Viertelstunde«, erwiderte das Wesen mit dem Raubtiergebiss und den gelben, senkrecht geschlitzten Augen.

Drohend hob ich meine Waffe, was meine fehlende Diskussionsbereitschaft zu diesem Punkt unzweifelhaft verdeutlichte. Durch das Panoramafenster konnte ich sehen, dass die von der Kontrubana in den Frachter zurückkehrenden Roboter keine Bleche mehr hinausschleppten, sondern einfach zwischen der Ladung stehen blieben. Zwei Minuten später schob sich das fünfzig Meter durchmessende Schott aus einer Aussparung zwischen der eigentlichen Außenwand des Frachters und der Wand des Lagerraums. Weitere fünfzehn Sekunden danach war das Schiff von der Kontrubana hermetisch abgeschlossen.

»Was machen Sie denn da?«, kam plötzlich eine krächzende Stimme in der Sprache der Echsen aus einem Lautsprecher.

»Die Entladung ist abgeschlossen«, flüsterte ich dem Kapitän in eine seiner beiden seitlichen Kopföffnungen, von der ich wusste, dass sich dahinter die akustischen Wahrnehmungsorgane der Grünhäutigen befanden.

Brav wiederholte der Gefangene meine Worte.

184

»Laut Plan sollten Sie aber erst in fünfzehn Minuten fertig sein«, blieb der unbekannte Anrufer, der sich höchstwahrscheinlich an Bord der Kontrubana befand, hartnäckig.

Noch dreißig Sekunden bis zur Detonation. Der Kapitän blickte mich fragend an.

»Sagen Sie ihm, dass weniger Bleche als geplant hergestellt worden seien.«

Der Mohak tat, was ich verlangte.

»Und jetzt ablegen!«

»Aber …«

Erneut hob ich meine Waffe. Das wirkte. Auf dem Hauptbildschirm der Brücke beobachtete ich, wie sich die Wandung des Riesenzylinders mit der in ihm steckenden Monsterkanone langsam von uns entfernte.

Immer größere Bereiche der mohakschen Superwaffe wurden sichtbar. Auf die Sekunde genau schossen Feuersäulen aus dem vorderen Teil des zwanzig Kilometer langen Zylinders. Gewaltige Bruchstücke platzten aus der Oberfläche des Ungeheuers und trieben wie in Zeitlupe in den Raum hinaus. Auf dem Gesicht Sondtheims stellte sich ein triumphierendes Grinsen ein. Der Major und seine terranischen Kameraden hatten bei diesem Unternehmen tadellose Arbeit geleistet. Ich schätzte das Imperium glücklich, durch diese hervorragenden Soldaten bereichert worden zu sein.

Ende Bericht Nungal

*

Bericht Imperator Sargon II.

Die zehn Minuten, die nun folgen sollten, erzeugten bei mir und wohl auch bei den Männern der Flotte ein Wechselbad der Gefühle, wie ich es noch niemals zuvor erlebt hatte.

Wir verließen den kosmischen String bei den Koordinaten, an denen Major Sondtheim bei seinem Aufklärungsflug das eine Ende des Wurmlochs installiert hatte. In einer dichten Kette flogen die vierundsechzig Schlachtschiffverbände mit der ONSLAR an der Spitze in das unsichtbare Sechseck, durch das wir natürlich schon den glühenden Planeten Solomack II sehen konnten.

Die durch unsere terranischen Kameraden enorm verstärkte Kriegsmaschinerie funktionierte wie ein Uhrwerk. Die nachfolgenden Verbände schlossen auf. Wir bildeten eine in Flugrichtung geöffnete dreitausend Kilometer durchmessende Halbkugel mit den Superschlachtschiffen in der Mitte und den für ihre Größe über eine gewaltige Feuerkraft verfügenden Schlachtkreuzern am Rand.

Mit nur etwas mehr als drei Prozent der Lichtgeschwindigkeit näherte sich diese Halbkugel der Kontrubana, die schnell auf dem Hauptbildschirm der ONSLAR größer wurde. Nur fünfzehn feindliche Schlachtschiffe befanden sich in ihrer unmittelbaren Nähe. Einhundertfünfzig weitere Echos unserer Ortung verrieten die Anwesenheit einer für uns unbedeutenden Zahl von Kreuzern und Zerstörern.

Der vordere Teil der Kontrubana glühte plötzlich rot. Hunderte von Metern messende, ausgefranste Löcher gähnten in der Hülle des Zylinders, aus der die Kanone erwuchs.

»Unser Einsatzkommando!«, rief General Baltar begeistert. »Die Jungs waren erfolgreich! Die Reflektorschirme des Monstrums sind zerstört!«

Bevor die Kanonen unserer Schlachtschiffe in Aktion treten konnten, ließ die erste Salve unserer Kreuzer elf der feindlichen Schlachtschiffe zu glühenden Plasmawolken werden. Die Dritte Macht hatte auf das Konzept dieser auf Feuerkraft optimierten Achthundert-Meter-Riesen gesetzt und sie in großer Stückzahl produziert. Nach diesem Schlag der vormals solaren und nun aldebaranischen Schiffe war ich mir nicht mehr so sicher, ob meine Einschätzung, die Kampfkraft der solaren Flotte betrüge in etwa die Hälfte der aldebaranischen, nicht eine Untertreibung gewesen war.

Unsere Schlachtschiffe im Zentrum der Halbkugel kamen nicht mehr dazu, das Feuer zu eröffnen, denn die zweite Salve der Schlachtkreuzer fegte die restlichen Mohak direkt ins Jenseits.

Diese auf Terra geborenen Soldaten hatten in wenigen Sekunden eine feindliche Flotte beachtlichen Ausmaßes ohne eigene Verluste in hell leuchtende Gasbälle verwandelt. Selbst die Kontrubana überließen die Kreuzer nicht unserer Hauptwaffe, den Superschlachtschiffen. Die dritte Salve der Vierundsechzig-Zentimeter-Granaten der Achthundert-Meter-Riesen traf die Monsterkanone bereits eine Sekunde später. Geschosse mit je zwei Gigatonnen Sprengkraft trafen zunächst das Heck und Sekundenbruchteile später die Spitze der Kanone. Es sah aus, als würde ein Überzug aus ultraheller Glut mit ungeheurer Geschwindigkeit von hinten nach vorn die Kontrubana überziehen.

Sekunden später, als das feurige Plasma bereits Hunderte Kilometer expandiert war und an Leuchtkraft verlor, lag der Raum, der wahrscheinlich die mächtigste Waffe der Galaxis beherbergt hatte, leer vor uns.

Wir hatten gesiegt! Die gefährlichste Bedrohung der letzten einhundertvierundvierzig Jahre für das Imperium hatte sich in seine atomaren Bestandteile aufgelöst.

Die Erleichterung brach in Form eines ungehemmten Jubels aus den Männern in der Zentrale der ONSLAR hervor. Auf den anderen Schiffen spielten sich sicherlich ähnliche Szenen ab.

Obwohl auch ich mich freute und einige Rufe der Begeisterung zum Jubel der Männer beisteuerte, nagte ein ungutes Gefühl in mir.

Das war alles zu leicht! Sollte die drohende Invasion der Mohak wirklich so einfach abzuwenden gewesen sein? Was ist aus Nungal geworden?, plagte mich ein Teil meines Verstandes, der mir offensichtlich meinen Triumph nicht gönnte.

Als ob eine göttliche Macht meine pessimistischen Gedanken

hinwegfegen wollte, schrie mir General Baltar ins Ohr: »Wir haben Kontakt zu Nungal! Er befindet sich mit seinen Männern an Bord eines Mohak-Frachters, den er gekapert hat. Das geklaute Echsenschiff befindet sich außer Gefahr – etwa zwei Lichtminuten entfernt.«

Auch das ist zu schön, um wahr zu sein, beharrte mein spielverderbendes Ich, wobei sich allerdings eine ungeheuere Erleichterung in mir breitmachte, meinen besten und treuesten Soldaten – und Freund – nicht verloren zu haben.

Als sich der Jubel der Männer langsam legte, kam der Erste Funkoffizier auf mich zu. Seine hellblauen Augen glühten geradezu unter seinem schwarzen Stahlhelm.

»Wir haben hier ein Gespräch auf der Flottenfrequenz der Mohak. Es ist unverschlüsselt: Der Zhort bittet um Kontaktaufnahme.«

»Geben Sie das Gespräch auf den Hauptbildschirm«, entgegnete ich, während mein pessimistisches Ich vermeldete: *Siehst du, jetzt kommt das dicke Ende.*

Der grüne schuppige Kopf eines Mohak, mit an den Wangen herabfallender violetter Seide mit goldenen Rändern, erschien auf dem Hauptbildschirm. Sofort verstummten alle Gespräche. Ich trat in den Aufnahmebereich der Kamera für die Videokommunikation.

Die schmalen, grünen Lippen des Zhort verzogen sich leicht, als er mich erkannte. Diese Geste hätte man durchaus als Lächeln deuten können.

»Zunächst einmal möchte ich Ihnen, wie es sich gehört, zur Vernichtung meiner Kontrubana und der sie schützenden Verbände gratulieren.« Der absolutistische Herrscher der Mohak sprach ein krächzendes, aber akzentfreies Aldebaranisch, das durch die Zentrale der Onslar schallte. »Vielleicht können Sie sich, mein verehrter Erzfeind, zu einer ähnlichen Gratulation durchringen. Die von Ihnen vernichtete Kontrubana war eine Hülle, ein funktionsuntüchtiges System; erbaut zu dem einzigen

188

Zweck, Sie zu täuschen. Während Sie einen Haufen Schrott vernichtet haben, befinden sich zwei voll funktionstüchtige Kontrubanas mit Tausenden Schiffen im Gefolge im Anflug auf die Grenzen Ihres kümmerlichen Reiches. Sie haben uns Widerstand geleistet, wie kein Volk vor Ihnen. Sie haben sogar unsere Ursprungswelt verwüstet, die bis heute unbewohnbar ist. Doch nun wird mein über fast eineinhalb Jahrhunderte unterdrückter Zorn über Ihr sogenanntes Imperium hereinbrechen. Meine Flotten werden sich nach der kompletten Vernichtung Ihrer ›Ischtar-Festungen‹ genannten Bollwerke endlich das holen, was uns zusteht: Sauerstoffplaneten zur Vermehrung der von der Natur vorgesehenen Spezies zur Herrschaft über die Galaxis – und darüber hinaus.«

ZEITTAFEL

19. Oktober 1867: Die Mohak greifen Aldebaran direkt an und verwüsten die Zentralwelt Sumeran schwer. Imperator Onslar VI. fällt im Abwehrkampf. Durch ein tollkühnes Vorgehen von Raummarschall Zhalon wendet sich das Blatt. Die Mohak werden geschlagen, doch Milliarden Sumeraner verlieren ihr Leben.

2. November 1867: Zhalon aus dem Hause der Zhaliten wird zum Imperator ernannt. Er herrscht unter dem Namen Sargon II.

4. Februar 1868: Das erste Superschlachtschiff der Galaxisklasse, die ONSLAR, ist fertiggestellt.

6. Juli 1868: Raumschlachten bei Maulack. Die Mohak verlieren drei Brutplaneten und eine Industriewelt.

7. Juli 1868: Die KEMBULA mit Elnan und Unaldor an Bord erreicht Terra. Nungal trifft im Maulack-System auf die Superintelligenz Isais, die ihn mit außergewöhnlichen Fähigkeiten ausstattet.

8. – 10. Juli 1868: Die drei Superschlachtschiffe ONSLAR, MARDUCK und NEBUKAR dringen in das Mohak-System ein und vernichten die Fabriken und Werften auf den drei Monden von Mohak-Dor. Die NEBUKAR stürzt auf die Zentralwelt der Echsen und macht sie auf Jahrhunderte hinaus unbewohnbar.

9. Juli 1868: Die Besatzung der KEMBULA beginnt mit dem Ausbau eines ersten Stützpunktes in der terranischen Antarktis und gründet die Dritte Macht.

12. Juli 1868: Die Verschwörung um den Thule-Präsidenten Pentar und den Industriellen Baldan fliegt auf. Baldan wird gefasst, Pentar setzt sich Richtung galaktisches Zentrum ab, nachdem er die KEMBULA ferngesteuert gesprengt hat. 260 Aldebaraner überleben im antarktischen Stützpunkt. Im weiteren Verlauf gelangt Pentar in den Besitz capellanischer Technologie.

1. August 1868: Die Mohak starten die Invasion von Bangalon, die nach einem verzweifelten Abwehrkampf zurückgeschlagen wird.

23. August 1873: Inbetriebnahme der ersten Ischtar-Festung.

18. März 1878: Fertigstellung der letzten von insgesamt 54 Ischtar-Festungen. Das Imperium ist nun vor Übergriffen der Mohak geschützt.

15. Dezember 1915: Elnan lernt seine spätere Frau Maria Ortisch kennen.

16. Juli 1919: Die Dritte Macht reproduziert erstmals den Vril-Prozess, der Grundlage für die Energieversorgung, Waffentechnik und Raumschiffantriebe ist.

31. Juli 1919: Der Physiker Albert Einstein wird, wie viele weitere bedeutende Wissenschaftler auch, für die Dritte Macht rekrutiert.

8. März 1941: Das deutsche U-Boot U 47 unter dem Kommando von Kapitänleutnant Günther Prien wird von der Dritten Macht aus Seenot gerettet. Prien wird später Raummarschall.

14. Februar 1945: Flight Officer Harold B. Edwards wird mit seiner Crew aus einem abstürzenden Lancaster Bomber gerettet. Edwards wird später ebenfalls Raummarschall.

10. August 1945: Die Dritte Macht gibt sich nach den Atombombenabwürfen auf Hiroshima und Nagasaki der amerikanischen Regierung zu erkennen und untersagt dieser den weiteren Einsatz von Massenvernichtungswaffen.

2. Dezember 1946 – 3. März 1947: Mit der Operation „Highjump" versucht die US-Marine den antarktischen Stützpunkt der Dritten Macht zu erobern. Der Versuch scheitert kläglich.

23. April 2012: Elnan bricht auf, um nahe dem galaktischen Zentrum nach den Capellanern und Regulanern zu suchen. Im weiteren Verlauf trifft er auf Pentar, der sich anschickt, mithilfe der gentechnologisch geschaffenen Yx die Milchstraße zu erobern.

25. April 2012: Major Sondtheim landet mit seinen Elitesoldaten auf Dornack I. Dort erbeuten sie die Pläne der Kontrubana (Riesenkanone zur Vernichtung von Ischtar-Festungen).

28. April 2012: Die Dritte Macht wird Teil des aldebaranischen Imperiums. General Nungal bricht mit zehn Soldaten nach Solomack auf, um die Reflektorfeldgeneratoren der Kontrubana auszuschalten. Teil des Einsatzkommandos ist Major Sondtheim mit seinen Spezialisten.

29. April 2012: Die Kontrubana im Solomack-System wird vernichtet. Doch die Mohak starten eine Invasion des Imperiums mithilfe von zwei weiteren unbemerkt fertiggestellten Riesenkanonen und tausenden Raumschiffen …

„HJB-News" monatlich – kostenlos – aktuell

Monatlich erhalten Sie per E-Mail aktuelle Infos zu den Verlagsobjekten der Verlage Unitall und HJB. Natürlich ist der Newsletter kostenlos und kann auch jederzeit wieder abbestellt werden. Um die HJB-News zu bekommen, müssen Sie nur auf der Seite www.hjb-news.de Ihre E-Mail-Adresse angeben und auf "Abschicken" drücken.

Der Newsletter „HJB-News" ist ein Service von

www.hjb-shop.de